詩經選

周錫䪖　選注

招祥麒　導讀

U0061462

責任編輯	張軒誦
書籍設計	任媛媛

書　　名	詩經選
選　　注	周錫䪖
導　　讀	招祥麒
出　　版	三聯書店（香港）有限公司
	香港北角英皇道 499 號北角工業大廈 20 樓
	Joint Publishing (H.K.) Co., Ltd.
	20/F., North Point Industrial Building,
	499 King's Road, North Point, Hong Kong
香港發行	香港聯合書刊物流有限公司
	香港新界大埔汀麗路 36 號 3 字樓
印　　刷	美雅印刷製本有限公司
	香港九龍觀塘榮業街 6 號 4 樓 A 室
版　　次	1998 年 6 月香港第一版第一次印刷
	2020 年 5 月香港第二版第一次印刷
規　　格	特 32 開（105 mm × 165 mm）392 面
國際書號	ISBN 978-962-04-4593-4

再版說明

　　"三聯文庫"自一九九八年出版，遴選中外文學代表作，包羅古今文類。文庫前後收錄小說、詩詞、散文、戲劇、翻譯作品等八十二種，為讀者提供豐盛的文學滋養，有利於讀者輕鬆閱讀、欣賞經典。

　　文庫初版時值本店成立五十週年，如今本店已逾從心之年，故將重版本文庫以作紀念。為滿足大眾讀者需求，是次再版仍維持優惠的定價，設計則凸顯書本手感與閱讀內文的舒適度，更特邀資深中文科老師、作家撰寫導讀，引導讀者品賞名作。

　　為保全作品原貌，編輯不對原書內文作明顯改動，只修訂部分文字、標點、注釋資料等錯處，以示尊重。雖經細緻校正，惟編輯水平所限，錯漏難免，懇請讀者指正。

三聯書店（香港）有限公司

出版部

二〇二〇年一月

目錄

頌

周頌

商頌

導讀

招祥麒

愛好讀詩和寫詩的朋友，總喜歡"詩"這種體裁，它能以最簡練的語言表情達意。《詩·大序》云："詩者，志之所之也。在心為志，發言為詩。"這說明詩就是情意的表現，當這種情意在心裏的時候，就是"志"，把情意用語言表達出來，那就叫做"詩"。如此，我們談詩的起源，可以追溯到自人類出現後，便有詩了。

當然，人人都會創作詩，但未必人人都有好詩。那些好的作品，經口耳相傳保存下來，成為其他人學習的典範。

我國第一部好詩的詩集，原稱《詩》，又稱《詩三百》，收錄從西周初至春秋中葉約五百年間共三百一十一首詩（其中六首僅存篇目）。《詩》於西漢時被奉為儒家經典，始稱《詩經》。《詩經》按照用途和音樂分為"風"、"雅"、"頌"三類，其中"風"是指各地方的民間歌謠，"雅"是宮廷宴饗或朝會時的樂曲，"頌"是宗廟祭祀的舞樂。《詩經》的作品主要運用三種表現手法："賦"、"比"、"興"，與 "風"、"雅"、"頌"合稱 "六義"。《詩經》不僅是一部具有獨特藝術形式的文學作品，也因為保存著先民的思想情感，儼然是中國上古社會、政治、軍事、倫理、道德、文化、修養等人文精神的凝聚與昇華，對後世有著極大的影響。

由於《詩經》是中國詩歌文學的源頭，內容緊貼現實，語言純樸，不尚雕琢而渾然天成，帶有強烈的生活氣息和濃郁的鄉土情調，是淳樸生命自然情感的真摯流露。大部分詩篇都以四言為句，以二拍為主，隔句用韻，以重章疊句的複沓結構，表現出強大的節奏感和音樂感；多處運用雙聲疊韻、疊字等形式，用來擬聲狀貌，窮形盡相，取得 "以少總多，情貌無遺"（《文心雕龍‧物色》）的效果。

孔子說："不學詩，無以言"（《論語‧季氏》），又說："詩可以興，可以觀，可以羣，可以怨。邇之事父，遠之事君，多識於鳥獸草木之名。"（《論語‧陽貨》）讀者的才情與投入多少，所獲得的就有多少。鍾嶸《詩品》評 "古詩"

謂 "其源出於《國風》"，評 "魏陳思曹植" 謂 "其源出於《國風》"，評 "晉步兵阮籍" 謂 "其源出於《小雅》"，均列作上品。杜甫被譽為 "詩聖"，曾說："別裁偽體親風雅"（《戲為六絕句》其六），其詩汲取《詩經》的養分，很多名句甚而從《詩經》奪胎而來。茲略舉數例如下：

羣小謗能深（《贈裴南部聞袁判官自來欲有按問》） 憂于羣小（《國風·邶風·柏舟》）
誰謂茶苦甘如薺（《寄狄明府》） 誰謂茶苦，其甘如薺。（《國風·邶風·谷風》）
載驅誰與謀（《遣興三首》其二） 載馳載驅（《國風·鄘風·載馳》）
雞鳴風雨交（《雨過蘇端》） 風雨如晦，雞鳴不已。（《國風·鄭風·風雨》）
今夕復何夕？共此燈燭光。（《贈衛八處士》） 今夕何夕？見此邂逅。（《國風·唐風·綢繆》）
老馬為駒信不虛（《病後遇王倚飲贈歌》） 老馬反為駒（《小雅·角弓》）

斯人已云亡（《殿中楊監見示張旭草書圖》） 人之云亡（《大雅·瞻卬》）
有客有客字子美（《乾元中寓居同谷縣作歌七首》其一） 有客有客，亦白其馬。（《周頌·有客》）
車轔轔，馬蕭蕭。（《兵車行》） 有車鄰鄰（《國風·秦風·車鄰》） 蕭蕭馬鳴（《小雅·車攻》）

有學者統計，杜甫化用《詩經》句子凡百餘句，足見《詩經》的影響力。

　　本集從《詩經》選出《國風》八十篇、《小雅》二十二篇、《大雅》四篇、《周頌》四篇、《商頌》一篇，合共一百一十一篇，佔原作三分之一強。所選作品盡量顧及內容和藝術手法的多樣性，以期較全面地反映《詩經》的面貌。

　　畢竟，二三千年前的詩作，語言的發展導致我們現在閱讀時出現或大或小的困難。利用專家學者的注釋賞評幫助理解，固然必要，但如何讀得好，如何能在《詩經》中獲致最大益處，筆者願提出幾個要點：

一、深入體會《詩經》的人文精神。《詩經》是"詩"，也是"經"。劉勰《文心雕龍·宗經》說："經也者，恆久之至道，不刊之鴻教也。"所謂"經"，就是永恆的、絕對的真理，是不可改易的偉大教導。孔子說："《詩三百》，一言以蔽之，曰'思無邪'。"孔子以《詩》教授學生，用一句說話"思無邪"來概括其特色：詩人以毫不虛假的至誠態度和創作動機，將一己的思想情感展現出來。我們讀詩，要以意逆志，除了"觀風俗之盛衰"（鄭玄語），了解詩人對上政怨刺和抒發牢騷不平外，重要的還在體悟詩人對國家、社會、人倫，以至於天地萬物鳥獸草木的那種關愛的人文精神。

二、將詩篇表達的情志事義，連繫到自身所處的時代、所接觸的人與物，務使詩人在詩歌中表現的思想懷抱，化成一己的思想懷抱；反之，我們從生活中得來的體驗，也可連繫到詩作，神交古人。《論語》兩章對此很有啟發：

子貢曰："貧而無諂，富而無驕，何如？"子曰："可也；未若貧而樂，富而好禮者也。"子貢曰："《詩》云：'如切如磋，如琢如磨'，

其斯之謂歟？」子曰：「賜也，始可與言《詩》已矣，告諸往而知來者。」（《學而》）

子夏問曰：「'巧笑倩兮，美目盼兮，素以為絢兮'，何謂也？」子曰：「繪事後素。」曰：「禮後乎？」子曰：「起予者商也！始可與言《詩》已矣。」（《八佾》）

子貢和子夏都是孔子的學生，在不同場合與老師的一問一答中，子貢從人的德行而聯想到詩，子夏則從詩領悟到禮居於質之後的道理。難怪二人獲孔子稱許「始可與言《詩》」了。

《邶風·燕燕》、《凱風》二詩，前者寫送別情境與惜別氣氛，讀之令人沉痛，後者反覆表達孝子對母親的深情，讀之自然得到感發，情性復歸雅正。東漢周磐誦《周南·汝墳》的卒章，慨然而歎，乃解韋帶，參加孝廉之舉；西晉王裒讀《小雅·蓼莪》而多次痛哭流涕，他的學生怕觸動老師思親之情，乾脆不讀此詩。這些典故，也印證「詩可以興」的強大感染力量。而這感染力量，自當由讀者將詩人的所思所感投放到自己的生活才能產生。

三、讀詩須反覆涵泳，忌貪多務得。宋代大儒朱熹曾說："沉潛諷誦，玩味義理，咀嚼滋味，方有所益……讀《詩》之法，只是熟讀涵泳，自然和氣從胸中流出，其妙處不可得而言。"(《朱子語類》卷八十)讀者須特別留意"玩味"、"涵泳"兩詞，這是一種標榜"體會"和"推敲"的讀詩法。讀者通過對每首詩的文字理解，加入個人的經驗，反覆細味詩人在詩中表達的內容，再進入詩人的精神世界。掌握這種讀詩法，最理想是口誦心維，並與同好者"羣居相切磋"(孔安國語)，則我們讀得一首，便得益一首。久而久之，不單可體悟《詩》溫柔敦厚的特色，並能領受"詩教"的妙處，改善氣質。

前言

　　從古到今，無論哪個時代、哪個階層的人，凡是讀過《詩經》的，無不為之擊節讚賞。這種現象，充分說明了《詩經》內容的豐富性、複雜性，以及藝術形式、手法的多樣性。下面，我們準備從三方面加以介紹。

一、《詩經》的編集和流傳

　　《詩經》，是我國兩千五百年前的一部詩歌集。也是全世界碩果僅存的最古老的詩集之一。今天，它不但在我國擁有廣大讀者，而且被翻譯為多種外國文字，成為世界人民共同的精神財富。

　　《詩經》（原來叫做《詩》，又稱《詩三百》，“經”字是戰國以後的儒家學者加上去的，但已經沿用至今，所以我們亦一仍其舊）共有三百零五篇詩，包括公元前十一世紀（或更早）至公元前六世紀，也就是商、周之交到春秋中葉大約五百年間的作品。它產生的地區，東臨渤海，西至六盤山，北起滹沱河，南到江漢流域，相當現在七省之地。

這些上下五百年、縱橫幾千里的作品，是怎樣搜集起來、滙總成冊的呢？先秦典籍沒有明確記載；漢人的著述，才陸續提到這一問題。有的說是"天子五年一巡守（狩）……命太師陳詩以觀民風"（《禮記‧王制》），有的說是"天子命史采詩謠"（《孔叢子‧巡狩》）。班固說得更形象："孟春之月，羣居者將散，行人振木鐸徇于路以采詩，獻之太師，比其音律，以聞於天子。"（《漢書‧食貨志》）就是說，每年初春時候，由朝廷派出行人之官，搖着個大鈴鐺，到處徵集歌謠，然後集中交給太師（王室的樂官），由他審訂，編曲，再給天子演奏。那些"行人"是甚麼角色？何休說："男年六十、女年五十無子者，官衣食之，使之民間求詩。鄉移於邑，邑移於國，國以聞於天子。故王者不出牖户，盡知天下所苦，不下堂而知四方。"（《公羊傳‧宣公十五年解詁》）原來充當 "行人" 的是些年老無依的人，他們搜集到的詩歌經過層層遞送，最後由諸侯 "上達天聰"，獻給周王，讓他 "足不出戶而知天下"。

由於這種 "貨郎擔" 式的採詩方法太理想化了，甚至有點滑稽，所以引起後人懷疑。清人崔述在《讀風偶識》裏認為，"此言出於後人臆度無疑也。蓋凡文章一道，美斯愛，愛斯傳，乃天下之常理；故有作者，即有傳者。但世近則人多誦習，世遠則漸就湮沒"。把採詩制度全部否定了。

根據現有史料，我們可以基本肯定，歌謠的採集工作，以音樂家們的貢獻最大。當時各國設有樂師，負責誦詩、奏樂的工作。他們除了自己創作之外，並搜集歌謠來豐富樂章。各國的樂章通過交流或進獻，集中到周王廷，統一由太師（樂官之長）掌管。因此，《詩經》的最早編纂者，應該是最有條件、又感到有此必要的周王室的樂官。說他們有條件，是因為王室保存的詩歌最多，既有大量的宗廟祭歌和宮廷樂歌，又有各諸侯國的民歌。說他們有必要，是因為舉行祭祀、典禮時，唱詩奏樂，必須有“歌本”、“曲本”，而且，教育學生，還必須有“課本”。據《周禮·春官》記載：“樂師掌國學之政，以教國子小舞”，“教樂儀”；太師“教六詩，曰風、曰賦、曰比、曰興、曰雅、曰頌”。可見，詩、樂，是當時貴族子弟的必修科目，他們的老師，就是樂官。最早的《詩》，應該就是他們的課本。這本子經過長期流傳，不斷增補刪訂，到六世紀中葉，便大體固定下來。

《左傳·襄公二十九年》（前544）記載，吳公子季札到魯國觀樂，魯國樂工演奏風、雅、頌的順序，與今本《詩經》大致相同。其後，孔子亦不止一次說過“詩三百”的話（見《論語》）。可見那時已有了和現存篇數、次序大體相同的《詩經》本子。過去盛傳的“孔子刪詩”之說，是不可信的（季札觀樂時，孔子才八歲）。但孔子晚年“自衛返魯”，曾整理過《詩》的樂章，使“雅頌各得其所”（見《論語·子罕》）。他又以《詩》作為學生的必讀教材，一再強調“誦詩三百”。孔門後學亦繼承了這個傳統。所以，孔子對《詩經》的保存和傳播，是有功勞的。

《詩經》成書以後，流播很廣，影響甚大。不但宴會、典禮上用到它，就是日常生活、外交往來，亦經常要"賦詩言志"；所以孔子才有"不學詩，無以言"的話。在春秋二百四十年間，《左傳》和《國語》關於引用詩歌的記載，便有二百五十條（其中百分之九十五是現存《詩經》的作品）。不過，當時人們引詩的特點，是"斷章取義"，所謂"賦詩斷章，余取所求"（《左傳·襄公二十八年》），大多不理會詩的原意。就是《論語》、《孟子》這些儒家經典，亦極少有詩義的解說。這可能和時代有關，大概認為《詩經》是"近代文學"，無須解說吧。

到了漢朝，情況便不相同，它們已成了"古典文學"，非加詮釋不可。於是，四家詩說就應運而生。四家詩，就是魯人申培所傳的《魯詩》，齊人轅固所傳的《齊詩》，還有韓嬰所傳的《韓詩》和毛亨、毛萇所傳的《毛詩》。魯、齊、韓三家詩盛行於漢初，武帝時立有學官；《毛詩》最晚出，未得立。但到東漢時，衛宏為《毛詩》寫了《詩序》，大學者鄭玄又為它作《箋》，《毛詩》就盛行起來，三家詩反而逐漸失傳了。現在流行的"十三經注疏"本，就是鄭玄作《箋》、唐朝孔穎達作《正義》的《毛詩》本子。三家詩說，則見於後人的輯本中（如王先謙有《詩三家義集疏》）。

到宋朝，朱熹編撰了《詩集傳》，和漢人意見多有不同。清代《詩經》研究之學大盛，出現了很多專著，取得優良成績。比較重要的著作，以解釋詞義、訓詁名物見長的，有陳奐《毛詩傳疏》、馬瑞辰《毛詩傳箋通釋》等；以解釋詩意見長的，有姚際恆《詩經通論》、方玉潤《詩經原始》等。近代學者，則以聞一多先生的研究最有成就。

二、《詩經》的內容

《詩經》三百零五篇作品，分為風、雅、頌三類。

風，就是民歌。它原是"風俗、風土"的意思，因為從這些歌謠裏可以"觀民風"，察知各地的風土人情，所以就把它們稱為"風"。《詩經》有十五國風，共一百六十篇作品，產生於今之陝西、甘肅、山西、山東、河北、河南及湖北北部一帶，大多數是民間創作。

雅，是"正"、"正聲"的意思，這是宮廷樂歌。其中又分為《小雅》和《大雅》。《大雅》共三十一篇，全是西周作品；《小雅》七十四篇，大部分亦產生於西周。大、小雅的區分，眾說紛紜。據朱熹的意見，可能前者用於較莊重的"饗禮"而後者用於一般的"燕禮"。雅詩大多是貴族、文人的作品。

頌，是讚美詩，用於宗廟祭祀，所謂"美盛德之形容，以其成功告於神明者也"（《毛詩序》），有些還兼作舞曲。頌分為《周頌》、《魯頌》和《商頌》。《周頌》三十一篇，是周朝的頌歌，全部作於西周初年。《魯頌》四篇，是春秋前期魯國的頌歌。《商頌》五篇，是商朝的頌歌，但經過後人加工整理，所以又有人認為是春秋時的作品。這些祭祀用的頌歌，多數是貴族創作，有的可能出於宮廷史官、樂官之手，亦有少數是由民間祭歌借用來的。

以上是按體裁分類。如果按作品題材區分，可以分為史詩、政治詩（句括政治諷刺詩）、愛情詩、勞動詩和反映戰爭的詩歌等五大類，另外還有少量的哲理詩、悼亡詩等。這些區分並不是絕對的，它們往往互相滲透，互相交織，構成了無比豐富、複雜的生活畫面，深刻地反映了當時的現實。下面，我們就扼要加以介紹。

《大雅》的《生民》、《公劉》和《緜》，記述了周民族起源、發展的神話和傳說，再加上歌頌文王、武王戰功的《皇矣》和《大明》，就構成了一組頗具規模的史詩，反映了從周的始祖后稷建國直到武王滅商的全部歷史。《商頌》的《玄鳥》記述了"玄鳥生商"的傳說以及商朝崛起的經過，和《生民》等詩相比，有詳略的不同。這些詩篇，記述傳神，描寫生動，開了後世敘事詩的先河。有些還充滿着神話色彩，引人入勝。比如《生民》第三段描寫后稷誕生後被棄不死的種種靈異：

誕寘之隘巷，牛羊腓字之。誕寘之平林，會伐平林。誕寘之寒冰，鳥覆翼之。鳥乃去矣，后稷呱矣；實覃實訏，厥聲載路。

還有《玄鳥》中關於商族起源的傳說，"天命玄鳥，降而生商。宅殷土芒芒。" 正是我們先人這些奇麗的幻想，使這些作品具有"永久的魅力"。

提起政治詩，人們自然就想起屈原的《離騷》，那確實是政治抒情詩的傑作。那種上天下地的奇想，嫉惡如仇的激情，讀之令人感奮。但《離騷》的出現決不是偶然的，從《詩經》到《楚辭》的發展，有明顯的線索可尋。《小雅》的《正月》、《十月之交》、《巷伯》和《大東》，就是《詩經》中政治抒情詩的優秀代表，它們肯定曾給予屈原的創作以鼓舞和啓示。試看《巷伯》的一段：

彼譖人者，誰適與謀？取彼譖人，投畀豺虎！豺虎不食，投畀有北！有北不受，投畀有昊！

這裏沸騰着對醜齪小人多麼熾烈的仇恨。《正月》，是西周東周交替時，社會大動蕩、大變亂中產生的作品，詩人感時傷事，對昏庸誤國的官僚無比激憤："召彼故老，訊之占夢，具（俱）

曰‘予聖’。誰知烏之雌雄？”那些元老大臣和占夢官員，一個個都說“我最賢明”。真是天下烏鴉一般黑，你怎能辨別它們的公和母呢？詩人的感慨是深沉的。《十月之交》更進一步，矛頭直指以周幽王的“艷妻”為中心的最高統治集團：

　　皇父卿士，番維司徒，家伯維宰，仲允膳夫，棸子內史，蹶維趣馬，楀維師氏：艷妻煽方處。

對那幫竊據高位、禍國殃民的狐羣狗黨，詩人表示極大的鄙棄，把他們的名字一一列出，釘在歷史的恥辱柱上。《正月》又這樣寫道：

　　心之憂矣，如或結之。今茲之正（政），胡然厲矣！燎之方揚，寧或滅之；赫赫宗周，褒姒威之！

表現了何等深沉的憂國之情。“長太息以掩涕兮，哀民生之多艱。”“豈余身之憚殃兮，恐皇興之敗績！"（均見《離騷》）就是這種精神的繼承和發展。

以上這些像火山熔岩般激情噴薄的文字，對屈原思想的影響，是不容忽視的。

再看《大東》。詩人馳騁想像，暢遊星空，歷數天上星宿的有名無實，傾訴東方人民困於沉重賦役的滿腔悲憤：

維天有漢，監（鑒）亦有光。跂彼織女，終日七襄。

雖則七襄，不成報章。睆彼牽牛，不以服箱。東有啓明，西有長庚。有捄天畢，載施之行。

維南有箕，不可以簸揚。維北有斗，不可以挹酒漿。維南有箕，載翕其舌。維北有斗，西柄之揭。

天上的銀河，照不見人影。織女不會織布，牽牛不會拉車，天畢（網）星卻張開在路上，箕星不能用來簸米揚糠，斗星不能用來挹酒漿；它不但挹不了酒漿，還把柄兒向西方高舉，似乎也在助紂為虐，讓周王室搜刮東方人民。以奇特的想像去抒寫鬱結的愁思，這正是《離騷》浪漫主義手法的直接來源。

這裏有位值得一提的女詩人 —— 許穆夫人，她寫的《載馳》（《鄘風》）是《詩經》裏膾炙人口的愛國詩篇。公元前 660 年，衛國被狄人破滅，衛人渡過黃河，暫時在漕邑避難。許穆夫人知道生身祖國危亡的消息，憂心如焚，馬上趕去漕邑弔唁，並準備向大國呼籲求援。許國大夫們惟恐招惹是非，"眾稚且狂"地竭力阻撓。許穆夫人堅定地回答，"大夫君子，無我有尤！百爾所思，不如我所之！"斬釘截鐵，擲地有聲！幾千年後的讀者，仍要被她的愛國熱誠感動。

《邶風·北門》和《小雅·北山》屬於另一種類型。它們的作者都是處於下層的小官吏，由於身受權貴的欺壓，所以頭腦比較清醒，反戈一擊，易於揭出時政的弊端。如果說，慨歎着"王事敦我，政事一埤遺我。我入自外，室人交徧摧我"的《北門》小吏，較多地還是感傷個人不幸的話，那麼，《北山》的作者，卻是把整個統治機構腐敗的情景，披露於我們面前：

或燕燕居息，或盡瘁事國。或息偃在床，或不已于行。

　　或不知叫號，或慘慘劬勞。或棲遲偃仰，或王事鞅掌。

　　或湛樂飲酒，或慘慘畏咎。或出入風議，或靡事不為。

客觀的事實，鮮明的對比，比千言萬語的議論，更有力量。

　　除了上述那些深刻感人的政治抒情詩外，人們還發明了干預現實的銳利武器 —— 政治諷刺詩。他們卓有成效地運用這一武器，對統治者們的醜言穢行，加以無情揭露和猛烈的鞭撻。如《邶風‧新臺》、《齊風‧南山》和《陳風‧株林》，分別譴責了衛宣公、齊襄公和陳靈公三個國君的無恥行徑。其中以《新臺》寫得最生動、最成功。全詩用漫畫化的手法，把厚顏無恥的衛宣公挖苦得淋漓盡致，我們今天讀起來，仍感到鞭辟入裏，辛辣有力。另外，《鄘風‧相鼠》、《牆有茨》等，也是各具特色的諷刺詩。

　　《詩經》中數量最大、最為人稱道的，恐怕

還是愛情詩（包括戀愛、婚姻各種題材）。光是“國風”部分，這類作品就有六十多首，佔全部風詩三分之一強。它們數量雖多，卻面目不同，恍如百花競艷，各各呈現着動人的風姿。

有些表現少男少女熱烈、真誠的戀慕，像泉水一樣晶瑩、透徹：“投我以木瓜，報之以瓊琚。匪報也，永以為好也！”（《衛風‧木瓜》）有些描寫山林草野、不期而遇的幽會，像大自然一樣樸野、清新：“野有死麕，白茅包之。有女懷春，吉士誘之。……舒而脫脫兮，無感（撼）我帨兮，無使尨也吠！”（《召南‧野有死麕》）“野有蔓草，零露漙漙。有美一人，婉如清揚。邂逅相遇，與子偕臧（藏）！”（《鄭風‧野有蔓草》）有些表現單戀的痛苦：“求之不得，寤寐思服，悠哉悠哉，輾轉反側！”（《周南‧關雎》）“彼澤之陂，有蒲與荷。有美一人，傷如之何！寤寐無為，涕泗滂沱！”（《陳風‧澤陂》）有些敘述相逢的快樂：“風雨如晦，雞鳴不已。既見君子，云胡不喜！”（《鄭風‧風雨》）有些反映遠行離別，刻骨的相思，“自伯之東，首如飛蓬。豈無膏沐，誰適為容？“（《衛風‧伯兮》）

有些又表現一往情深、忠貞不渝的愛："出其東門，有女如雲。雖則如雲，匪我思存。縞衣綦巾，聊樂我員。"（《鄭風·出其東門》）"心乎愛矣，遐不謂矣？中心藏之，何日忘之！"（《小雅·隰桑》）有些反映了戀愛的波折和苦惱，"彼狡童兮，不與我言兮。維子之故，使我不能餐兮！"（《鄭風·狡童》）有些又描寫了幸福、美滿的愛情生活，如《鄭風·女曰雞鳴》和《唐風·綢繆》。

《鄘風·柏舟》和《王風·大車》，為我們塑造了勇敢地爭取自由、幸福的女性的可愛形象。如《柏舟》：

汎彼柏舟，在彼中河。髧彼兩髦，實維我儀。之死矢靡它。母也天只！不諒人只！

父母強迫她放棄自己選定的對象，她表示到死也不改變主張。又如《大車》：

穀則異室，死則同穴！謂予不信，有如皦日！

"生不能住在一起，死了也要和你同埋！要是認為我說謊，有這光輝的太陽在上！"這就是那位姑娘"指天誓日"時發出的錚錚誓言。其感情的熾熱、意志的堅決，令人不禁想起後世許多動人的愛情故事：孔雀東南飛、梁山伯與祝英台、杜麗娘與柳夢梅……

對婚姻的干涉常常給婦女造成莫大痛苦，而家庭的破裂，也給她們帶來很大的不幸。《詩經》中的"棄婦"詩，便有四首之多。《邶風·谷風》和《衛風·氓》，是其中的代表作。這兩首詩，都運用直書其事的"賦"的手法，通過回憶對比，反映詩中主人公的不幸遭遇。但兩首詩又各有特點。《谷風》表現了欲去還留、不忍遽絕的複雜心理，感傷多於憤慨；《氓》則痛心疾首，徹底決裂，還要別人記取自己的教訓，怨怒溢於言表。從風格上看，前者較婉曲而後者較切直，但都同樣地扣人心弦。在當時的世界文學作品中，像這樣優秀的敘事、抒情詩篇，也是不多見的。

除愛情之外，勞動和戰爭，便是《詩經》裏最常見的題材。當着人們為共同的切身利益而從事生產或投身戰鬥的時候，他們的情緒是高昂的，詩歌也充滿熱情的調子。如《周頌·良耜》："荼蓼朽止，黍稷茂止。穫之挃挃，積之栗栗。其崇如墉，其比如櫛。以開百室。百室盈止，婦子寧止。"這裏描寫了豐收的喜悅。又如《大雅·緜》："捄之陾陾，度之薨薨，築之登登，削屢馮馮。百堵皆興，鼛鼓弗勝。"描寫了建築工地上熱火朝天的氣氛，人們在盛土，倒土，搗土，削牆，音響的巨流，把助興的鼓聲也完全淹沒了。《周南·芣苢》是一羣婦女採集芣苢（車前）時所唱的歌曲："采采芣苢，薄言采之。采采芣苢，薄言有之。……"迴環往復，一唱三歎。她們愉快勞動的情景，恍如浮現在眼前。

要保衛和平的勞動，就必須勇於戰鬥，反對外來侵略：

豈曰無衣？與子同袍。王于興師，修我戈矛，與子同仇！

這首《秦風·無衣》，是秦國將士們抗擊西

戎入侵者的戰歌，它是那樣威武雄壯，在行進中和着整齊的步伐唱起來，簡直就像《馬賽曲》、《義勇軍進行曲》一樣鼓舞人心。

這只是事情的一面。《詩經》大量描寫的，還是繁重的兵役、徭役給人們帶來的普遍苦難。"春秋無義戰"，各國諸侯為滿足貪慾而彼此攻伐，受害的始終是廣大羣眾。《邶風·擊鼓》就表現了一位久戌在外的戰士對親人的懷念和對窮兵黷武的統治者的怨憤，"擊鼓其鏜，踴躍用兵。土國城漕，我獨南行。……于嗟闊兮！不我活兮！于嗟洵兮！不我信兮！"厭戰懷鄉，情見乎詞。《小雅·祈父》性質和這相近。另外，《豳風·東山》和《小雅·采薇》，通過特定的情節，以精煉形象的筆墨，把歷盡艱辛的戰士在還鄉途中的所見、所聞、所感委曲盡情地勾畫出來，成為二千多年一直膾炙人口的傑作。連曹操也這樣說："悲彼《東山》詩，悠悠使我哀！"（《苦寒行》）而《采薇》的末一段開頭四句："昔我往矣，楊柳依依。今我來思，雨雪霏霏。""以樂景寫哀，以哀景寫樂"（王夫之語），更被晉朝的謝玄目為《詩經》三百篇中的絕唱（《世說新語·

文學》）。

　　和連年征戰相聯繫的，是永無休止的徭役。《王風·兔爰》、《齊風·東方未明》、《魏風·陟岵》、《唐風·鴇羽》、《小雅·鴻雁》、《何草不黃》等篇，從不同的角度，反映了這同一主題。有的憤激，有的淒婉，有的絕望，有的沉痛。"遍野哀鴻"這句話，就是從《鴻雁》一詩來的，它正集中體現了這些詩篇的悲慘內容。

　　《豳風·七月》，主要寫農民的奴隸勞動。他們成年累月不得休息，自己卻"無衣無褐"，年青婦女還得受貴族公子的凌辱。這種生活簡直非人所能忍受。因此，較為勇敢的農民，便在《魏風·伐檀》和《碩鼠》裏，發出了憤怒的呼聲。他們對不勞而食的貴族領主盡情嘲罵："不稼不穡，胡取禾三百廛兮？不狩不獵，胡瞻爾庭有縣貆兮？彼君子兮，不素餐兮！"（《伐檀》）甚至斥之為大老鼠（《碩鼠》）。他們要擺脫那些吸血鬼、寄生蟲，另尋"樂土"，去過自由勞動的生活，去建立"桃花源"式的沒有剝削、沒有壓迫的"理想國"。這種想法自然是無法實現的，但"詩言志"，通過這些不平的呼聲，我們也可以窺見當時社會上兩大階級的對抗和衝突，已發展到多麼尖銳、激烈的程度。

以上，我們介紹了《詩經》五個方面的內容。另外有些作品不在上述範圍之內，如《豳風·鴟鴞》這首禽言詩，《小雅·鶴鳴》、《無將大車》兩首哲理詩以及《唐風·葛生》、《小雅·蓼莪》兩首悼亡詩等等，都是值得一讀的作品。有的在下文還要談及。

三、《詩經》的藝術成就及其對後世的影響

中國是一個"詩"的國度。在幾千年詩歌創作發展的長河裏，形成了多樣的風格和流派。但是，不論哪一種風格、流派的作品，都幾乎可以在《詩經》裏找到自己的雛型。《詩經》，是中國詩歌的"廣大教化主"。

那些名目繁多的詩派，儘管千差萬別，各不相侔，但從表現手法來看，實際只有兩種，就是：明晰的與朦朧的。

我們不妨以畫喻詩。國畫，有工筆和意筆之分；油畫，有古典派和浪漫派之分。這種區分，

不一定與內容有關，主要還是指藝術手法、風格的不同。工筆，或者說古典派，講究線條的整飭、色彩的明淨、造型的精確。意筆，或者說浪漫派，則喜歡追求總體效果，對局部的刻劃，不一定那麼精細，有時甚至故意弄得有點模糊。兩種手法，各有長處，只要運用得好，同樣是反映現實的有效手段。不是有個著名的故事嗎？唐玄宗想觀賞三百里嘉陵江山水，叫了吳道子、李思訓兩位畫家在殿壁上揮毫。結果，吳道子大筆淋漓，一天就畫好了；李思訓則花了幾個月時間，精雕細鏤，最後繪成一幅金碧輝煌的青綠山水。玄宗看了之後，嘖嘖稱讚，說："李思訓數月之功，吳道子一日之迹，皆極其妙！"可見，明晰與朦朧這兩種表現手法，並無優劣之分。喜歡哪一種，視各人的興趣、習尚而定。不過一般說來，後者要以前者為基礎，而且因為具有較多的靈活性，所以難度更大，更易於顯示作者的個性和技巧；如果運用得好，利於造成特定的意境和氣氛，可以激發讀者（觀眾）的想像，大大擴充了作品的內涵。我們看現代作品，往往是意筆居多，就是這個緣故。

詩歌，也是這樣。若以屈原作品為例，那麼，《九章》的大部分以及《國殤》等篇，是以"明晰"的手法為主的，而《九歌》中的《山鬼》、《湘君》、《湘夫人》，卻是"朦朧"派的典範。《離騷》，則兩者兼而有之。

這兩種手法在《詩經》裏，都已開始使用，特別是前者，應用得非常廣泛，無論敘事、寫景、抒情，都離不了它。

這裏，有對人和物動態的精確描繪："爾羊來思，其角濈濈。爾牛來思，其耳濕濕。或降于阿，或飲于池，或寢或訛。爾牧來思，何蓑何笠，或負其糇。……爾牧來思，以薪以蒸，以雌以雄。爾羊來思，矜矜兢兢，不騫不崩。麾之以肱，畢來既升。"（《小雅·無羊》）刻劃得多麼生動，多麼傳神。以描寫農村風光著稱的法國米萊（Millet）的名畫，亦不能過。又如："靜女其姝，俟我於城隅。愛而不見，搔首踟躕。"（《邶風·靜女》）這"搔首踟躕"四字，活靈活現地表現了那位被愛人捉弄的情哥兒無計可施乾着急的神態。《小雅·車攻》用如下幾句描寫一場大規模狩獵結束後，隊伍整肅、軍容壯盛的情景，"蕭蕭馬鳴，悠悠旆旌。徒御不驚，大庖不盈。"隋朝顏之推認為，南朝梁代詩人王籍的名句："蟬噪林逾靜，鳥鳴山更幽。"就是從中學習了"動中見靜，靜中見動"的手法（見《顏氏家訓》）。另外，描寫收穫、建築的情景（《良耜》、《公劉》），採摘芣苢的動作（《芣苢》），都是用精確而富於變化的詞語，一下子就抓住對象的特徵，顯示了詩人敏銳的觀察力和出色的表現力。

這裏，還有對自然景色工緻的刻劃："桃之夭夭，灼灼其華（花）"（《周南·桃夭》），寫出了桃花盛開時，一片緋紅的濃艷春光；而"風雨淒淒，雞鳴喈喈"（《鄭風·雞鳴》），又是另一番淒風苦雨的蕭索氣象。"野有蔓草，零露漙漙"（《野有蔓草》），散發着清晨時分田野的新鮮氣息，而"葛生蒙楚，蘞蔓于野"（《葛生》），則表現了墓地的冷落、荒涼。由於當時是農業社會，所以對農作物的描寫觸目皆是："實方實苞，實種實褎，實發實秀，實堅實好，實穎實栗。"（《生民》）"荏菽旆旆，禾役穟穟，麻麥幪幪，瓜瓞唪唪。"（《生民》）都能做到歷歷如繪。這些寫景的句子，有的具有實在意義，有的是為下文渲染特定的氣氛，有的只是起一種聲韻的作用；後兩者，便是所謂"興"的手法。

個別作者，還能匠心獨運，"以樂景寫哀，以哀景寫樂"，充分發揮"反襯"的效果，突出作品的主題。除上述《采薇》的例子外，還有《七月》的一節："春日載陽，有鳴倉庚。女執懿筐，遵彼微行，緩求柔桑。春日遲遲，采蘩祁祁。女心傷悲，殆及公子同歸。"溫煦的陽光，婉轉的鳥鳴，翠綠的田野，和姑娘愁苦的心情適成鮮明對照；就如《天鵝湖》裏惡魔突然出現，在美麗的湖邊投下濃重的陰影一樣，給人以深刻、強烈的印象。

有些作品，以描寫人物的心理活動見長。如《谷風》、《氓》就是這樣。《邶風·終風》表現一個多情的少女責備她任性而暴虐的情人，她怨他，恨他，但又無法不想念他，更增加了煩惱和痛苦；全詩一波三折，把處在矛盾中的複雜心理表現得栩栩如生。又如《魏風·葛屨》用"好人提提，宛然左辟（避），佩其象揥"三句，刻劃那位嫡夫人滿懷醋意而裝作鄙夷不屑的神態，真是入木三分。

有些作品，以抒發深沉、熾烈的感情著稱。如《正月》、《十月之交》、《巷伯》、《大東》等篇。上文已作了分析，這兒不再詳說。

有時，作者又善於借助一些貼切、新警的比喻，去繪形狀物，使你一見之下，歷久難忘，那便是所謂"比"的手法。《衛風·碩人》對衛莊公夫人莊姜的美貌是這樣形容的："手如柔荑，膚如凝脂，領如蝤蠐，齒如瓠犀，螓首蛾眉。巧笑倩兮，美目盼兮。"連用六個比喻，不但寫出了容貌，而且寫出了身份；後面再加上"點睛"之筆，整個形象也就躍然紙上，呼之欲出了。難怪清人姚際恆譽之為"千古頌美人者無出其右"（《詩經通論》）。再看《小雅·斯干》對建築物的描寫："如跂斯翼，如矢斯棘，如鳥斯革，如翬斯飛。"分別用人的翹足而立，用箭矢的棱角，用鳥兒展翅和山雞飛舞，去誇飾宮殿的軒翥宏麗，對靜態事物作動態的描繪，就如雨果筆下的《巴黎聖母院》那樣，使這所宮室顯示出鮮明的個性特徵。《邶風·柏舟》又是另一種情趣："我心匪鑒，不可以茹。""我心匪石，不可轉也。我心匪席，不可卷也。""心之憂矣，如匪澣衣。"用四個不同比喻去形容一個"心"字，以常見事物的屬性，去比況較為抽象的人的個性和心情，使人得到具體、深刻的印象。數千年前的作者有這樣不凡的技巧，實在令人驚歎！

除比喻之外，有的作者還運用比擬的手法，將物擬人，加強形象性和藝術感染力。如《碩鼠》、《隰有萇楚》和《鴟鴞》，就是全篇用比的作品。尤其是《鴟鴞》，完全可以把它看作後世"寓言詩"、"童話詩"的先驅。

對比，也是《詩經》裏突出主題常用的方法之一。如《七月》以貴族領主和農民的生活作對比，《北山》將士子的"慘慘劬勞"和大夫的"宴宴居息"作對比，《大東》又拿"東人"和"西人"十分懸殊的政治、經濟地位作對比，都是很成功的例子。方玉潤認為："後世李白歌行、杜甫長篇，悉脫胎于此。"（《詩經原始》）

另外，反覆、層遞的歌唱形式（《芣苢》、《漢廣》、《采葛》），以及疊字（"悠悠"、"霏霏"）和雙聲（"參差"、"玄黃"）疊韻（"輾轉"、"窈窕"）的大量採用等等，也都是《詩經》

作品表情達意特有的手段。

　　所有以上那些飛動的線條、明麗的色彩和飽滿的形象，所有以上那些敘事、寫景、抒情的手法，給了後世詩人多少啟示、多少有益的借鑒呀！屈原是最早的受益者；李白慨歎着“大雅久不作，吾衰竟誰陳”；杜甫聲言“別裁偽體親風雅，轉益多師是我師”；白居易要發揚“風雅、比興”的傳統，主張“文章合為時而著，歌詩合為事而作”，並採用《詩經》白描的技巧，寫了大量反映現實的優秀詩篇……《詩經》及其寫實的手法，就像潺潺的清泉，滋潤着無數詩人的心田，為祖國詩壇澆灌出一簇簇異卉奇葩。

　　這還不稀奇。因為藝術起源於勞動，詩歌、音樂、繪畫和舞蹈，都是從模仿人與自然交往過程中出現的各種音響、節奏、動作、形象開始的，所以明晰的（也就是寫實的）表現方法，必然發達得最早。而“朦朧”的手法，帶有較多理性色彩，應當是更高發展階段的產物。叫人驚奇的是，具有這種“朦朧”特色的作品，居然也在《詩經》裏出現了。我指的是《陳風・月出》、《秦風・兼葭》和《小雅・鶴鳴》。

《月出》是一首雙聲疊韻詩，具有很強的音樂性：

月出皎兮，佼人僚兮。舒窈糾兮，勞心悄兮。

月出皓兮，佼人懰兮。舒懮受兮，勞心慅兮。

月出照兮，佼人燎兮。舒夭紹兮，勞心慘兮。

詩中形容月色的皎、皓、照，形容容貌的僚、懰、燎，形容體態的窈糾、懮受、夭紹，都是聲母或韻母相同的字。讀起來，使你產生一種朦朦朧朧、纏纏綿綿的特殊感覺，"不知情之何以移而神之何以暢"，只覺得它"言有盡而意無窮"。

《鶴鳴》和《蒹葭》沒有借助於音響效果，而是運用暗喻、象徵的手法，寓情於景，寓理於情，把人引入一個迷離惝恍、"草色遙看近卻無"的境界。試看《蒹葭》的一段：

蒹葭蒼蒼，白露為霜。所謂伊人，在水一

方。遡洄從之,道阻且長。遡游從之,宛在水中央。

這裏描寫了對可望而不可即的心愛者的景慕與追求,由於蒹葭秋水、白露清霜的環境的襯托,更顯得神韻飄逸、風緻嫣然。它使你沉浸在憧憬之中,想得很多、很遠⋯⋯清人沈德潛說它"蒼涼瀰渺,欲即轉離"(《說詩晬語》),正是充分領會了這一特點。

《鶴鳴》是三百篇中罕見的哲理詩,它全用"比興"手法,通過魚、鳥、木、石等園林景色的描寫,說明對人或客觀事物應作全面了解,用其所長,而不要蔽於一隅之見:

鶴鳴于九皋,聲聞于天。魚在于渚,或潛在淵。樂彼之園,爰有樹檀,其下維穀。它山之石,可以攻玉。

我不敢擔保沒有把它解釋錯,至少,它不能包括這首詩的全部內涵。如果你從不同角度去理解,完全可以有新的體會。

這種"朦朧"的意境,是和客觀事物的矛盾性、多樣性、不確定性相一致的,你不能畫出一條真正的直線;沒有一個時鐘是準確的;列車在高速行進時,車身就縮短了;構成物質的基本粒子,它們既是一個點,同時又是一個"波"……但是,矛盾又有它的統一性,多樣往往圍繞着一個中心,直線究竟不同於曲線;時鐘的誤差是可以糾正的;物體運動總有相應的規律可尋;奇妙莫測的基本粒子,也要乖乖聽從人們的意旨,釋放出無窮無盡的能量……同樣,這"朦朧"的詩境,有它的基調,有它一定的趨向性,有可供選擇的大致範圍,你要隨心所欲地加以曲解,讀者是不會贊成的。

這是一種詩意的朦朧。它並非荒誕的"預言"、含糊的讖語,也不是醜惡或無知的漂亮的飾物。它能發人深思,使人振奮,燃起你對美好事物的熱情,引着你衝破黑暗的地平線,追求完美,渴慕光明,向着精神世界的天宇飛昇!而讖語,卻是黑暗的產物。

從上述幾首詩到屈原的《九歌》、《離騷》,再到張衡的《四愁詩》,曹植的《洛神賦》,陶潛的《讀山海經》、《閑情賦》，李義山的“無題”詩，王士禛的“神韻”說，一直到“五四”以後新詩人聞一多的《死水》、戴望舒的《雨巷》等等，我們可以理出一條曲折但又明白可見的線索，看到它們之間借鑒、繼承和發展的關係。當然，並非每篇作品都能達到上述水平的，這也和詩人的思想、境遇、修養有關。

四、幾點說明

最後，談一談本書的體例。

我們從《詩經》三百零五篇詩中選出《國風》八十篇、《小雅》二十二篇、《大雅》四篇、《周頌》四篇、《商頌》一篇，合共一百一十一篇，佔原作三分之一強。所選作品盡量顧及內容和藝術手法的多樣性，以期較全面地反映《詩經》的面貌。

每篇作品，前面都有題解，後附簡要說明，讓讀者對詩的內容、特點及歷來各家的不同看法有所了解。同時，對每一首詩，我們都力求準確地作了翻譯。難懂的詞語，亦一一加以注釋，有些觀點適當注明出處。另外,重要的異文及言之成理的不同解釋,亦加說明,讓讀者可以斟酌去取。

本書注音以今讀為主,不標"古音"。這是基於如下想法:如果為了讀來"順口",把韻腳唸成"古音",那麼非韻腳的字又怎麼辦?唸不唸"古音"?如果都唸"古音",恐怕無人能懂;如果唸今音,那麼同一個字,在韻腳和非韻腳讀法就不一致,變得非驢非馬,很不協調。何況那些"古音",並非全都絕對可靠呢。再者,假如《詩經》要唸上古音,那麼唐詩就該唸中古音,元曲呢,就得照《中原音韻》來唸 —— 廣大讀者也非一個個變成"古人"或音韻學家不可。幸好我們選注唐詩、元曲的專家並沒有那樣做。

本書譯文,採用"句解"的方法,而沒有譯成"詩"的形式。因為我們感到,詩的韻味,只能通過原作去領略,"此中有真意,欲辨已忘言",一經迻譯,便會大大失真。所以,與其讓讀者去拜讀你那既非創作又非原作的"新詩",倒不如老老實實把詩句解釋明白,替讀者掃除障礙,使他們可以直接領略原作的佳趣。當然,這些譯文，我們還是努力做到簡潔明瞭，前後照應，如果集中起來，也可以獨立成篇。

　　以上只是一些主觀想法。至於實際效果如何，那就有待專家和讀者們的正確評斷了。

周錫䪆

一九七九年五月

國風

關雎（周南）

　　這是《詩經》開宗明義第一篇作品，所謂"四始"之一（《國風》第一首《關雎》，《小雅》第一首《鹿鳴》，《大雅》第一首《文王》，《周頌》第一首《清廟》，合稱四始）。它描寫青年男子對一位漂亮姑娘的戀慕與追求，是一首優美的情詩。它的題目，是從詩句中擇取來的，並無別的深意；《詩經》每一篇都是如此。

　　周南，周成王時代，周公旦與召公奭分陝而治，周公統治東方諸侯。周南當是周公治下的南方詩歌，其地區相當於今河南洛陽直到湖北一帶。《詩經》有《周南》十一篇，下面選入五篇。

　　關關雎鳩，在河之洲[1]。窈窕淑女，君子好逑[2]。

　　參差荇菜，左右流之[3]。窈窕淑女，寤寐求之[4]。求之不得，寤寐思服[5]，悠哉悠哉，輾轉反側[6]！

　　參差荇菜，左右采之。窈窕淑女，琴瑟友之[7]。參差荇菜，左右芼之。窈窕淑女，鐘鼓樂之[8]。

注釋

1 **"關關"二句**：關關叫着的雎鳩，在那河中的沙洲。

　　關關：象聲詞，鳥兒和鳴的聲音。**雎鳩**（jū jiū 狙揪）：水鳥名，又名鶚，喜捕食魚類。《本草綱目》說：這種鳥情意專一，經常雙宿雙飛，分開時，也不和別的異性共棲，極篤於伉儷之情。所以詩中以它們起興。**洲**：水中陸地。

2 **"窈窕"二句**：美麗善良的姑娘，是君子的好配偶。

　　窈窕（yǎo tiǎo）：美好的樣子。指外形美。**淑**：善，品德好。指內在美。**君子**：古代對男子的美稱。**逑**（qiú 求）：配偶。又作"仇"。

　　第一段，以雎鳩的和鳴起興，引出對淑女的追求。興，就是"先言它物以引起所詠之辭"，也就是一種聯想的手法。這種手法，《詩經》中用得極多，如下面兩段關於摘取荇菜的描寫就是了。

3 **"參差"二句**：參差不齊的荇菜，左一把右一把去撈取它。

　　參差（cēn cī）：長短不齊的樣子。**荇**（xìng 杏）**菜**：水生植物名，根生水底，葉浮水面，可當菜吃。**流**：順着水流採摘。

4 **"窈窕"二句**：美麗善良的姑娘，醒着睡着都追求她。

　　寤（wù 悟）：睡醒。**寐**（mèi 未）：睡着。

5 **"求之"二句**：追求不到手，醒着睡着想個不休。

　　思服：思念。服，想。

6 **"悠哉"二句**：相思無盡呀情意長，翻來覆去睡不着。

　　悠（yōu 優）：思念深長的樣子。**輾轉**、**反側**：轉動，翻身。以上第二段，寫男子對女方的追求未達目的時那種煩悶不安的心情。

7 **"參差"四句**：參差不齊的荇菜，左一把右一把去採摘它。
美麗善良的姑娘，彈琴鼓瑟去親近她。

采：同採。琴、瑟：古代兩種樂器名。琴五弦或七弦，瑟二十五弦。友：親近、娛悅的意思。

8 **"參差"四句**：參差不齊的荇菜，左一把右一把去揀摘它。
美麗善良的姑娘，敲鐘打鼓去使她歡樂。

芼（mào 冒）：揀擇。鐘、鼓：古代兩種樂器名。樂：使……快樂。

第三段，寫那個男子徹夜不眠時產生的幻想。

這首詩本來是民間情歌，內容並不難理解，但前人受了儒家思想的影響，卻把它捧到天上去，解釋得玄乎其玄。他們說，這是歌頌周文王"后妃之德"、有關天下"人道之大倫"的經典之作。把它神聖化，也神秘化了（見《史記·外戚世家》、衛宏《詩序》及朱熹《詩集傳》）。直到清代，這首詩才逐步恢復了它的本來面目。

姚際恆在《詩經通論》中提出："此詩只是當時詩人美世子娶妃初昏（婚）之作。"崔述《讀風偶識》說："此篇乃君子自求良配，而他人代寫其哀樂之情耳。龔橙《詩本誼》說："思得淑女配君子也。"

方玉潤頗有創見，他在《詩經原始》中大膽指出，"《風》者，皆採自民間……此蓋周邑之詠初昏（婚）者。"

近人聞一多說："女子采荇於河濱，男子見而悅之。"（見《風詩類鈔》）最接近詩的本義。

卷耳（周南）

這是一個婦人思念遠行丈夫的詩。在迷離惝恍之中，眼前出現了他旅途奔波的種種幻象。

采采卷耳，不盈頃筐[1]。嗟我懷人，寘彼周行[2]。

陟彼崔嵬，我馬虺隤[3]。我姑酌彼金罍，維以不永懷[4]。

陟彼高岡，我馬玄黃。我姑酌彼兕觥，維以不永傷[5]。

陟彼砠矣，我馬瘏矣！我僕痡矣！云何吁矣[6]！

注釋

1　"采采"二句：採呀採採卷耳，裝不滿一個斜口筐。
采：同採。一說采采是茂盛的樣子，亦可通。卷耳：植物名，又名蒼耳，一年生草本，嫩苗可吃，其子炒熟去皮可磨為麵。盈：滿。頃筐：簸箕樣的斜口筐。

2　"嗟我"二句：唉，我想念遠行人，把它放在大路旁。

嗟（jiē 街）：感歎聲。**寘**：同置，放下。**周行**（háng 杭）：
周朝的大路。下同。

第一段，寫那女子勞動時心不在焉的神態。以下三段，即
設想丈夫遠行在外的種種情景。

3　"**陟彼**"二句：登上那高高的山嶺，我的馬兒累得慌。

陟（zhì 至）：往上走。**崔嵬**（wéi 維）：本指有石的土山，
後引申為一般的高山。**我**：婦人丈夫的自稱。**虺隤**（huī tuí
灰頹）：因疲勞而生病。

4　"**我姑**"二句：我且斟滿酒壺來痛飲，好不致長久牽掛。

酌（zhuó 灼）：斟酒。**金罍**（léi 纍）：一種大型的青銅酒
器，形似壺，上面刻畫有雲雷圖案。**維**：句首助詞，無
義。**以**：以便。**永**：長久地。**懷**：思念，指思家。

5　"**陟彼**"四句：登上高高的山脊，我的馬兒累壞了。我且斟
滿牛角杯兒來痛飲，好不致長久悲傷。

岡：山脊。**玄黃**：生病。**兕觥**（sì gōng 似肱）：像野牛（兕）
形的大型酒器。

6　"**陟彼**"四句：登上那崎嶇的石頭山，我的馬兒累垮了！我
的僕人累倒了！我是多痛苦呀多憂愁！

砠（jū 居）：有土的石山。**瘏**（tú 途）：馬病得不能前進。
痡（pū 撲）：人病得不能行走。**云**：句首助詞，無義。**何**：
多麼。**吁**：忏（xū 虛）的假借字，憂愁。

後面三段，寫山越來越險陡，馬越來越疲累，最後人困馬
乏，不禁極度憂傷。一層逼進一層，顯得異常緊湊。

桃夭（周南）

這是慶賀新婚的歌。可能是新娘的女伴送她出門時所唱。

桃之夭夭，灼灼其華[1]。之子于歸，宜其室家[2]！

桃之夭夭，有蕡其實。之子于歸，宜其家室[3]！

桃之夭夭，其葉蓁蓁。之子于歸，宜其家人[4]！

注釋

1 "桃之"二句：鮮嫩的桃樹呀，花兒開得火樣紅。

夭夭（yāo 妖）：少壯的樣子。灼灼（zhuó 酌）：鮮明的樣子。華：同花。

2 "之子"二句：這個姑娘過門去，定能使家庭幸福！

之子：《詩經》中常用語，猶言"這人兒"、"那人兒"。此處指新娘。于：助詞，無義。歸：出嫁。宜：用作動詞，"使……和順"的意思。室家：同家室，家庭。倒文是為了叶韻。

3 “桃之”四句：鮮嫩的桃樹呀，果實纍纍結滿枝。這個姑娘
　　過門去，定能使家庭融洽！

　　有：助詞，無義。**蕡**（fén 墳）：果實大而多的樣子。一説
　　蕡、斑古通，都應讀作斑，桃實將熟，紅白相間，色彩斑
　　斕（于省吾説）。亦可通。

4 “桃之”四句：鮮嫩的桃樹呀，葉子長得密稠稠。這個姑娘
　　過門去，定能使家人和睦！

　　蓁蓁（zhēn 臻）：茂盛的樣子。

　　這首詩，《詩序》又毫無根據地説成是讚美“后妃”的
作品，結果被姚際恆痛加駁斥：“每篇必屬‘后妃’，竟成習
套。夫堯舜之世亦有四凶，太姒之世亦安能使女子盡賢，凡
于歸者皆‘宜室’、‘宜家’乎！即使非后妃之世，其時男女
又豈盡踰垣、鑽隙乎！此迂而不通之論也。”

　　還是方玉潤解釋得好：“此亦詠新婚詩，與《關雎》同
為房中樂，如後世‘催妝’、‘坐筵’等詞。特《關雎》從男
求女一面説，此從女歸男一面説。互相掩映，同為美俗。”

　　近人陳子展説：“辛亥革命以後，我還看見鄉村人民舉
行婚禮的時候，要‘歌《桃夭》三章’，可見《桃夭》一篇
是關於民間婚嫁的詩。”（見《國風選譯》）

芣苢（周南）

這是一羣婦女所唱的勞動歌曲。它輕快活潑，節奏分明，只換了六個單字，就把採集芣苢的全過程生動地反映出來了。

采采芣苢，薄言采之。采采芣苢，薄言有之[1]。

采采芣苢，薄言掇之。采采芣苢，薄言捋之[2]。

采采芣苢，薄言袺之。采采芣苢，薄言襭之[3]！

注釋

1. "采采"四句：採呀採呀採芣苢，把它採下來。採呀採呀採芣苢，把它摘下來。

   芣苢（fú yǐ 浮以）：植物名，就是車前，古人認為吃了容易懷孕。薄言：助詞，無義。有：取得。

2. "采采"四句：採呀採呀採芣苢，把它檢起來。採呀採呀採芣苢，一把捋下來。

   掇（duō 咄）：拾取。捋（luō 落）：成把地從莖上抹下來。現在廣州方言裏還有這個詞。

3　"采采"四句：採呀採呀採芣苢，提着衣襟兜起來。採呀採
　　呀採芣苢，掖着衣襟載起來！
　　袺（jié 潔）：用手提着衣襟載物。襭（xié 協）：把衣襟掖在
　　腰帶間來載物，這樣可以裝得更多。

　　全詩就像一首迴旋曲，用一個基本主題（旋律）和一
些不斷變化的主題（旋律）交織而成。概括成公式，就是：
A——b——A——c——A——d "采"、"有"、"掇"、
"捋"、"袺"、"襭" 六個字，相當於 "b，c，d……" 等變
化的旋律。從修辭上來說，這叫做反複、層遞的手法。適當
地運用它，可以增強詩歌的音樂性，使之琅琅上口，易於記
誦。這種表現方法是伴隨着勞動節奏自然形成的，又反過來
促進勞動生產的效率，所以在民歌中用得特別多。清人方玉
潤在《詩經原始》裏有一段形象的描繪："讀者試平心靜氣，
涵詠此詩，恍聽田家婦女，三三五五，於平原繡野、風和日
麗中，羣歌互答，餘音裊裊，若遠若近，忽斷忽續，不知其
情之何以移，而神之何以曠。則此詩可不必細繹而自得其妙
焉。……今世南方婦女登山採茶，結伴謳歌，猶有此遺風
云。"

漢廣（周南）

漢水邊有個男子愛上了一位經常來往於江上的船家姑娘，但總是可望而不可即。在熱烈的戀慕中，他便痴想着有朝一日和她結婚的快樂。

南有喬木，不可休思[1]。漢有游女，不可求思[2]。漢之廣矣，不可泳思；江之永矣，不可方思[3]。

翹翹錯薪，言刈其楚[4]。之子于歸，言秣其馬[5]。漢之廣矣，不可泳思；江之永矣，不可方思。

翹翹錯薪，言刈其蔞。之子于歸，言秣其駒[6]。漢之廣矣，不可泳思；江之永矣，不可方思。

注釋

1　"南有"二句：南方有株高樹，不能在下面歇息。

　　喬：高聳。思：語氣助詞，作用與"兮"等一樣。按：思，《毛詩》作"息"，此從《韓詩》。

2　"漢有"二句：漢水上來往的女郎，休想把她追求。

　　漢：指漢水。游女：指來往於江上的船家姑娘。游，同
　　"遊"。

3　"漢之"四句：漢水寬又寬呀，不能游過去呀；江流長又長
　　呀，木排划不過去呀。

　　廣：寬。泳：狹義來説，指潛行水中，即潛泳；廣義來
　　説，指游泳。江：也是指漢水。又名江漢。永：長。與
　　"廣"互文見義，指漢水又寬又長。《説文》引作"羕"，《韓
　　詩》作"漾"。方：竹排、木筏。這兒用作動詞，"以筏渡
　　河"之意。

　　第一段，以喬木不能休和漢水不能渡，比喻游女的難求。
　　這就是"以彼物比此物"的"比"的手法。以下兩段，純
　　粹是詩人的想像之詞。

4　"翹翹"二句：高高一叢亂柴草，砍下長長的荊條。

　　翹翹（qiáo 喬）：高而挺出的樣子。錯：雜亂。薪：可作柴
　　火的草或樹。言：助詞，無義。刈（yì 藝）：砍，割。楚：
　　植物名，即牡荊，又名黃荊、小荊，落葉灌木，高四、五
　　尺。"楚"和下文的"蔞"，是比喻眾女中的突出者 ——
　　游女，後世"翹楚"一詞（比喻傑出的人材），就是從這兒
　　來的。又，聞一多云：楚，草名，與蔞都是餵馬的飼料。
　　刈楚與秣馬本為一事。按：《詩經》中提到嫁娶的事，都常
　　常涉及柴薪，這可能與古代風俗有關。參見《唐風 · 綢繆》
　　（頁 145-146）。

5　"之子"二句：那個姑娘過門來，快把馬兒餵好。

　　秣：餵養。餵馬是為了駕車親迎。

6　"翹翹"四句：一堆柴草高又高，砍下長長的蔞蒿。那個姑

娘過門來，快把駒兒餵好。

蔞（lóu 樓）：即蔞蒿（hāo），植物名，多年生草本，長在水邊。一說蔞是“蘆”的假借字，即蘆葦。駒（jū 拘）：少壯的馬。

闻一多先生說：“終篇疊詠江漢，煙水茫茫，浩渺無際，徘徊瞻望，長歌浩歎而已。”又說：“借神女之不可求以喻彼人之不可得，已開《洛神賦》之先聲。”這代表了相當一部分人的意見，即認為“游女”是指漢水女神。關於這位女神的傳說，記載較詳的，有相傳是漢朝劉向所作的《列仙傳》：“江妃二女者，不知何所人也。出遊於江漢之湄，逢鄭交甫。（鄭）見而悅之，不知其神人也，謂其僕曰：‘我欲下請其佩。’……（二女）遂手解佩與交甫。交甫悅受，受而懷之中當心。趨去數十步，視佩，空懷無佩。顧二女，忽然不見。詩曰：‘漢有游女，不可求思。’此之謂也。”《山海經》郭璞注，認為那是“天帝之二女”。這故事和巫山神女同樣著名，同樣古老，曾啓迪了歷代無數文人的靈感。除了曹植的《洛神賦》外，揚雄《羽獵賦》、陳琳《神女賦》、阮籍《詠懷詩》、郭璞《江賦》等等，都曾從中汲取過營養。可見它影響之大，流傳之遠。這傳說誠然是美麗的，不過，話說回來，若就《漢廣》原詩而論，我始終覺得沒有把它牽合到神話中去的必要。

和魯、齊、韓三家詩說不同，《毛詩》沒有把“游女”作神看待。《詩序》云：《漢廣》，德廣所及也。文王之道，被于南國，美化行乎江漢之域，無思犯禮，求而不可得也。”朱熹亦據此立論，說甚麼文王之化自北而南，先及於江漢之間，變其淫亂之俗云云。這些解說，都是與詩旨無關的陳腐說教。

只有方玉潤最大膽，也最有見識。他說：「此詩即為刈楚刈蔞而作，所謂樵唱是也。……其詞大抵男女相贈答，私心愛慕之情。有近於淫者，亦有以禮自持者。文在雅俗之間，而音節則自然天籟也。」他認為這是男女贈答的情詩，是勞動人民的口頭創作。這種見解，比朱熹等人高明多了。

行露 (召南)

這是女方的家長在嚴辭痛斥一個無理逼婚的男子。

召南，西周初期，周公旦與召公奭分陝而治，召公統治西方諸侯。召南當是召公治下的南方詩歌，其地在今河南西部及陝西一帶。《詩經》中有《召南》十四篇，下面選入四篇。

厭浥行露[1]。豈不夙夜，謂行多露[2]？

誰謂雀無角？何以穿我屋[3]？誰謂女無家？何以速我獄[4]？雖速我獄，室家不足[5]！

誰謂鼠無牙？何以穿我墉[6]？誰謂女無家？何以速我訟[7]？雖速我訟，亦不女從[8]！

注釋

1 "厭浥"句：道上露水濕漉漉。

   厭浥（yàn yì 宴邑）：潮濕的樣子。厭，浥的假借字。行（háng 杭）：路。

2 "豈不"二句：難道我不起早趕晚，還怕路上露水多？

   夙（sù 宿）：早。謂：畏的假借字（馬瑞辰說）。

3 "誰謂"二句：誰說麻雀沒有嘴？怎麼會啄穿我的屋？

   角：同噣（zhòu 咒），又作"咮"，鳥嘴。

4　**"誰謂"** 二句：誰説我女兒未許給人家？憑甚麼逼我進
　　監獄？

　　家：指夫家。**速**：召致。

5　**"雖速"** 二句：就是進監獄，強娶我女兒理不足！

　　室家：指夫婦，這兒用作動詞，"結為夫婦"的意思。

6　**"誰謂"** 二句：誰説老鼠沒有牙？怎麼會牆上打個洞？

　　墉（yōng 庸）：屋牆。

7　**"誰謂"** 二句：誰説我女兒未許給人家？為甚麼和我鬧
　　訴訟？

8　**"雖速"** 二句：就是鬧訴訟，我也決不會屈從！

　　女（rǔ 汝）**從**："從汝"的倒裝。女，同汝。

　　這首詩第一段比較特殊，與下文句式、情調似乎不大一
致。所以有人懷疑句子有脱漏，還有人認為是編詩的人從另
一首詩裏移植過來的。不過，這些都只是推測，並無實據，
所以我們仍把它作為完整的作品看待。

摽有梅（召南）

這首詩，以梅子的黃落比喻青春消逝，年華遲暮，表達了一個姑娘渴望及時成婚的心情。可能是在古代男女歡會的節日中即興演唱的情歌。

摽有梅，其實七兮[1]。求我庶士，迨其吉兮[2]！

摽有梅，其實三兮。求我庶士，迨其今兮[3]！

摽有梅，頃筐塈之。求我庶士，迨其謂之[4]！

注釋

1　"摽有"二句：梅子落啦，果實還剩七分。
　　摽（biào 鰾）：芟的假借字，落。有：助詞，無義。實：指樹上的梅子。

2　"求我"二句：求我的年青小伙，快趁着好日子呀！
　　庶（shù 恕）：眾，表多數。士：這裏指未婚男子。迨（dài 怠）：及，趁着。吉：指良辰吉日。

3　"**摽有**"四句：梅子落啦，果實還剩三分。求我的年青小伙，快趁着這一天呀！

4　"**摽有**"四句：梅子落啦，得拿個筐子來裝。求我的年青小伙，快趁着聚會的時光！

　　頃筐：參見《周南・卷耳》注 1（頁 005）。**塈**（xì 戲）：摡的假借字，盛取。地上的梅子多得要用筐子來裝，可見已全落光了。**謂**：會的假借字。《周禮・媒氏》："中（仲）春之月，令會男女，於是時也，奔者不禁。"這是古代一種制度化的習俗。每到風和日麗的仲春季節，就舉行盛大的歌舞會，未婚男女可以在會上自由選擇對象，類似於海南黎族的"三月三"、雲南白族的"三月街"一樣。詩中的女子希望趁着這個機會解決婚姻問題。又，聞一多云：謂讀為媿，行也，嫁也。

小星（召南）

一個小官吏被繁忙的公務弄得疲於奔命，對自己不幸的命運嗟歎不已。

嘒彼小星，三五在東[1]。肅肅宵征，夙夜在公，寔命不同[2]！

嘒彼小星，維參與昴[3]。肅肅宵征，抱衾與裯，寔命不猶[4]！

注釋

1 "嘒彼"二句：那小小的星星閃微光，三顆五顆在東方。

　嘒（huì 惠）：暳的假借字，星發光的樣子。三、五：指下文的參、昴。

2 "肅肅"三句：急急忙忙趕夜路，為公事早晚奔忙，這條命就是和人不一樣！

　肅肅：迅速的樣子。宵：晚上。征：出行。夙：早。寔（shí 實）：助詞，加強肯定。

3 "嘒彼"二句：那閃着微光的小星星，就是參星和昴星。

　維：助詞，表判斷語氣。參（shēn 深）：指參宿，二十八宿之一，西方白虎七宿的第七宿，由七顆星組成，其中三顆特別明亮。**昴**（mǎo 卯）：指昴宿，白虎七宿的第四宿，由七顆星組成，但古人以為是由五顆星組成。

4　**"肅肅"三句**：急急忙忙趕夜路，抱着被子和蚊帳，這條命實在不如人！

衾（qīn 侵）：被子。**裯**（chóu 酬）：一作"幬"，帳子。**不猶**：不如。

野有死麕（召南）

這首詩描寫一個獵人在山林裏向一位姑娘求愛的情景。全詩瀰漫着與大自然一樣樸野、純真的青春氣息。

野有死麕，白茅包之[1]。有女懷春，吉士誘之[2]。

林有樸樕，野有死鹿。白茅純束 —— 有女如玉[3]。

舒而脫脫兮，無感我帨兮，無使尨也吠[4]！

注釋

1　"野有"二句：野地裏有隻死獐子，白茅草把它捆起來。麕（jūn 君）：麕（獐），似鹿，但體形較小。白茅：植物名，草本，初夏開小白花。

2　"有女"二句：有個姑娘春心動，英俊的小伙子挑逗她。春：指春情，男女青春期對異性的渴慕。吉士：男子的美稱。

3　"林有"四句：樹林裏有砍倒的小樹，野地裏躺着隻死鹿，白茅草一併包起來 —— 這姑娘美得像白玉。

樸樕（sù 素）：小樹。純：屯（tún 囤）的假借字，聚集。

4　"舒而"三句：慢慢走，輕輕手呀，不要動我的佩巾呀，別
　　惹得狗兒叫起來！

　　舒、脫脫：都有輕慢、遲緩的意思。感：同撼，搖動。

　　帨（shuì 稅）：女子圍在腰腹前的佩巾。尨（máng 忙）：長
　　毛狗。

　　《左傳》有一段和本詩有關的有趣記載，公元前 541
年，晉國執政大夫趙孟到鄭國去，鄭侯設宴招待。席間，鄭
大夫子皮"賦《野有死麕》之卒章"。杜預注云："喻趙孟以
義撫諸侯，無以非禮相加陵。" 意思是說，你晉國不要對我
們動手動腳（撼我帨），以免引起楚國干預（狗吠）。趙孟
明白此意，於是"賦《棠棣》，且曰：'吾兄弟比以安，尨也
可使無吠！'"晉、鄭都是姬姓之國，義同兄弟，趙孟借用
《棠棣》詩中"凡今之人，莫如兄弟"句意，暗示鄭應親晉，
並指出只要晉鄭相親，楚國是無理由插手干預的。兩位政治
家就這樣借詩喻意，進行了一場外交談判。

　　朱熹根據《詩序》，把此詩解釋為女子貞潔自守，不為
強暴所污。

　　姚際恆說："此篇是山野之民相與及時為昏（婚）姻之
詩。……總而論之：女懷，士誘，言及時也；吉士，玉女，
言相當也。定情之夕，女屬其舒徐而無使帨感、犬吠，亦情
慾之感所不諱也歟？"

　　近代各家，都把它釋為情詩。

柏舟（邶風）

這是一個在家庭和社會上都飽受欺凌的人在抒寫自己的憂憤。

邶（bèi 背），古國名，在今河南省淇縣以北至湯陰縣一帶，武王克商之後，把紂王兄子武庚封在這裏。後來被衛國吞併。《詩經》有《邶風》十九篇，下面選入九篇。

汎彼柏舟，亦汎其流[1]。耿耿不寐，如有隱憂[2]。微我無酒，以敖以遊[3]。

我心匪鑒，不可以茹[4]。亦有兄弟，不可以據[5]。薄言往愬，逢彼之怒[6]。

我心匪石，不可轉也。我心匪席，不可卷也[7]。威儀棣棣，不可選也[8]。

憂心悄悄，慍于羣小[9]。覯閔既多，受侮不少[10]。靜言思之，寤辟有摽[11]！

日居月諸，胡迭而微[12]？心之憂矣，如匪澣衣[13]。靜言思之，不能奮飛[14]！

注釋

1. **"汎彼"二句**：坐着那柏木船兒，在河中順水漂流。

   汎（fàn 泛）：漂流的樣子。柏舟：柏木船。亦汎其流：即汎汎地流。亦，助詞，無義。

2. **"耿耿"二句**：眼睜睜睡不着覺，懷着莫大的煩憂。

   耿耿（gěng 埂）：有光的樣子。如：義同"而"，連詞。隱憂：深憂，大憂。《韓詩》作"殷"。

3. **"微我"二句**：並不是我沒有酒，可以去遊玩消愁。

   微：非。敖（áo 翱）：遊。

4. **"我心"二句**：我的心不是鏡子，不能好醜都包容。

   匪：同非，不是。鑒（jiàn 監）：鏡子。茹（rú 如）：包容。

5. **"亦有"二句**：我也有兄弟，卻不能依靠。

   據：依靠。

6. **"薄言"二句**：想去向他訴訴苦，碰上他大發雷霆。

   薄言：助詞，無義。愬（sù 素）：告。彼：指兄弟。

7. **"我心"四句**：我的心不是石頭，不能隨便翻轉呀；我的心不是蓆子，不能隨便收捲呀。

   席：同蓆。比喻自己不能隨便受辱。

8. **"威儀"二句**：人有人的尊嚴，不能輕易屈從呀！

   威儀：禮節、儀容，指尊嚴。棣棣（dì 弟）：有次序的樣子，這兒是有尊嚴的樣子。《禮記》引作"逮逮"。選（xùn 訊）：巽的假借字，屈撓，退讓（聞一多説）。

9. **"憂心"二句**：心裏憂傷極了，被那些小人懷恨。

   悄悄：憂愁的樣子。慍（yùn 韻）：怨恨。羣小：小人們。

10. **"覯閔"二句**：遭到的苦難已夠多，受到的侮辱也不少。

    覯（gòu 構）：遘的假借字，遭遇。閔：傷痛。

11. **"静言"二句**：靜下來細細一想，睜着眼兩手搥胸！

靜言：靜靜地，細細地。言，義同"然"，助詞。**寤辟**：《説文》引作"唔辟"，《玉篇》引作"寤擗"。辟（pì闢）、**摽**（biào鰾）：都是拍打的意思。**有**：又。

12　**"日居"二句**：太陽呀，月亮呀，為什麼輪流虧蝕，晦暗無光？

　　居、諸：語氣助詞。**迭**（dié疊）：更迭，輪換。《韓詩》作"載"，云：常也。**微**：指虧蝕。

13　**"心之"二句**：心頭的憂傷呀，就像髒衣服上的重重污垢。

　　匪：非，不。**澣**（huǎn浣）：洗濯。

14　**"靜言"二句**：靜下來細細一想，恨不能插翅高飛！

　　這首詩在古代被經常引用。

　　如《荀子·宥坐》："詩曰：'憂心悄悄，慍于羣小。'小人成羣，斯足憂矣。"

　　《韓詩外傳》引"我心匪石"四句讚揚王子比干、柳下惠、伯夷、叔齊。劉向《新序》引之以讚揚蘇武。

　　至於本詩的作者，則有幾種不同講法。

　　《列女傳》說是衛宣（或云，宣應作寡）夫人嫁於衛，至城門而衛君死，入持三年之喪，不肯改嫁，因賦此詩。王符《潛夫論·斷訟》云："貞女不二心以數變，故有'匪石'之詩。"朱熹認為是"婦人不得於其夫而作"。聞一多說是："嫡見侮於眾妾也"；"羣小"謂羣妾；日月喻夫；微，無光，言不蒙照臨。以上諸說都認為作者是女子。

　　《詩序》、焦氏《易林》、姚際恆、方玉潤認為此詩作者是男子。姚氏云："大抵此詩是賢者受讒于小人之作。"

　　根據詩中"微我無酒，以敖以遊"，"威儀棣棣，不可選也"等句子推測，此詩作者似是男子。

綠衣 （邶風）

作者瞧着身上的衣服，便不禁想起那做衣服的人，可是，物在人亡，只有撫衣長歎而已。

綠兮衣兮，綠衣黃裏[1]。心之憂矣，曷維其已[2]？

綠兮衣兮，綠衣黃裳[3]。心之憂矣，曷維其亡[4]？

綠兮絲兮，女所治兮[5]。我思古人，俾無訧兮[6]。

絺兮綌兮，淒其以風[7]。我思古人，實獲我心[8]！

注釋

1　“綠兮”二句：綠色的外衣呀，外衣青綠內衣黃。

　　裏：指在內的衣服。

2　“心之”二句：心裏憂傷呀，何時是了期？

　　曷：何，疑問代詞。已：終止。

3　“綠兮”二句：綠色的上衣呀，上衣青綠下衣黃。

裳：裙裳，即下衣。上衣下裳，是古代男子的服裝。女子則衣裳不分。

4　“心之”二句：心裏憂傷呀，何時有個完？

亡：同忘，也是終止之意（王引之說）。

5　“絲兮”二句：綠色的絲線呀，是你親手理過的。

女：同汝，你。治（chí 持）：整理，料理。

6　“我思”二句：我思念我的故人，她使我減少過失。

古人：指亡妻。古，同故。俾（bì 畀）：使。訧（yóu 尤）：過錯。這位故人不但會織製衣裳，還能替他匡補過失，難怪作者思念不已。

7　“絺兮”二句：細葛布呀粗葛布，穿在身上好風涼。

絺（chī 痴）：細葛布。綌（xì 隙）：粗葛布。葛布衣也是故人手製的。淒：涼快的樣子。其：助詞。風：這兒用作動詞，“吹起了風”的意思。

8　“我思”二句：我思念我的故人，真令我稱心滿意！

一、二段以綠衣起興，反覆詠歎心頭的憂傷，是虛寫；三、四段讚揚故人的能幹和賢淑，是實寫。一前一後，互相映發，更顯出憂思的綿長。

終風 （邶風）

　　一個不幸的女子指責任性而暴虐的情人；她怨他，恨他，但又無法不想念他，更增加了煩惱和痛苦。

　　終風且暴，顧我則笑[1]。謔浪笑敖，中心是悼[2]。

　　終風且霾，惠然肯來[3]。莫往莫來，悠悠我思[4]。

　　終風且曀，不日有曀[5]。寤言不寐，願言則嚏[6]！

　　曀曀其陰，虺虺其靁。寤言不寐，願言則懷[7]。

注釋

1　"終風"二句：又刮風，又下雨。他回頭對我笑嘻嘻。
　　終：既。暴：同瀑，急雨。顧：回頭看。

2　"謔浪"二句：嘲弄我，耍笑我，我的心裏真悲痛。
　　謔浪笑敖：戲謔的意思。是：助詞。悼：傷痛。

3　"終風"二句：刮大風，塵飛揚，他似乎滿有情意來看我。

霾（mái 埋）：塵土飛揚。惠然：多情的樣子。

4　"莫往"二句：要是真的不來往，我又常常把他想。

5　"終風"二句：刮大風，天陰沉，過不了一日又天陰。

　　曀（yì 益）：日光掩翳。不日：不滿一天。有：又。

6　"寤言"二句：雙眼睜睜睡不着覺，心裏越想越有氣！

　　寤：醒。願言：深思的樣子。言，助詞，義同然。嚏（dì
　　涕）：懥的假借字，憤怒（聞一多說）。

7　"曀曀"四句：天色陰沉沉，雷聲響隆隆。雙眼睜睜睡不着
　　覺，想着想着又抽泣起來。

　　虺虺（huǐ 毀）：象聲詞，雷聲。懷：思念。

　　這首詩，第一段寫悲痛，第二段寫想念，第三段寫自己
越想越氣，到最後一段又怒氣全消，一波三折，把處在矛盾
中的複雜心理表現得非常細膩。這是《詩經》裏一些優秀的
抒情詩篇共有的特點。

　　《詩序》云："《終風》，衛莊姜傷己也。遭州吁之暴，
見侮慢而不能正也。"州吁，衛莊公庶出之子。莊公死後，
莊姜養子（名完）即位，為衛桓公，後被州吁所弒。（見《左
傳·隱公三年、四年》）

　　朱熹認為這是寫莊公的詩："莊公之為人，狂蕩暴疾，
莊姜蓋不忍斥言之，故但以'終風且暴'為比。"姚際恆、
方玉潤贊同此說。崔述則力斥其非，認為其詞意與莊姜之事
絕不相類，並說由於"年遠事湮"，所以詩旨已經"失傳"。
這是比較審慎的態度。

擊鼓（邶風）

"春秋無義戰"，各國諸侯為了滿足貪慾而彼此攻伐，受害的始終是廣大羣眾。這首詩，就表現了一位久戍在外的戰士對親人的懷念和對統治者的怨憤。

擊鼓其鏜，踴躍用兵[1]。土國城漕，我獨南行[2]。

從孫子仲，平陳與宋[3]。不我以歸，憂心有忡[4]。

爰居爰處？爰喪其馬？于以求之？于林之下[5]。

"死生契闊。"與子成說。執子之手："與子偕老[6]。"

于嗟闊兮！不我活兮！于嗟洵兮！不我信兮[7]！

注釋

1 "擊鼓"二句：戰鼓擂得隆隆響，蹦蹦跳跳揮動刀槍。

其：助詞。鏜（táng 堂）：象聲詞，鼓聲。踴躍：迅速跳躍。兵：武器。

2　"土國"二句：人們在國內漕邑築城，惟獨我要往南方出征。
　　土：即國。周人稱國、土、邦、方同義（于省吾説）。城：
　　用作動詞，築城。漕（cáo 曹）：衛國地名，在今河南省滑
　　縣。南行：據《左傳》載，魯隱公四年（前 719），衛國聯
　　合宋、陳、蔡三國共同伐鄭。鄭國在衛國之南，所以説"南
　　行"。

　　以上第一段，寫出征。

3　"從孫"二句：跟隨着將軍孫子仲，平定了陳、宋兩國的
　　紛爭。
　　孫子仲：又叫公孫文仲，與衛國國君州吁同是衛武公的孫
　　子。一説指孫桓子。平：平定紛爭。陳、宋兩國本有宿
　　怨，經過這次共同行動而重歸於好。陳、宋均在今河南省
　　境內。

4　"不我"二句：不讓我返回家鄉，我心中好不憂傷。
　　有：助詞，無義。忡（chōng 充）：內心不安的樣子。
　　以上第二段，寫戰事結束後被留下戍守，心情十分苦悶。

5　"爰居"四句：在哪兒停留、住下？在哪兒丟失了馬？到哪
　　兒去找它？就在那樹林下。
　　爰（yuán 援）：於何，在何處。疑問代詞。居、處：都是居
　　留之意。于以：義同"於何"（楊樹達説）。
　　以上第三段，反映了戍卒軍心動搖、紀律渙散的情況。

6　"死生"四句："死死生生在一起。"我對你早已發過誓。
　　緊緊握着你的手："和你白頭到老不分離。"
　　契闊：會合，在一塊。契，會合；闊，分開。這兒偏用
　　"契"義，叫偏義複詞。子：指從軍者的妻子。成説：訂

約，立誓。

以上第四段，回憶當日臨歧執手時和妻子的約言。

7　"于嗟"四句：唉呀離家這樣遠呀！使我不能團圓呀！唉呀
　　離家這麼久呀，使我有約不能守呀！

　　闊：分開，指距離遠。活：佸的假借字，會合（馬瑞辰
　　說）。洵（xún 旬）：《韓詩》作"敻"（xiòng），久遠，指時
　　間長。信：信用，這兒用作動詞，"守信用"的意思。

　　第五段，寫在外久戍不歸，對統治者滿懷怨望。

　　關於本詩的內容，過去存在如下一些不同意見。

　　《詩序》云："《擊鼓》，怨州吁也。衛州吁用兵暴亂，
使公孫文仲將而平陳與宋，國人怨其勇而無禮也。"據《左
傳》載，州吁殺衛桓公自立為君之後，一年之間（前 719）
曾兩度伐鄭，第一次並聯合宋、陳、蔡三國共同出兵。《詩
序》即指此事。但姚際恆與崔述都反對這意見。姚氏認為此
詩是寫魯宣公十二年（前 597），宋伐陳，衛穆公救陳而被
晉所伐的事（見《左傳》）。

　　朱熹的態度比較圓通，他說：這是"衛人從軍者自言其
所為"。方玉潤亦認為是"戍卒嗟怨"之詞。聞一多云："戍
士思歸也。"彼此的意見都比較接近。

谷風（邶風）

這是一個被丈夫虐待、遺棄的婦女痛苦的申訴。全詩通過今昔對比，指責丈夫喜新厭舊，負心忘情。從中反映出當時婦女地位的低下以及權利的毫無保障，對夫權社會是有力的控訴。

習習谷風，以陰以雨[1]。黽勉同心，不宜有怒[2]。采葑采菲，無以下體[3]。德音莫違："及爾同死[4]！"

行道遲遲，中心有違[5]。不遠伊邇，薄送我畿[6]。誰謂荼苦？其甘如薺[7]！宴爾新昏，如兄如弟[8]。

涇以渭濁，湜湜其沚[9]。宴爾新昏，不我屑以[10]。毋逝我梁，毋發我笱。我躬不閱，遑恤我後[11]！

就其深矣，方之舟之；就其淺矣，泳之游之[12]。何有何亡？黽勉求之[13]。凡民有喪，匍匐求之[14]。

能不我慉，反以我為讎[15]。既阻我德，賈用不售[16]。昔育恐育鞫，及爾顛覆。既生既育，比予于毒[17]。

　　我有旨蓄，亦以御冬。宴爾新昏，以我御
窮[18]。有洸有潰，既詒我肄[19]。不念昔者，伊余
來塈[20]！

注釋

1　"習習"二句：大風呼呼吹，一會兒陰，一會兒雨。
　　習習：風吹不斷的樣子。谷風：來自山谷的風，指大風。
　　此以喻丈夫的盛怒，並以風雨烘托痛苦的心情。

2　"黽勉"二句：我盡力與你同心同德，你不該對我怒氣沖沖。
　　黽勉（mǐn miǎn 敏免）：努力。《韓詩》作"密勿"。

3　"采葑"二句：你採蔓菁和蘿蔔，難道就不要它的根？
　　葑（fēng 封）：蔓菁，俗稱大頭菜。菲（fēi 非）：蘿蔔。
　　以：用。下體：指根部。蔓菁、蘿蔔的根和葉都可以食
　　用，但根部是主要的。這兒以葉子比喻人的外表，以深藏
　　的根比喻品德，責備她丈夫對妻子重貌不重德。

4　"德音"二句：希望你不要忘了，你説過，"和你生死不分離！"
　　德音：言語，此指好聽的話。違：違背，指食言。
　　以上第一段，正面和丈夫説理，責備他不該負心食言，遺
　　棄自己。

5　"行道"二句：我慢騰騰邊走邊想，心裏感到十分矛盾。
　　遲遲：緩慢的樣子。中心：即心中。有違：有相反的想
　　法，指人在離開而心不願走。

6　"不遠"二句：你不肯陪我多走幾步，勉強送我到門口就算。

伊：助詞，表判斷語氣。薄：這兒有 "勉強" 之意。畿（jī
基）：機的假借字，門檻。

7 **"誰謂" 二句**：誰說荼菜苦？比起我的苦楚來，它簡直甜得
像薺！

荼（tú 途）：苦菜。甘：甜。薺（jì 霽）：一種有甜味的菜，
高數寸至尺餘不等，其嫩莖、葉可供食用。

8 **"宴爾" 二句**：你只顧快快樂樂娶新人，兩口子親蜜得哥妹
一般。

宴：樂。昏：同婚。

第二段，看見丈夫對自己如此薄情，而與新人如此恩愛，
心裏真是萬分痛苦。

9 **"涇以" 二句**：涇水由於渭水才顯得混濁，它靜止下來一樣
清澈。

涇（jīng 京）、渭：二水名，均發源於甘肅，在陝西高陵
縣合流。《漢書 · 溝洫志》："涇水一石，其泥數斗。" 可
見涇水比較混濁。但後人誤解這句詩，卻產生了 "涇清渭
濁" 的成語。湜湜（shí 石）：水清的樣子。沚：《說文》作
"止"，靜止。這兩句以涇水比自己，以渭水比新人，與下
文聯繫起來，意思是說自己本來並不醜，只是與新人相形
之下，才顯得難看。

10 **"宴爾" 二句**：你快快樂樂娶新人，就把我看得一錢不值。

不我屑：即不屑我，瞧不起我。以：語氣助詞。

11 **"毋逝" 四句**：不要走上我的攔魚壩，不要亂動我的捕魚
簍。—— 我自己都不能見容，哪有閑心思管到以後的事！

逝：去，往。梁：捉魚用的石堤。發：搞亂。笱（gǒu
苟）：捕魚用的竹簍。躬：自身。閱：容納。遑（huáng

皇）：暇，這兒是"哪有空閑"的意思。《禮記》、《左傳》
均作"皇"。恤（xù 沰）：顧念，擔心。

以上第三段，表現欲去還留的複雜心情。

12 "就其"四句：遇到水深的地方，我就用筏或船渡過去；遇
到水淺的地方，我就或沉或浮游過去。

　　就：依着，按照，有"根據不同情況採用不同方法"的意
思。方：筏，這兒用作動詞，"以筏渡河"之意。舟：用作
動詞，"以船渡河"之意。泳：在水下游動。游：在水面游
動。這裏是以渡河來比喻操持家務。用的是引喻手法。

13 "何有"二句：家裏日常有什麼短缺，我總是勉力去籌措。
　　亡：無，沒有。何有何無，重點是落在"無"字上。

14 "凡民"二句：左鄰右舍發生了不幸，我都竭力去幫忙。
　　喪（平聲）：指凶禍之事。匍匐（pú fú 葡伏）：伏地爬行，
形容盡心盡力的模樣。《禮記》、《漢書》作"扶服"。

以上第四段，說自己平日能夠勤儉持家，敦睦鄰里。

15 "能不"二句：你不但不喜歡我，反把我看成冤仇。
　　能：解作乃，表轉折。慉（chù 畜）：喜愛。讎（chóu 仇）：
仇敵。這句通行本作"不我能慉"，此從《說文》所引詩句
校改。

16 "既阻"二句：拒絕了我的好心好意，使我像商人有貨不能
出售。
　　德：指上文持家睦鄰的好品德。賈（gǔ 古）：商人。用：
因，因此。這兩句《韓詩》作"既詐我德，賈用不讎"。

17 "昔育"四句：以前過日子總怕越過越艱難，我和你共嘗困
苦渡難關。現在生活好轉了，捱出頭來了，你卻把我看成
是毒蟲！

育：生活，生計。**鞠**（jú 菊）：窮盡。**顛覆**：指窮潦倒的
處境。**生、育**：指生活有起色。

以上第五段，通過回憶對比，責備丈夫的負心忘情。

18　"我有"四句：我藏着美味的乾菜，打算用它來過冬。你快
快樂樂娶新人，就把我用來擋窮。

　　旨：美味的。**蓄**：指乾菜和鹹酸菜之類可以久藏的食品。
御：同禦，抵禦。這裏以乾菜禦冬比喻以人禦窮。

19　"有洸"二句：你對我吆吆喝喝，聲勢洶洶，淨是要我做
苦工。

　　有：助詞。**洸**（guāng 光）、**潰**：水流洶湧咆哮的樣子，
比喻丈夫的暴怒。**詒**（yí 怡）：交給。**肆**（yì 異）：勞苦的
工作。

20　"不念"二句：也不想想過去，鍾情於我的時候！

　　伊余來塈（jì 既）：惟我是愛，即惟愛我。伊，惟，助詞。
來，助詞，同是。塈，愍的假借字，即古文愛字（馬瑞辰
説）。

以上第六段，寫自己所受的屈辱折磨，進一步責備丈夫的
負心忘情。

　　《左傳》、《禮記》都曾引用過此詩。《左傳·僖公
三十三年》（前 627）載："《詩》曰：'采葑采菲，無以下體。'
君取節焉可也。"注云："葑菲之菜，上善下惡，食之者不
以其惡而棄其善，言可取其善節。"《禮記·坊記》亦有類
似說法。

式微 (邶風)

　　丈夫外出，天晚不歸，引起妻子的疑懼。她焦急地跑到路上張望，最後忍不住大聲呼喚起來。

　　式微，式微。胡不歸[1]？微君之故，胡為乎中露[2]！

　　式微，式微。胡不歸？微君之躬，胡為乎泥中[3]！

注釋

1　"式微"三句：天晚啦，天黑啦。怎麼還不回來呀？
　　式：句首助詞，無義。微：昧，指天色晦暗。
2　"微君"二句：要不是為了你，我怎會站在露水中！
　　微：非。故：緣故。中露：即露中，倒文以叶韻。《列女傳》引作"中路"。
3　"式微"五句：天晚啦，天黑啦，怎麼還不回來呀？要不是為了你，我怎會站在泥濘中！

北門（邶風）

這是一個小官吏的怨詩。薪俸微薄，公務繁忙，已使他不勝愁苦，而家人又不諒解，更增加了他的煩惱和悲傷。

出自北門，憂心殷殷[1]。終窶且貧，莫知我艱[2]。已焉哉！天實為之，謂之何哉[3]！

王事適我，政事一埤益我[4]。我入自外，室人交徧讁我。已焉哉！天實為之，謂之何哉[5]！

王事敦我，政事一埤遺我[6]。我入自外，室人交徧摧我。已焉哉！天實為之，謂之何哉[7]！

注釋

1 "出自"二句：走出北門去，心中直發愁。

　　殷殷（yīn 因）：心情沉重的樣子。

2 "終窶"二句：家裏寒傖又貧困，沒有人了解我的窘境。

　　終：既。窶（jù 巨）：居處簡陋。貧：生活困難。

3 "已焉"三句：唉，完啦！老天有意作難我，有什麼辦法呢！

　　已：止，完結。焉哉：語氣助詞連用，表感歎。謂之何：

即奈它何（馬瑞辰説）。這個小吏感到赴訴無門，只好自認倒霉。

4　“王事”二句：王家的差事推給我，公務一股腦兒壓到我身上。

　　王事、政事：泛指朝廷的差事。適：擿（擲）的假借字，投、扔（馬瑞辰説）。一：一概，全部。埤（pí 皮）益：添加。

5　“我入”五句：我從外面回來，家裏人全都責怪我。唉，完啦！老天有意作難我，有什麼辦法呢！

　　室人：家中人。交：交替，輪流。徧：全都。讁（zhé 折）：同謫，責備。

6　“王事”二句：王家的差事扔給我，公務一股腦兒堆到我身上。

　　敦（duī 堆）：也是投、擲的意思。埤遺：也是添加的意思。

7　“我入”五句：我從外面回來，家裏人全都挖苦我。唉，完啦！老天有意作難我，有什麼辦法呢！

　　摧：折磨。

　　《詩序》説：“《北門》，刺仕不得志也。言衞之忠臣不得其志爾。”《鄭箋》道：“不得其志者，君不知己志而遇困苦。”這種解釋還算説得過去。另有一種解釋是：“孔子曰：‘……君子憂道不憂貧。箕子陳六極，《國風》歌《北門》，故所謂不憂貧也。豈好貧而弗之憂邪？蓋志有所專，昭其重也。’”（《潛夫論·讚學》）詩裏明明是“憂貧”，他卻説“不憂貧”，簡直是指鹿為馬，把詩意歪曲得不成樣子。

靜女（邶風）

這是帶有幽默感的一首情詩。以男子的口吻敘述兩人的幽會與定情。從女子所贈別緻的禮品——一根鮮嫩的茅草來看，他們的愛情是真率而深摯的。

靜女其姝，俟我於城隅[1]。愛而不見，搔首踟躕[2]。

靜女其孌，貽我彤管[3]。彤管有煒，說懌女美[4]。

自牧歸荑，洵美且異——匪女之為美，美人之貽[5]！

注釋

1 **“靜女”二句**：文靜的姑娘多漂亮，約好在城角等候我。**其**：助詞。**姝**（shū 樞）：美麗。《說文》引作“殁”，又引作“袾”。**俟**（sì 伺）：等待。**城隅**（yú 余）：城角隱僻之處。

2 **“愛而”二句**：她藏起來，不露面，急得我抓耳搔腮團團轉。**愛**：薆的假借字，隱蔽。《說文》引作“僾”，《方言》注引作“薆”。**見**（xiàn 現）：顯露。**踟躕**（chí chú 池除）：徘徊。

《韓詩》作“躑躅”。

以上一段，寫雙方約會時，女子故意逗弄男子的情景。

3　“靜女”二句：文靜的姑娘多可愛，送我一根紅草莖。

　　孌（luán 鸞）：美好。貽（yí 移）：贈送。彤（tóng 同）管：

　　歷來眾説紛紜，有人認為是紅色的筆，有人認為是針，有

　　人認為是樂器。但與下文聯繫起來看，還是釋為草類較

　　好。彤，紅色。

4　“彤管”二句：紅色的草兒紅又亮，我真喜歡你漂亮。

　　煒（wěi 偉）：紅色而有光澤。説懌（yuèyì 悦亦）：喜愛。

　　女：同汝，你。這兒一語雙關，表面指“彤管”，實際指

　　“靜女”。

5　“自牧”四句：從牧場摘給我嫩茅草，實在美麗又出色 ——

　　並不是你草兒真的美喲，只因是美人贈送的！

　　牧：郊外放牧牛羊的地方。歸（kuì 餽）：贈送。荑（tí 題）：

　　初生的茅草，即上文的“彤管”。洵（xún 旬）：確實。異：

　　出色，與眾不同。匪：同非。

以上兩段寫女方向男方贈送禮物，共結情好。

　　成語裏有“愛屋及烏”這句話，是說由於喜歡屋裏的
人，結果連屋頂上的烏鴉也沾了光，顯得分外可愛。杜甫
《贈射洪李四丈》詩：“丈人屋上烏，人好烏亦好。”就是這
個意思。《靜女》這首詩表現得更為曲折細膩，它把“愛人
及草”的心理狀態逼真地描繪出來，反映了少男少女初戀時
的歡悅。

　　關於這首詩的內容，過去曾有多種不同看法。焦氏《易
林》云：“季姬踟躕，結衿待時。終日至暮，百兩不來。”“踟

躑跐躅，撫心搔首。五晝四夜，睹我齊侯。" 清人戴震解釋
說，這是齊桓公夫人長衛姬為迎接陪嫁的少衛姬而作，"媵
侯迎而嫡作詩"。以上是《齊詩》說。

《毛詩》的《詩序》意見不同，它說："《靜女》，刺時
也。衛君無道，夫人無德。" 怎樣無道無德，卻沒有說清
楚。方玉潤認為這是 "刺衛宣公納宣姜"（詳見《新臺》），
算是把它具體化了。

朱熹引述歐陽修的意見，認為這是 "淫奔期會" 之詩，
亦即民間情詩，但姚際恆又提出 "此刺淫之詩也" 的不同
意見。

"五四" 之後，近人顧頡剛、俞平伯等還為它展開過專
門的討論（見《古史辨》）。到現在，各家基本趨向於 "情詩"
的說法。

新臺 (邶風)

衛宣公為兒子伋（jí 汲）從齊國娶媳婦，後來聽説新娘子十分漂亮，宣公便特意在黃河邊築了座新臺，把新娘在半途截住，佔為己有。衛國人對此極為反感，就寫了這首諷刺詩狠狠地挖苦衛宣公。

新臺有泚，河水瀰瀰[1]。燕婉之求，籧篨不鮮[2]！

新臺有洒，河水浼浼[3]。燕婉之求，籧篨不殄[4]！

魚網之設，鴻則離之[5]。燕婉之求，得此戚施[6]！

注釋

1 **"新臺" 二句**：新臺嶄新耀眼，黃河河水茫茫。

泚（cǐ 此）：鮮明光潔的樣子。《説文》引作"玼"，《韓詩》作"璀"。瀰瀰（mǐ 米）：水大的樣子。《説文》作"瀰"，《韓詩》作"泥"。

2 **"燕婉" 二句**：一心指望結個好姻緣，誰知嫁了個怪模怪樣的癩蝦蟆！

燕婉：歡樂美好。籧篨（qúchú 渠除）：蟾蜍，即蝦蟆。比喻衛宣公形象的醜惡。舊說云："籧篨不能俯。"是一種惡疾，俗稱"雞胸"，是它的引申義。不鮮：不美，不善。

3　"新臺"二句：新臺潔淨耀眼，黃河河水漫漫。

洒（xiǎn 洗）：義同泚，也是鮮明光潔的樣子。浼浼（miǎn 免）：也是水大的樣子。

4　"燕婉"二句：一心指望結個好姻緣，誰知嫁了個縮頭縮頸的癩蝦蟆！

殄（tiǎn 忝）：同腆，好，善。

以上兩段用漂亮的新臺和難看的蝦蟆對比，突出衛宣公的老醜，令人噁心。

5　"魚網"二句：撒下了魚網，蟾蜍偏落到裏面。

鴻：苦蠪的合音，也是蝦蟆（聞一多說）。離：附着，指落網。這裏是比喻所得非所求。

6　"燕婉"二句：一心指望結個好姻緣，卻得了個雞胸駝背的老妖怪！

戚施：也是蝦蟆。舊說云："戚施不能仰。"指駝背，是它的引申義。《說文》引作"醜𪓷"。

這首詩用漫畫化的手法，把厚顏無恥的衛宣公挖苦得淋漓盡致，使我們在幾千年後的今天讀起來，仍感到那樣辛辣有力，鞭辟入裏。這是恪守"溫柔敦厚"的儒家詩教的作品所無法辦到的。"能夠藝術地描繪醜惡的東西，這也是美。"本詩成功之處，就在於此。

聞一多說："新郎變蟾蜍故事流傳歐亞。"（《風詩類鈔》）又說："《詩》以蟾蜍喻醜男子，意實謂其為厲（厲，惡疾，

皮膚疙裏疙瘩）耳。今俗語曰﹁癩蝦蟆想吃天鵝肉﹂，其所由來舊矣。"（《詩新臺鴻字說》）

柏舟 （鄘風）

這是一個忠於愛情的少女爭取戀愛自由的呼聲。情深意切，令人感動。

鄘（yōng 庸），古國名，在今河南省汲縣一帶，周武王把自己的弟弟管叔封在這裏，後被衛國吞併。《詩經》有《鄘風》十篇，下面選入五篇。

汎彼柏舟，在彼中河[1]。髧彼兩髦，實維我儀[2]。之死矢靡它[3]。母也天只！不諒人只[4]！

汎彼柏舟，在彼河側[5]。髧彼兩髦，實維我特[6]。之死矢靡慝。母也天只！不諒人只[7]！

注釋

1　"汎彼"二句：坐着那柏木船兒，在那河中漂流。
　　汎：漂流的樣子。

2　"髧彼"二句：那挽着雙髻的少年，才是我的對象。
　　髧（dàn 淡）：頭髮下垂的樣子。兩髦（máo 毛）：把垂髮分開兩邊，紮成雙髻，是古代男子未成年時的髮式。維：助詞，表判斷語氣。儀：配偶。

3　"之死"句：我誓死不變這心腸。

之：去，到。矢：立誓。靡（mǐ 米）它：沒有它心，即一心一意。靡，沒有。

4　**"母也"二句：**我的媽呀我的天！真是不體諒人呀！

　　也、只：都是助詞，表感歎語氣。

5　**"汎彼"二句：**坐着那柏木船兒，在那河邊漂流。

6　**"髧彼"二句：**那挽着雙鬢的少年，才是我的配偶。

　　特：配偶。《韓詩》作"直"。

7　**"之死"三句：**我誓死不改變主張。我的媽呀我的天！真是不體諒人呀！

　　慝（tè 忑）：忒的假借字，改變。《説文》作"貣"。

　　舊説認為這是衛國國君的寡婦共姜表示決不改嫁的自誓之辭，真是迂腐不通，可笑之極（見《詩序》）。

　　姚際恆據《史記》，認為共伯死時已四十五、六歲，其妻沒有改嫁之理，《詩序》說他"早死"，也不符史實，"故此詩不可以事實之，當是貞婦有夫蚤死，其母欲嫁之，而誓死不願之作也"。雖然駁斥了《詩序》，但仍然認為是寡婦自誓之作。方玉潤亦贊同他的見解。

　　聞一多説：詩中大意是，"那河中汎舟的少年，我願以此身許配給他，至死不變節，無奈他不相信我嘞！"突破了傳統的陋説，對詩意作出較合理的解釋。

桑中（鄘風）

這是一首著名的情詩，所謂 "桑間濮上之音"。一個青年男子以輕快活潑的調子，歌唱了與愛人相思和歡會的快樂。

爰采唐矣？沬之鄉矣[1]。云誰之思？美孟姜矣[2]。期我乎桑中，要我乎上宮，送我乎淇之上矣[3]！

爰采麥矣？沬之北矣[4]。云誰之思？美孟弋矣。期我乎桑中，要我乎上宮，送我乎淇之上矣[5]！

爰采葑矣？沬之東矣[6]。云誰之思？美孟庸矣。期我乎桑中，要我乎上宮，送我乎淇之上矣[7]！

注釋

1　"爰采" 二句：哪兒去採菟絲子呀？就在沬邑的鄉下呀。

爰：於何，在何處。唐：又名蒙，蔓生草本植物名，即菟絲子。沬（mèi 昧）：地名，春秋時衛國城邑，在今河南省淇縣南。

2　　"云誰"二句：我在把誰想？美麗的姜家大姑娘。

　　云：句首助詞，無義。孟：排行第一，稱孟。姜：姓。

3　　"期我"三句：約我到桑中，邀我到上宮，把我送到淇水邊
　　兒上呀！

　　期：約會。桑中：地名。一說即桑間，在今河南省濮陽附
　　近。要（yāo 腰）：約請。上宮：地名。一說宮室名。淇：
　　河名，在今河南省。

4　　"爰采"二句：哪兒去割麥呀？就在沬邑北呀。

5　　"云誰"五句：我在把誰想？美麗的弋家大姑娘。約我到桑
　　中，邀我到上宮，把我送到淇水邊兒上呀！

　　弋（yì 亦）：姓。

6　　"爰采"二句：哪兒去採蔓青呀？就在沬邑東呀。

　　葑：參見《邶風·谷風》注 3（頁 034）。

7　　"云誰"五句：我在把誰想？美麗的庸家大姑娘。約我到桑
　　中，邀我到上宮，把我送到淇水邊兒上呀！

　　庸：姓。

　　以上孟姜、孟弋、孟庸都是泛稱，用來代表作者的意中人。

定之方中（鄘風）

魯閔公二年（前 660），衛國被狄人攻破，兩年後，衛文公遷都於楚丘。這首詩描寫當時興建新都的情景。

定之方中，作于楚宮[1]。揆之以日，作于楚室[2]。樹之榛、栗，椅、桐、梓、漆，爰伐琴瑟[3]。

升彼虛矣，以望楚矣[4]。望楚與堂，景山與京，降觀于桑[5]。卜云其吉，終焉允臧[6]。

靈雨既零，命彼倌人[7]。星言夙駕，說于桑田[8]。匪直也人，秉心塞淵，騋牝三千[9]。

注釋

1　"定之"二句：營室星正照天中，在楚丘興建新宮。

定：星名，即營室星。它在黃昏時出現在天中，正是夏曆十月、初冬農閑的時候，可以從事土木營建的工作，所以稱為營室星。于：一作"為"，動詞。楚：指楚丘，地名，在今河南省滑縣東。

2　"揆之"二句：測量日影定方向，在楚丘興建新房。

揆（kuí 葵）：測度。指據日影確定方向。

3 **"樹之"三句**：栽下榛樹、栗樹，還有椅樹、桐樹、梓樹和漆樹。將來可以砍下製琴瑟。

樹：種植。**榛**（zhēn 蓁）：落葉喬木，果實可食用。**栗**（lì 慄）：即板栗，落葉喬木，果實可食用，木材可製器物，樹皮可作染料。**椅**（yī 猗）：落葉喬木，可作細工木料用材。**桐**：落葉喬木，木質緻密，可載琴瑟。**梓**（zǐ 子）：落葉喬木，木材可供建築及製作器具之用。**漆**：落葉喬木，樹脂可製髹漆，果實可製蠟燭。**爰**：句首助詞，無義。

第一段，寫動工的時間、地點和工作內容。

4 **"升彼"二句**：登上那座山頭，去眺望楚丘。

虛：山丘。

5 **"望楚"三句**：眺望楚丘和堂邑，還有鄰近的大山、高岡，再走下山來察看桑田。

堂：邑名，在楚丘附近。**景山**：大山。**京**：高丘。**降**：往下走。

6 **"卜云"二句**：占卜的結果說"吉祥"，（在這兒建都）實在非常恰當。

卜：用龜甲來占卜。**終焉**：果然。**允**：實在。**臧**（zāng 臟）：善，好。

以上第二段，寫觀察周團的地形地物，作進一步擴大建築規模的打算。

7 **"靈雨"二句**：一場好雨已經下過，吩咐車夫作好準備。

靈：善，好。**零**：下，落。**倌**（quān 官）**人**：駕車的人。

8 **"星言"二句**：趁着天晴早動身，一直走到桑田才歇下。

星：同晴，古"晴"字（王先謙說）。**言**：助詞。**駕**：駕車

052

出行。**說**：同稅，停留，休息。

9　"**匪直**"三句：那位正直的人哪，深謀遠慮，計劃周詳，養下了大馬、母馬三千匹。

匪：彼的假借字。**秉心**：操心，用心。**塞**：充實，引申為周密。**淵**：深遠。**騋**（lái 來）：高大的馬。**牝**（pìn 聘）：雌馬。

第三段，讚揚衛文公有計劃有遠見。

郭沫若在《中國古代社會研究》中引用此詩之後，說："我們看被侵略者戰敗了之後的民族，他的經營的力量是怎麼樣呢？種樹、建築、牧畜、耕作，井井有條，立地便恢復了起來。農業的生產力的發展程度，可以想見了。"他從詩裏看到了由奴隸制向封建制推移過程中，社會生產力高度發展的情況。這一分析，可供閱讀本詩時參考。

衛國被狄人破滅，是統治者昏庸無道的結果。《左傳·閔公二年》載："冬十二月，狄人伐衛。衛懿公好鶴，鶴有乘軒者。將戰，國人受甲者皆曰：'使鶴，鶴實有祿位，余焉能戰！'……及狄人戰于熒澤，衛敗績。遂滅衛。"當時衛國國君是懿公，他平日貴鶴賤人，讓鶴乘坐大夫華麗的軒車，結果戰爭一來，軍心渙散，被狄人打得一敗塗地。前事不忘，後事之師。衛文公在楚丘復國之後，便與百姓同甘苦，還採取了"務材，訓農，通商，惠工，敬教，勸學，授方，任能"一系列有效措施，幾年之後，終於把衛國復興起來。他受到人們的讚美，是當然的。

相鼠 (鄘風)

這是對寡廉鮮恥的貴族統治者的諷刺和斥責，詩人把他們痛罵一頓，説他們連老鼠也不如。

相鼠有皮，人而無儀[1]。人而無儀，不死何為[2]？

相鼠有齒，人而無止[3]。人而無止，不死何俟[4]？

相鼠有體，人而無禮[5]。人而無禮，胡不遄死[6]？！

注釋

1　“相鼠”二句：瞧那老鼠還有一張皮，做人卻沒有威儀。
　　相（去聲）：視，看。儀：指端莊嚴肅的態度和行動。
2　“人而”二句：做人沒威儀，幹甚麼還不死？
3　“相鼠”二句：瞧那老鼠還有牙齒，做人卻不知羞恥。
　　止：同恥（余冠英説）。又，《韓詩》云：止，節。禮節。鄭玄云：止，容止。亦禮儀之意。均可通。
4　“人而”二句：做人不知恥，不死待何時？
　　俟（sì 伺）：等待。

5　"相鼠"二句：瞧那老鼠還有肢體，做人卻全不講禮。

6　"人而"二句：做人不講禮，還不趕快死？！

　　遄（chuán 傳）：快，迅速。

　　《詩序》云："《相鼠》，刺無禮也。衛文公能正其羣臣，而刺在位承先君之化，無禮儀也。"近人吳闓生《詩義會通》說："此無以見其必為衛文之詩，《序》特以篇章次第推而言之。"

　　《白虎通・諫諍》篇認為這是"妻諫夫"之詞。魏源從其說。

　　此詩在先秦時經常被引用。《左傳》凡三見，都是"刺無禮"之意。

載馳 (鄘風)

這是詩經中可以考知作者的少數詩篇之一。據《左傳》載："許穆夫人賦載馳。" 許穆夫人是衛文公的妹妹，嫁到許國去。當時衛國已被狄人攻破，衛文公正帶着衛人在漕邑避難。魯僖公元年（前 659），許穆夫人從許國來漕弔唁，作了此詩。這篇作品，表現了作者的愛國熱忱和百折不撓的氣概。在當時的社會裏，一位婦女能具有這樣的政治眼光和堅強個性，確是難能可貴的。

載馳載驅，歸唁衛侯[1]。驅馬悠悠，言至于漕[2]。大夫跋涉，我心則憂[3]。

既不我嘉，不能旋反[4]。視爾不臧，我思不遠[5]？既不我嘉，不能旋濟[6]。視爾不臧，我思不閟[7]？

陟彼阿丘，言采其蝱[8]。女子善懷，亦各有行[9]。許人尤之，眾穉且狂[10]。

我行其野，芃芃其麥[11]。控于大邦，誰因誰極[12]？大夫君子，無我有尤！百爾所思，不如我所之[13]！

注釋

1 "載馳"二句：我坐着飛奔的馬車，回去慰問衛侯。

   載：助詞。馳：讓馬快跑。驅：策馬前進。唁（yàn彥）：弔唁，對有喪事的人家或失國的諸侯致以慰問。

2 "驅馬"二句：趕着馬兒走遠路，到那漕邑去。

   悠悠：路途遙遠的樣子。言：助詞。漕：衛邑名，在今河南滑縣附近，楚丘在其東。狄人滅衛時，宋桓公把衛國五千多人救過黃河，安頓在漕邑，並立了衛戴公為國君。一個月後，戴公死，其弟文公繼位。當時尚未遷都於楚丘，所以許穆夫人到漕邑來弔唁。

3 "大夫"二句：大夫們長途跋涉追趕我，我的心裏直發愁。

   大夫：指許國的官員。跋涉：指長途奔波。行經草地叫跋，淌水過河叫涉。

   第一段，許穆夫人到漕邑去，許國大夫羣起反對。

4 "既不"二句：儘管全都反對我的行動，你們也不能令我回頭。

   既：盡。嘉：嘉許，贊成。旋：轉。反：同返。

5 "視爾"二句：比起你們不高明的主張，我的想法不是更有遠見嗎？

   視：比。臧：善，好。

6 "既不"二句：儘管全都反對我的行動，也不能叫我渡河回轉。

   濟：渡河。

7 "視爾"二句：比起你們不高明的意見，我的考慮不是更周全嗎？

閟（bì 痹）：關閉，引申為縝密、周到。

以上第二段，許穆夫人反駁大夫們的意見，表示自己決不回頭。

8　"陟彼" 二句：登上那高高的山岡，採些兒貝母。

陟：往上走。阿丘：一面偏高的山丘。蝱（méng 萌）：莔的假借字，即中藥貝母，據說可以治療憂鬱病。《說文》、《淮南子》引作 "莔"。

9　"女子" 二句：雖說是女子多愁善感，也有她合理的主張。

善懷：多愁善感。行（háng 杭）：道路，引申為道理、主張。

10　"許人" 二句：許國人紛紛責難我，真是幼稚又狂妄。

尤：非議，責備。

以上第三段，她為自己的正確行動不被理解感到痛心。

11　"我行" 二句：我走在那田野上，麥苗長得多茁壯。

芃芃（péng 蓬）：茂盛的樣子。

12　"控于" 二句：向大國呼籲求援，要依靠誰？到哪兒去？

大邦：大國。因：親近，依靠。極：去到。後來齊國出兵救衛，"使公子無虧帥（率）車三百乘、甲士三千人以戍曹（漕）"，還送了許多牲畜和其他物品（見《左傳‧閔公二年》）。

13　"大夫" 四句：各位大夫先生呀，別老是責難我吧！你們想的一百個主意，都不如我實行的計劃！

有：助詞。所之：所去，所往，指自己正採取的行動。

第四段，義正辭嚴地指出許國大夫的錯誤，表明自己救國的堅定決心。

這首詩，一致公認是許穆夫人的作品。

但《列女傳·仁智》篇所載與《左傳》略有不同，"許穆夫人者，衛懿公之女，許穆公之夫人也。初，許求之，齊亦求之。懿公將與許。女因其傅母而言曰：'古者諸侯之有女子也，所以苞苴玩弄繫援於大國也。今者許小而遠，齊大而近。若今之世，強者為雄。如使邊境有寇戎之事，惟是四方之故，赴告大國，妾在不猶愈乎？今舍近而就遠，離大而附小，一旦有車馳之難，孰可與慮社稷？'衛侯不聽，而嫁之於許。其後翟人攻衛，大破之，而許不能救。衛侯遂奔走涉河而南，至楚丘。齊桓往而存之，遂城楚丘以居。衛侯於是悔不用其言。當敗之時，許夫人馳驅而弔唁衛侯，因疾之而作詩，云云。"

焦氏《易林》云："懿公淺愚，不受深諫；無援失國，為狄所滅。"與《列女傳》所載比較接近。

碩人 (衛風)

衛莊公的夫人莊姜是位美人，這首詩描繪了她姣好的容貌以及初嫁時車馬、侍從行列的盛況。

衛，國名，在今河北省南部和河南省北部一帶，是周武王弟弟康叔的封地。《詩經》有《衛風》十篇，下面選入六篇。

碩人其頎，衣錦褧衣 [1]。齊侯之子，衛侯之妻，東宮之妹，邢侯之姨，譚公維私 [2]。

手如柔荑，膚如凝脂，領如蝤蠐，齒如瓠犀 [3]。螓首蛾眉。巧笑倩兮，美目盼兮 [4]。

碩人敖敖，說于農郊 [5]。四牡有驕，朱幩鑣鑣 [6]，翟茀以朝 [7]。大夫夙退，無使君勞 [8]。

河水洋洋，北流活活 [9]。施罛濊濊，鱣鮪發發。葭菼揭揭 [10]。庶姜孽孽，庶士有朅 [11]。

注釋

1 "碩人"二句：健美的人兒身段頎長，薄紗衣罩在錦衣上。碩（shí 石）：大。頎（qí 其）：長。古代不論男女，都以身材高大為美。衣（去聲）錦褧（jiǒng 炯）衣：穿着錦衣和褧衣。褧衣是一種麻製的外衣，用來遮蔽塵土，是女子出嫁時路上所穿。

2　"齊侯"五句：她是齊侯的女兒，衛侯的妻子，齊國太子的妹妹，邢侯的小姨，譚公是她的姊夫。

齊侯：指齊莊公。子：這裏指女兒。衛侯：指衛莊公。東宮：本為太子所住的地方，後用作太子的代稱。此指齊太子（名得臣）。邢（xíng 刑）侯：邢國的國君。邢在今河北省邢臺縣。姨：男子稱妻子的姊妹。譚公：譚國的國君，譚（鄄）在今山東省歷城縣。《説文》作"郭"，《白虎通》作"覃"。私：女子稱姊妹的丈夫。

第一段寫莊姜的身材、服飾和她煊赫的家世。

3　"手如"四句：手指像茅草的嫩芽，皮膚像凝凍的脂膏，脖頸像蝤蠐般柔軟，牙齒就如瓠瓜子樣整齊。

荑：參見《邶風·靜女》注 5（頁 042）。領：頸。蝤蠐（qiú qí 酋齊）：天牛幼蟲。身長而白，形容脖子的柔美。瓠犀（hù xǐ 戶西）。瓠瓜的瓜子。排列整齊，顏色潔白，故用以比喻牙齒。

4　"蝤首"三句：寬廣的前額，彎彎的眉。嫣然一笑多俊俏，美麗的眼睛忽閃忽閃。

蝤（qín 秦）：似蟬而小，頭額寬廣方正，鳴聲清婉。《説文》引作"顈"，云：好貌。蛾：指蠶蛾，其眉細長彎曲。一説蛾，同娥，好貌。倩（qiàn 欠）：口頰間美好的樣子。盼：眼睛映動的樣子（王先謙引《論語》馬注）。一説黑白分明的樣子（見《毛傳》）。

以上第二段，描繪莊姜魅人的容貌。

5　"碩人"二句：健美的人兒身段修長，在城郊停車休息。

敖敖（áo 遨）：高的樣子。說（shuì 稅）：停留，休息。農郊：指衛都近郊。

6 **"四牡"二句**：四匹公馬多強壯，嚼子旁紅綢光閃閃。

牡：雄馬。驕：矯健強壯。朱幩（fén 墳）：纏縛在馬口銜鐵（嚼子）上做裝飾的紅綢。鑣鑣（biāo 標）：盛大的樣子，此指色澤鮮明。

7 **"翟茀"句**：乘着飾滿雉羽的車子去上朝。

翟（dí 狄）：雉雞羽毛。茀（fú 扶）：用來遮蔽女子車子的飾物。這兒是以雉羽為茀。

8 **"大夫"二句**：大臣們早早告退，不讓國君過於勞累。

夙：早。

以上第三段，描寫莊姜華麗的車馬。

9 **"河水"二句**：河水茫茫，嘩嘩地流向北方。

河：指黃河。洋洋：水盛大的樣子。活活（kuò 括）：象聲詞，形容水流的聲音。齊國在山東，衛國在河北，黃河界於其中，北流入海，所以莊姜初嫁時必須渡河。

10 **"施罛"三句**：撒網入水沙沙響，黃魚鱒魚啪噠噠跳。密密的蘆葦長得高。

施罛（gū 孤）：撒網。罛，魚網。濊濊（huò 豁）：魚網入水聲。鱣（zhān 氈）：黃魚。鮪（wěi 尾）：鱒魚。發發（pō 潑）：魚蹦跳的聲音。《說文》作"鮁鮁"。《呂氏春秋》注作"潑潑"。《韓詩》作"鱍鱍"。葭菼（jiātǎn 加坦）：蘆、荻，都是長近岸邊的多年生草本植物。揭揭：高聳的樣子。

11 **"庶姜"二句**：姜家姑娘們高大健壯，男子一個個氣宇軒昂。

庶：眾。姜：指齊國（姜姓）送嫁的女子。孽孽（niè 涅）：高大的樣子。士，指隨從護送的男子。朅（qiè 切）：威武強壯。《韓詩》作“桀”。

以上第四段，以黃河沿岸景色為背景，襯托莊姜一行入朝的盛況。

這首詩第二段七句，連用了六個比喻，準確細膩，刻劃入微，真是曲盡形容之能事。清人姚際恆認為：“千古頌美人者無出其右，是為絕唱。”（《詩經通論》）

氓 (衛風)

這是《詩經》中的名篇。以一個棄婦的口吻，訴說着她的愛、她的悔和她的恨，最後表明了和負心男子一刀兩斷的決心，顯示出她寧折不彎的堅強性格，使人敬重，令人同情。

氓之蚩蚩，抱布貿絲[1]。匪來貿絲，來即我謀[2]。送子涉淇，至于頓丘[3]。匪我愆期，子無良媒[4]。將子無怒，秋以為期[5]。

乘彼垝垣，以望復關[6]。不見復關，泣涕漣漣[7]；既見復關，載笑載言[8]。爾卜爾筮，體無咎言[9]。以爾車來，以我賄遷[10]。

桑之未落，其葉沃若[11]。于嗟鳩兮，無食桑葚[12]！于嗟女兮，無與士耽[13]！士之耽兮，猶可說也；女之耽兮，不可說也[14]！

桑之落矣，其黃而隕[15]。自我徂爾，三歲食貧[16]。淇水湯湯，漸車帷裳[17]。女也不爽，士貳其行[18]。士也罔極，二三其德[19]。

三歲為婦，靡室勞矣。夙興夜寐，靡有朝矣[20]。言既遂矣，至于暴矣[21]。兄弟不知，咥其

笑矣 [22]。靜言思之，躬自悼矣 [23]。

「及爾偕老。」老使我怨 [24]。淇則有岸，隰則有泮 [25]。總角之宴，言笑晏晏，信誓旦旦 [26]。不思其反 [27]。反是不思，亦已焉哉 [28]！

注釋

1　「氓之」二句：那個人 臉笑嘻嘻，拿着布匹來換絲。

氓（méng 萌）：民，對詩中男子的稱呼。蚩蚩（chī 痴）：滿臉笑容的樣子。布：指布匹。一說古代錢幣名。叫布幣。貿：交易。

2　「匪來」二句：他哪兒真是來買絲，是來找我談婚事。

匪：同非。即：就，接近。謀：商量。

3　「送子」二句：我送你渡過淇水，一直送到了頓丘。

涉：過渡。淇（qí 其）：河名，在今河南省。頓丘：地名，在今河南省清豐縣西南。

4　「匪我」二句：並非我故意誤佳期，是你沒有找到好媒人。

愆（qiān 牽）期：過期。

5　「將子」二句：請你不要再生氣，就訂下秋天作婚期吧。

將（qiāng 鏘）：願，請。

以上第一段，敘述兩人訂婚的經過。

6　「乘彼」二句：爬上那堵破牆頭，向復關望了又望。

乘（平聲）：登上。垝垣（quǐ yuán 鬼元）：頹垣，破爛的牆壁。復關：地名，那男子居住的地方。

7　「不見」二句：不見復關那人來，忍不住眼淚漣漣。

涕：淚。漣漣（lián 連）：淚流不斷的樣子。

8　**「既見」二句：**見到復關那人來，說說笑笑沒個完。

　　載：助詞。在這裏有關聯作用。

9　**「爾卜」二句：**你占卜，你算卦，卦辭沒有不吉利的話。

　　卜、筮（shì 逝）：古人占卦的兩種方法，前者用龜殼，後者用蓍（shī 尸）草。**體：**卦體，即占卜的結果。《韓詩》作「履」，云：幸也。《禮記》引同。**咎**（jiù 救）**言：**不祥的話。

10　**「以爾」二句：**打發你的車子來，把我連人帶物一起搬。

　　賄（huì 潰）：財物。

　　以上第二段，敘述男子迎親的經過。

11　**「桑之」二句：**桑樹未落葉，葉子綠油油。

　　沃若：潤澤有光的樣子。若，助詞。《説文》沃作「𣴠」，云：灌溉也。

　　這兩句是比喻自己年青貌美的時候。

12　**「于嗟」二句：**唉，斑鳩呀，可不要貪吃桑葚！

　　于（xū 吁）**嗟：**感歎的聲音。于，同吁。**桑葚**（shèn 甚）：桑的果實。據説斑鳩多吃桑葚會醉，比喻女子耽溺於愛情會害苦自己。

13　**「于嗟」二句：**唉，姑娘們呀，可不要對男子過分迷戀！

　　耽（dān 擔）：沉迷於歡樂，此指沉溺於愛情中。

14　**「士之」四句：**男人陷進情網裏，還有辦法可擺脫；女人陷進情網裏，永遠也擺脫不開！

　　說：脫的假借字，解脫。

　　以上第三段，追悔年青時過分沉溺於愛情。

15　**「桑之」二句：**桑樹落葉了，葉子枯黃往下飄。

隕（yǔn 允）：落下。這裏比喻自己年老色衰。

16　"自我"二句：自從嫁到你家去，吃苦吃了整三年。

徂（cú 殂）：去，往。**食貧**：過貧困日子。

17　"淇水"二句：淇水水滔滔，濺到車圍上。

湯湯（shāng 傷）：水盛大的樣子。**漸**（jiān 尖）：浸濕。**帷**（wéi 為）**裳**：車上的布幔，即車圍子。女方被遺棄後，歸家途中一直浸沉在回憶裏，直到河水打濕車幔，才把她驚醒過來。過河之後，又再陷入回憶。

18　"女也"二句：女的始終如一，只是男的變了心腸。

爽：變（見金文）。**貳**：是貳的誤字，貳同忒（tè 特），改變（王引之説）。**行**：行為。

19　"士也"二句：男的反覆無常，三心兩意不像樣！

罔極：無常。罔，沒有。極，準則，指道德原則。**二三**：用作動詞，變來變去。"二三其德"等於説"士貳其行"，是對"罔極"的具體説明。

以上第四段，責備男子的負心忘情。

20　"三歲"四句：我三年當主婦，繁重的家務一身當。清早起，深夜睡，沒有一天不是這樣。

靡室勞：沒有一件家務勞動不是由我承擔。靡，沒有。**興**（平聲）：起來。

21　"言既"二句：你的慾望滿足了，就對我兇暴起來了。

言：句首助詞，無義。**遂**：順遂，滿足。

22　"兄弟"二句：家中兄弟不知情，還嘻嘻哈哈譏笑我。

咥（xì 戲）：笑的樣子。

23　"靜言"二句：靜下來細細一想，只有暗自悲傷。

躬：自身，自己。**悼**：悲痛。

以上第五段，哀歎自己悲苦無告的不幸處境。

24　"及爾"二句：說甚麼"和你白頭到老"。我老來會抱恨終身。

　　偕老：當是以前彼此的約言。

25　"淇則"二句：淇水還有岸，濕水也有邊，（我的痛苦卻無邊無際。）

　　隰：是濕（xí習）的誤字，水名，即濕（tà踏）河（聞一多說）。淇水、濕水都是黃河支流，流經衛國境內。泮（pàn叛）：畔，邊際。

26　"總角"三句：記得少年時多麼快樂，大家有說有笑，融洽無間，還立下了海誓山盟。

　　總角：指少年時候。小孩子的頭髮紮成雙丫角，叫總角。宴：歡樂。晏晏（yàn宴）：柔和的樣子。信誓：誠信的誓言。且且：懇切的樣子。據此描寫，他們本來是青梅竹馬、少小無猜的一對兒。

27　"不思"句：你也不想想當初。

　　反：本。指當年的事。

28　"反是"二句：既然翻臉無情不念舊，那就一刀兩斷拉倒了算！

　　反是不思：即不思其反。"反"是賓語前置。是，助詞。

以上第六段，回憶少年的歡樂，進一步譴責男子的負心。

　　《氓》和《谷風》都是著名的"棄婦"詩，它們同樣運用"賦"的手法，通過回憶對比，反映詩中主人公的不幸遭遇，控訴社會對婦女的壓迫，具有同樣深刻的認識意義和教育意義。但兩首詩又各有自己的特點。《谷風》表現了欲去還留、不忍遽絕的複雜心理，感傷多於憤慨；《氓》則痛心疾首，徹底決裂，還要別人記取自己的教訓，怨怒溢於言表。從風格上看，前者較婉曲而後者較切直，但都同樣地扣人心弦。遠在數千年前就產生了這樣優秀的長篇敘事抒情詩篇，實在是我們中國文學的驕傲。

桓寬《鹽鐵論·錯幣》曾引此詩："古者市朝而無刀幣，各以其所有易無，'抱布貿絲'而已。後世即有龜貝金錢，交施之也。"可以作為研究古代貨幣史的參考。

竹竿 (衞風)

一個青年正在淇水上釣魚，忽然看見自己心愛的姑娘出門遠嫁去了，心裏真有說不出的苦楚。

籊籊竹竿，以釣于淇[1]。豈不爾思？遠莫致之[2]。

泉源在左，淇水在右[3]。女子有行，遠兄弟父母[4]。

淇水在右，泉源在左。巧笑之瑳，佩玉之儺[5]。

淇水滺滺，檜楫松舟[6]。駕言出遊，以寫我憂[7]。

注釋

1 "籊籊"二句：拿着根竹竿細又長，釣魚在那淇水上。
   籊籊（dí 狄）：長而細小。

2 "豈不"二句：難道我不想念你？只是路遠無法向你表心意。
   致：致送。

3 "泉源"二句：泉眼在左邊，淇水在右面。

據詩中描寫，道路就在泉水和淇水中間穿過。**泉源**：一説水名。

4　**"女子"二句**：姑娘嫁出門，遠離兄弟和父母。

　　行：古代女子出嫁，叫"歸"或"行"。

5　**"淇水"四句**：淇水在右面，泉眼在左面。她欣然含笑露酒窩，佩玉一步一搖晃。

　　瑳（chū 搓）：笑時美麗的樣子。**儺**（luó 挪）：有節奏的樣子。

6　**"淇水"二句**：淇水慢慢流，檜木槳兒松木舟。

　　悠悠（yōu 幽）：水流的樣子。**檜**（guì 劊）：也叫刺柏，常綠喬木，可製器物。**楫**（jí 輯）：槳。

7　**"駕言"二句**：我划起船兒出遊，好消解心頭的煩憂。

　　駕：此指划船。**言**：助詞。**寫**：消除。

河廣 (衛風)

衛國在河北，宋國在河南，詩人隔河遙望宋國，表達了有所企望的迫切心情。

誰謂河廣？一葦杭之[1]。誰謂宋遠？跂予望之[2]。

誰謂河廣？曾不容刀[3]。誰謂宋遠？曾不崇朝[4]。

注釋

1　"誰謂"二句：誰說黃河寬？一根蘆葦就能渡河。
　　杭：同迒，即航字。

2　"誰謂"二句：誰說宋國遠？踮起腳跟就望得見。
　　跂（qí 企）：擡起腳後跟站着。《楚辭》王逸注引作"企"。

3　"誰謂"二句：誰說黃河寬？還容不下一條小船。
　　曾：乃，竟然。刀：同舠，小船。

4　"誰謂"二句：誰說宋國遠？大清早就能到那邊。
　　崇朝：即終朝，整個早晨，指黎明後到早飯前這段時間。

這首詩運用誇張手法，只是反覆強調黃河不寬，宋國不遠，而那種急切盼望之情，也就在不知不覺中表露無遺。這種意在言外的手法，值得仔細玩味。

伯兮 （衛風）

這首詩以女子的口吻，傾訴自己對出征的丈夫刻骨的相思。

伯兮朅兮，邦之桀兮[1]。伯也執殳，為王前驅[2]。

自伯之東，首如飛蓬[3]。豈無膏沐，誰適為容[4]？

其雨其雨，杲杲出日[5]。願言思伯，甘心首疾[6]！

焉得諼草？言樹之背[7]。願言思伯，使我心痗[8]。

注釋

1 "伯兮"二句：我的哥呀真威風，一國裏數他最英雄。

伯：伯、仲、叔、季，本是古人排行的稱呼，也常用作名字，但在《詩經》裏，伯、叔經常用作女子對愛人（已婚或未婚）的稱呼。這兒就是一例。朅（qiè 切）：參見《衛風·碩人》注 11（頁 062-063）。桀：同傑，突出的人材。

2　“伯也”二句：哥哥手執長木杖，去為君王打先鋒。

　　殳（shū 殊）：古代長兵器，杖類，無刃，長一丈二尺，為戰車上的武士所執。

3　“自伯”二句：自從哥哥往東方，我頭髮紛亂像飛蓬。

　　之：去，動詞。蓬：草名，遇風則連根拔起，四散飛旋，故名飛蓬。後世“蓬首”一詞，就是源出於此。

4　“豈無”二句：哪兒是沒有膏油可梳洗，我要為誰來美容？

　　膏：潤髮的香油。沐：洗頭。誰適：取悅於誰？適，悅（馬瑞辰說）。為容：修飾容貌。

5　“其雨”二句：下雨吧下雨吧，卻出了個明晃晃的太陽。

　　其：助詞，表祈使的語氣。杲杲（gǎo 稿）：明亮的樣子。

　　按：甲骨文有“其雨。其雨”一條。

6　“願言”二句：我念念不忘想哥哥，就是頭昏腦脹也情願！

　　願言：即願然，思念的樣子。首疾：頭痛。又，馬瑞辰云：甘心，即苦心，痛心；“甘心首疾”猶“痛心疾首”。

7　“焉得”二句：哪兒找得到忘憂草？把它種在北堂下。

　　諼（xuān 宣）草：可以忘憂的草。諼，忘記。其實並無這樣的草，後人把萱草叫忘憂草，只因為“萱”、“諼”同音。《韓詩》作“藼”，《說文》作“安得蕙草”。背：同北，古代住宅一般座北向南，這裏“北”就是指北堂，即後房的北階下。

8　“願言”二句：念念不忘想哥哥，想得我心都痛了。

　　痗（mèi 妹）：病。

　　這首詩把相思不斷加劇的過程，刻劃得入木三分，不是嘗過此中滋味的人，是絕對寫不出，也寫不好的。試把它和唐代王昌齡的《閨怨》比較一下，"閨中少婦不知愁，春日凝妝上翠樓。忽見陌頭楊柳色，悔教夫婿覓封侯。"兩首詩題材相似，構思也比較接近（可能後者就是從前者悟出來的），可是由於《閨怨》是旁人捉刀，由詩人代為設想，所以那種感受終覺隔了一層。

木瓜 （衞風）

這是描寫男女定情、以紀念品互相餽贈的詩篇。

投我以木瓜，報之以瓊琚[1]。匪報也，永以為好也[2]！

投我以木桃，報之以瓊瑤。匪報也，永以為好也[3]！

投我以木李，報之以瓊玖。匪報也，永以為好也[4]！

注釋

1　"投我" 二句：你送給我木瓜，我回贈你佩玉。
　　木瓜：植物名，落葉灌木，果實橢圓形，長二、三寸，可食。與俗稱 "嶺南果王" 的番木瓜不同。瓊（qióng 邛）：美玉。琚（jū 居）：一種佩玉。瓊琚與下文的瓊瑤、瓊玖，都是泛指美麗的玉佩。

2　"匪報" 二句：這不是報答呀，是希望我們永遠相好呀！
　　匪：同非。

3　"投我" 四句：你送給我蜜桃，我回贈你美玉。這不是報答呀，是希望我們永遠相好呀！

桃：即桃子。**瑤**：美玉。

4　　**"投我"四句**：你送給我李子，我回贈你玉佩。這不是報答
呀，是希望我們永遠相好呀！

玖（jiǔ 久）：像玉的美石。

這首詩在結構上和《芣苢》有相似之處，都是在大致
固定的句型中，變換一些字眼，做成迴環往復、一唱三歎的
效果。

黍離 (王風)

　　這是一曲流浪者的哀歌。他長期在外飄泊，受着路人的冷眼，一腔愁苦，無可告語，只好昂首叩問蒼天。

　　王風，東周王國境內的詩歌。前 770 年，周平王東遷洛邑，史稱東周，領土在今河南省洛陽一帶。《詩經》有《王風》十篇，下面選入七篇。

　　彼黍離離，彼稷之苗[1]。行邁靡靡，中心搖搖[2]。知我者謂我心憂，不知我者謂我何求[3]。悠悠蒼天，此何人哉[4]！

　　彼黍離離，彼稷之穗[5]。行邁靡靡，中心如醉。知我者謂我心憂，不知我者謂我何求。悠悠蒼天，此何人哉[6]！

　　彼黍離離，彼稷之實[7]。行邁靡靡，中心如噎。知我者謂我心憂，不知我者謂我何求。悠悠蒼天，此何人哉[8]！

注釋

1　"彼黍二句：那黍子密密成行，那高粱長出了苗。

黍：一種穀類，又叫黃小米，或稱黃米，有黏性。**離離**：
行列的樣子。稷（jì 鯽）：高粱。

2　**"行邁"二句**：在路上慢慢走着，心裏志忑不安。

　　邁：行走。**靡靡**：緩慢的樣子。**搖搖**：心神不定的樣子。
《爾雅》作"愮愮"。

3　**"知我"二句**：了解我的，會說我憂愁，不了解的，以為我
在找尋甚麼。

4　**"悠悠"二句**：茫茫蒼天呀，是甚麼人弄成這樣的呀！

　　悠悠：高而遠的樣子。

5　**"彼黍"二句**：那黍子密密成行，那高粱揚花吐穗。

6　**"行邁"六句**：在路上慢慢走着，心裏像喝醉了酒。了解我
的，會說我憂愁，不了解的，以為我在找尋甚麼。茫茫蒼
天呀，是甚麼人弄成這樣的呀！

　　醉：指迷迷糊糊、精神恍惚的狀態。

7　**"彼黍"二句**：那黍子密密成行，那高粱結了籽粒。

8　**"行邁"六句**：在路上慢慢走着，心裏像透不過氣。了解我
的，會說我憂愁，不了解的，以為我在找尋甚麼。茫茫蒼
天呀，是甚麼人弄成這樣的呀！

　　噎（yē 掖）：梗塞着，是心情沉重到極點時的感覺。

　　這首詩，歷來認為是東周大夫傷悼舊都鎬京（宗周）的
殘破荒涼而作。"黍離，閔宗周也。周大夫行役至於宗周，
過故宗廟宮室，盡為禾黍。閔周室之顛覆，徬徨不忍去，而
作是詩也。"（《詩序》）把亡國的哀痛稱為"黍離之悲"，
就是由這兒來的。由於在詩中找不到直接的證據，所以近人
多已不採用周大夫行役過宗周之說，而一般傾向於認為這是
遊子抒寫憂憤的作品。我認為後一說更切合原詩實際。

君子于役 （王風）

丈夫出外服役，長年不歸，引起妻子的深切懷念。每當日落黃昏，雞兒進窠、牛羊回欄之時，也就是她思念最切的時候。

君子于役，不知其期[1]。曷至哉[2]？雞棲于塒，日之夕矣，羊牛下來[3]。君子于役，如之何勿思[4]！

君子于役，不日不月[5]。曷其有佸[6]？雞棲于桀，日之夕矣，羊牛下括[7]。君子于役，苟無飢渴[8]。

注釋

1　"君子"二句：丈夫出外服役，不知期限多長。
　　于：去，往。役：服役。

2　"曷至"句：甚麼時候才回來呢？
　　曷（hé 合）：何。

3　"雞棲"三句：雞兒進了窠，太陽落山了，牛羊從高處下來。
　　塒（shí 時）：鑿牆做成的雞窠。

4　"君子"二句：丈夫去了服役，叫我怎能不想他！
　　如之何：即如何，怎麼。

5　　"君子"二句：丈夫出外服役，已不知去了多久。

　　　不日不月：不能計算日月。不能把日子算清，極言在外時

　　　間的長久。

6　　"曷其"句：甚麼時候才能聚首？

　　　有：又，再。佸（guó 國）：聚會。

7　　"雞棲"三句：雞兒歇在木樁上，太陽落山了，高處牛羊都

　　　回來。

　　　桀：同榤，即橛，木樁。古代的雞離野生狀態未久，喜棲

　　　宿於高處，故陶潛《歸園田居》其一有"雞鳴桑樹顛"之

　　　句。括（kuò 廓）：來，到。

8　　"君子"二句：丈夫去服役，但願他不至挨飢渴！

　　　苟：這裏有"幸而"之意，表示一種最低限度的希望。

　　　《詩序》說："《君子于役》，刺平王也。君子行役無期

度，大夫思其危難以諷焉。"朱熹認為《序》說有誤，此詩

是"大夫久役于外，其室家思而賦之"。姚際恆認為"此婦

人思夫行役之作"。

　　　近人大多同意姚氏的見解。

中谷有蓷 （王風）

這首詩以同情的筆調，描寫一個被遺棄的婦人的悲慘境遇。

中谷有蓷，暵其乾矣[1]。有女仳離，嘅其歎矣[2]。嘅其歎矣，遇人之艱難矣[3]！

中谷有蓷，暵其脩矣[4]。有女仳離，條其歗矣[5]。條其歗矣，遇人之不淑矣[6]！

中谷有蓷，暵其濕矣[7]。有女仳離，啜其泣矣[8]。啜其泣矣，何嗟及矣[9]！

注釋

1　“中谷”二句：山谷裏長着益母草，奄奄地乾枯了。

中谷：即谷中。蓷（tuī 推）：植物名，即益母草。嚴粲云：據《本草》，益母正生海濱地帶，其性宜濕。暵（hàn 汗）：萎黃的樣子（見《毛傳》）。《說文》引作“灘”，乾也。這是以植物的枯黃比喻婦人遭遇遺棄的不幸境遇。

2　“有女”二句：有個女子被遺棄，痛苦地長歎了。

仳（pǐ 痞）離：分離。仳，別。此指被丈夫拋棄。嘅（kǎi

慨）：歎氣的樣子。

3　"嘅其"二句：痛苦地長歎，嫁着那樣的人真倒霉呀！

　　艱難：指處境不好。

4　"中谷"二句：山谷裏長着益母草，奄奄地枯黃了。

　　脩（xiū 修）：乾枯（朱熹説）。

5　"有女"二句：有個女子被遺棄，放聲哀號了。

　　條：聲音拖長的樣子（陳奐説）。歗：同嘯，噓氣作聲，這
　　兒作"哀號"解（聞一多説）。

6　"條其"二句：放聲哀號，嫁着那樣的人真不幸呀！

　　不淑：不善，不幸。

7　"中谷"二句：山谷裏長着益母草，奄奄地枯萎了。

　　濕：曤（xí 習）的假借字，乾（王引之説）。

8　"有女"二句：有個女子被遺棄，抽抽咽咽地哭泣了。

　　啜（chuò 輟）：哽咽的樣子（見《毛傳》）。《韓詩外傳》作
　　"惙"，憂傷貌。

9　"啜其"句：抽抽咽咽地哭泣，悔恨怨歎也來不及了！

　　嗟何及：本作"何嗟及"，據陳奐説校改。

　　《詩序》云："《中谷有蓷》，閔周也。夫婦日以衰薄，
凶年饑饉，室家相棄爾。"吳闓生解釋説："詩以歲旱草枯，
興饑年之憔悴。"（《詩義會通》）姚際恆反對室家相棄之説，
認為"此或閔嫠婦（寡婦）之詩，猶杜詩所謂'無食無兒一
婦人'也。先言'艱難'，夫貧也。再言'不淑'，夫死也。
《禮》：'問死曰如何不淑'。末更無可言，故變文曰'何嗟及
矣'。"（《詩經通論》）據我們看來，"中谷有蓷"兩句只是
詩中常用的比興手法，並不是要寫甚麼荒年饑饉之象。至於

詩中婦女的身份，細味詩意，應是棄婦而不是寡婦。姚際恆把她說成是寡婦，無非是腦中的封建思想作怪，要為她的丈夫開脫而已。

兔爰 (王風)

這是咀咒亂世的詩。人們追憶過去的太平時代，覺得現在活着還不如死去的好。

有兔爰爰，雉離于羅 [1]。我生之初，尚無為 [2]。我生之後，逢此百罹 [3]。尚寐無吪 [4]！

有兔爰爰，雉離于罦 [5]。我生之初，尚無造。我生之後，逢此百憂 [6]。尚寐無覺 [7]！

有兔爰爰，雉離于罿 [8]。我生之初，尚無庸。我生之後，逢此百凶 [9]。尚寐無聰 [10]！

注釋

1 "有兔" 二句：兔子安閑自在，山雞落進了網羅。
  爰爰：即緩緩，悠閑自得的樣子。雉：鳥名，即雉雞，又名山雞、野雞。離：同罹，遭到。羅：捕鳥的網。這裏的兔比喻富豪權貴，雉比喻平民百姓。

2 "我生" 二句：我出生的時候，還沒有甚麼徭役。
  為：同繇，徭役。為、造、庸，都指勞役之事（聞一多説）。

3 "我生" 二句：我出生之後，卻碰到種種憂患。

086

百罹（lí 離）：很多憂患。百，極言其多。罹，憂（見《毛傳》）。

4　**"尚寐"句**：還是長眠不動的好！
　　尚，庶幾，表希望之意（見《鄭箋》）。吪（é 俄）：動。

5　**"有兔"二句**：兔子安閑自在，山雞落進了羅網。
　　罦（fú 孚）：一種帶機輪的網，又名"覆車"。

6　**"我生"四句**：我出生的時候，還沒有甚麼勞役。我出生之後，卻碰到種種禍患。

7　**"尚寐"句**：還是長眠不醒的好！

8　**"有兔"二句**：兔子安閑自在，山雞被羅網纏身。
　　罿（chōng 充）：與罦同物異名。

9　**"我生"四句**：我出生的時候，還沒有甚麼苦役。我出生之後，卻碰到種種災難。

10　**"尚寐"句**：最好還是長眠，甚麼都聽不見！
　　聰：聽覺。

　　《詩序》云："《兔爰》，閔周也。桓王失信，諸侯背叛，構怨連禍，王師傷敗，君子不樂其生焉。"孔穎達引《左傳‧隱公三年》周、鄭交惡，及《桓公五年》王率諸侯伐鄭、被射中肩事釋之。朱熹說，這是"周室衰微，諸侯背叛，君子不樂其生而作此詩"，不一定指桓王。崔述、方玉潤認為是"傷亂"之作。

　　郭沫若說："我覺得這也是一首破產貴族的詩。證據是（一）這種厭世的心理，根本是有產者的心理；（二）兔與雉的取譬明明是包含得有上下的階級意義；意思是在下位的人狡猾鷹揚，而在上位的人反失掉自由；（三）這樣的社會關

087

係的變革正是詩人所浩歎着的亂子。"(《中國古代社會研究》)

我們有時會發現一種有趣的現象，就是：雖然彼此的時代、環境都相去甚遠，但一些文藝家在表現同一心理狀態時，所運用的手法，卻往往是心有靈犀、不謀而合的。比如文藝復興時代號稱"三傑"之一的米高安哲羅（Michelangelo），在他那著名的塑像"夜"（雕着一個睡着的女人）的底座，就寫上這樣的題辭："只要世上還有苦難和羞辱，睡眠是甜蜜的，要能成為頑石，那就更好。一無所見，一無所感，便是我的福氣；因此別驚醒我。啊！說話輕些吧！"其中表露的情緒，和《兔爱》十分相像，只是激烈程度略有差異而已。宋人詩："安得中山千日酒，酩然直到太平時！"也是從此詩巧妙地脫胎出來的，但語氣比較和緩，接近於"夜"的題辭。

葛藟（王風）

這首詩，是流落異鄉、寄人籬下的人（可能是個贅婿），在悲歎自己困苦、屈辱的處境。

綿綿葛藟，在河之滸[1]。終遠兄弟，謂他人父[2]。謂他人父，亦莫我顧[3]！

綿綿葛藟，在河之涘[4]。終遠兄弟，謂他人母。謂他人母，亦莫我有[5]！

綿綿葛藟，在河之漘[6]。終遠兄弟，謂他人昆。謂他人昆，亦莫我聞[7]！

注釋

1 "綿綿"二句：綿延不絕的藤蔓，長在河邊。

葛：多年生蔓草，常纏繞於它物之上。藟（lěi 壘）：就是藤，也是蔓生植物。滸（hǔ 虎）：岸，水邊。這裏以藤蔓的糾結反襯自己的骨肉分離。

2 "終遠"二句：遠離了兄弟骨肉，要叫別人做父親。

終：既、已。

3 "謂他"二句：叫別人做父親，也不照顧我！

顧：眷顧，關懷照顧。

4　"**緜緜**"二句：綿延不絕的藤蔓，長在河旁。

　　涘（sì 俟）：水邊。

5　"**終遠**"四句：遠離了骨肉兄弟，要叫別人做母親。叫別人
　　做母親，也不愛護我！

　　有：同友，親近，愛護（王引之、馬瑞辰説）。

6　"**緜緜**"二句：綿延不絕的藤蔓，長在河岸。

　　漘（chún 唇）：水邊。

7　"**終遠**"四句：遠離了兄弟骨肉，要叫別人做哥哥。叫別人
　　做哥哥，對我也不相聞問！

　　聞：同問，存恤、慰藉之意（王引之、馬瑞辰説）。

采葛 （王風）

這是男女對答的情歌，相當於後世的山歌。

彼采葛兮，一日不見，如三月兮¹！
彼采蕭兮，一日不見，如三秋兮²！
彼采艾兮，一日不見，如三歲兮³！

注釋

1　"彼采"三句：那採葛的人哎，一天不見你的面，有如三個
　　月那麼長呀！
　　葛：其根可食用，纖維可織葛布。

2　"彼采"三句：那採蕭的人哎，一天不見你的面，就如隔了
　　整三秋呀！
　　蕭：蒿，草本植物名，有香氣，用以供祭祀。三秋：指三
　　季九個月。

3　"彼采"三句：那採艾的人哎，一天不見你的面，好像隔了
　　三年長呀！
　　艾：多年生草木植物名，嫩葉可吃，老葉可製艾絨以灸疾。

大車（王風）

　　一個女子向男子表白自己熱烈而堅貞的愛情，並約他一起出走。她表示，即使生不能在一起，死也要在一塊。其感情的熾熱、意志的堅決，使人不禁聯想起後世許多動人的愛情故事：焦仲卿與劉蘭芝、梁山伯與祝英台，或者羅密歐與茱麗葉……

　　大車檻檻，毳衣如菼¹。豈不爾思？畏子不敢²！

　　大車啍啍，毳衣如璊³。豈不爾思？畏子不奔⁴！

　　穀則異室，死則同穴⁵！謂予不信，有如皦日⁶！

注釋

1　"大車"二句：大車隆隆響，翠綠的毛衣蘆葦一樣。

　　檻檻（kǎn 砍）：車行的聲音。毳（cuì 脆）衣：毛織的衣服（見《說文》及《鄭箋》），當為車上的男子所穿。一說毳衣是氈子做的車帷（聞一多說），亦可通。菼（tǎn 坦）：初生的蘆荻，這兒形容毳衣的顏色。

2　　"豈不"二句：難道我不思念你？只怕你膽子太小！

　　爾、子：都是指車上人。

3　　"大車"二句：大車轟轟響，鮮紅的毛衣赤玉一樣。

　　哼哼（tūn吞）：車聲。璊（mén門）：赤色的玉，形容毳衣的顏色。

4　　"豈不"二句：難道我不思念你？只怕你不敢私奔！

5　　"穀則"二句：生不能住在一起，死了也要和你同埋！

　　穀：生。穴：墓穴。

6　　"謂予"二句：要是認為我撒謊，有這光輝的太陽在上！

　　信：可靠，誠實。如：此，這。皦：同皎，光明。

　　最後四句，是那位熱情的少女在"指天誓日"。

　　漢朝劉向認為這是春秋時息夫人所作的絕命詞。他寫的《列女傳·貞順》載：楚王滅掉息國後，派息君當守門人，想強佔息夫人為妻。息夫人趁楚王出巡的機會逃出去見息君，表示自己不甘受辱，勸息君一起自殺，說："生離於地上，何如死歸於地下乎？"並賦此詩以明志。結果，兩人"同日俱死"。這故事在古代流傳甚廣，還有人在湖北給息夫人立廟為祀，稱為"桃花夫人"。（《一統志》："漢陽府桃花夫人廟，在黃陂縣東三十里，即息夫人也。"）唐朝著名詩人宋之問有《題桃花洞息夫人廟》詩云："可憐楚破息，腸斷息夫人。仍為泉下骨，不作楚王嬪。楚王寵莫盛，息君情更親。情親怨生別，一朝俱殺身！"就是詠的這件事。但《左傳》的記載頗有不同，說息夫人被楚王強納為妻，生了兩個孩子，只是終日不言不語，以沉默表示抗議。所以王維的《息夫人》詩寫道："莫以今時寵，難忘舊日恩。看花滿眼淚，不共楚王言。"不管息夫人的命運實際如何，我們細讀了《大車》全詩，卻只能說：她與此詩毫不相干。

將仲子（鄭風）

這是一首著名的戀歌。作者（女子）深情地愛着"仲子"，但又感到家庭、社會的壓力太大，只好委婉地勸她的情人不要爬牆過來相會，以免惹起麻煩。

鄭，國名，原在今陝西西安，是周宣王封其弟友的采地。東周時遷至今河南新鄭縣，領有今河南省中部一帶。戰國時為韓國所滅。《詩經》有《鄭風》二十一篇，下面選入十二篇。

將仲子兮，無踰我里，無折我樹杞[1]。豈敢愛之？畏我父母[2]！仲可懷也，父母之言，亦可畏也[3]！

將仲子兮，無踰我牆，無折我樹桑[4]。豈敢愛之？畏我諸兄[5]！仲可懷也，諸兄之言，亦可畏也[6]！

將仲子兮，無踰我園，無折我樹檀[7]。豈敢愛之？畏人之多言[8]！仲可懷也，人之多言，亦可畏也[9]！

注釋

1　**"將仲"三句**：求求你好二哥呀，不要爬我的房子，不要弄折我種的杞樹。

　　將（qiāng 鏹）：請，願，猶廣州話"唔該"。**仲子**：排行第二，古稱"仲"，這是對所愛男子的昵稱。一説仲子是該男子的字（朱熹説）。**踰**：越。**里**：指居室（俞樾説）。**樹杞**（qǐ 起）：即杞樹。下文"樹桑"、"樹檀"句法相同。杞，指杞柳，亦名欅柳，楊柳科的落葉灌木，其枝條可編箱篋。杞和桑、檀都是有用之木，所以把它們種在屋周圍或園子裏。

2　**"豈敢"二句**：難道會吝惜它？是怕我父母親呀！

　　愛：惜，捨不得。**之**：指杞。

3　**"仲可"三句**：你實在令人牽掛呀！但父母責難的話，也很可怕呀！

　　懷：思念。

4　**"將仲"三句**：求求你好二哥呀，不要翻過我的牆，不要弄折我的桑樹。

5　**"豈敢"二句**：難道會吝惜它？是怕我那些兄長呀！

6　**"仲可"三句**：你實在令人牽掛呀，但兄長們責難的話，也很可怕呀！

7　**"將仲"三句**：求求你好二哥呀，不要跳進我園子裏，不要弄折我的檀樹。

　　檀：樹名，常綠喬木，木質優良。

8　**"豈敢"二句**：難道會吝惜它？是怕人家説閑話呀！

9　**"仲可"三句**：你實在令人牽掛呀，但人們風言風語，也很可怕呀！

成語 "人言可畏" 就是從這裏來的。

今天看來，這明明白白是很生動的一首民間戀歌，絕不會發生什麼疑問。但在封建社會那班老冬烘的眼中，卻並非如此。《詩序》說："《將仲子》，刺莊公也。不勝其母，以害其弟。弟叔失道而公弗制，祭仲諫而公弗聽，小不忍以致大亂焉。" 認為這是譏刺鄭莊公的詩。《左傳·隱公元年》載：鄭莊公由於順從母親對其弟叔段的偏愛，不接納鄭相祭仲的諫言，縱容叔段放肆謀逆，結果釀成內戰，大動干戈，最後把叔段打跑了。只因為詩中的情人被稱為 "仲子"、"仲"，與祭仲的名字偶爾相同，便被牽強附會，曲為之說："祭仲呀，你不要干涉我的家事，傷害我的兄弟呀……" 把好端端一首民歌，弄得晦澀難懂。這是漢朝經學家解詩時 "望文生義" 相當典型的一例。

《左傳·襄公二十六年》（前553）載有賦此詩的事："齊侯、鄭伯，為衛侯故如晉。……子展賦《將仲子兮》，晉侯乃許歸衛侯。" 注云："取眾言可畏。"

叔于田（鄭風）

這是對一位男青年的熱情讚歌。他風度翩翩而又身手不凡，大概就是詩作者心目中的佳偶吧。

叔于田，巷無居人[1]。豈無居人？不如叔也，洵美且仁[2]。

叔于狩，巷無飲酒[3]。豈無飲酒？不如叔也，洵美且好[4]。

叔適野，巷無服馬[5]。豈無服馬？不如叔也，洵美且武[6]！

注釋

1　"叔于"二句：哥哥去打獵，巷子裏登時沒有人。
　　叔：對男子的呢稱。田：獵。

2　"豈無"三句：哪是真的沒有人？就是不如哥哥呀，又漂亮，又好心。
　　洵（xún 旬）：真正，實在。

3　"叔于"二句：哥哥去冬獵，巷子裏無人會喝酒。
　　狩（shòu 受）：冬天打獵。

4　“豈無”三句：哪是無人會喝酒？就是不如哥哥呀，又漂
　　亮，又有風度。

　　好：指宴飲時的禮儀、風度好。

5　“叔適”二句：哥哥去郊獵，巷子裏無人會駕馬。

　　適：去，往。野：郊外，這裏承上而來，也是指去狩獵。

　　服：駕馭。

6　“豈無”三句：哪是無人會駕馬？就是不如哥哥呀，又漂
　　亮，又威武！

　　《詩序》云：“《叔于田》，刺莊公也。叔處于京，繕甲
治兵，以出于田，國人說（悅）而歸之。”也是因為詩中有
個“叔”字，就望文生義解釋為鄭莊公的弟弟叔段。倒是朱
熹引或說：“此亦民間男女相悅之辭也。”是為得之。

遵大路 （鄭風）

　　一個悲劇鏡頭：薄情郎撇下了情人轉身就走，女方追上前去，苦苦懇求他留下來。

　　遵大路兮，摻執子之袪兮 [1]。無我惡兮，不寁故也 [2]！

　　遵大路兮，摻執子之手兮 [3]。無我魗兮，不寁好也 [4]！

注釋

1　"遵大" 二句：沿着大路走，拉着你的衣袖不放手呀。

　　遵：循，沿着。摻（shǎn 閃）：執持。袪（qū 驅）：袖口。

2　"無我" 二句：不要討厭我，斷了舊交情呀！

　　惡（去聲）：厭惡。寁：接的假借字，繼續（俞樾、聞一多說）。故：指舊情。

3　"遵大" 二句：沿着大路走，緊緊拉着你的手呀。

4　"無我" 二句：不要嫌棄我，不和我繼續相好呀！

　　魗：即醜，用作動詞，憎嫌之意。《説文》引作 "𩬳"，棄也。

女曰雞鳴（鄭風）

這是描寫一對青年男女和睦融洽的新婚生活的詩篇。

女曰："雞鳴。"士曰："昧旦[1]。""子興視夜，明星有爛[2]。""將翱將翔，弋鳧與雁[3]。"

"弋言加之，與子宜之。宜言飲酒，與子偕老。琴瑟在御，莫不靜好[4]。"

"知子之來之，雜佩以贈之。知子之順之，雜佩以問之。知子之好之，雜佩以報之[5]。"

注釋

1 　"女曰"四句：女的説："雞叫了。"男的説："天快亮。"
　　昧（mèi 妹）旦：猶昧爽，天將明未明的時候。

2 　"子興"二句："你快起床看夜色，啓明星兒多燦爛。"
　　興（平聲）：起來。明星：即金星，早晨出現在東方，又叫啓明星；黃昏出現在西方，又叫長庚星。有：助詞。這是女方對男方所説的話。

3 　"將翱"二句："讓我出去逛一逛，射野鴨，射大雁。"
　　將：有"打算"的意思。翱、翔：猶遨遊。弋（yì 亦）：用絲繩子繫在箭上去射鳥。鳧（fú 符）：野鴨。這是男對女說的話。

4　　"弋言"六句："射下了野鴨和大雁，替你烹調成佳餚，吃佳餚，好下酒，和你恩恩愛愛到白頭。彈起琴，奏起瑟，聲音和諧又美好。"

　　加：命中（朱熹說）。宜：甲骨、金文均同俎字。此作動詞，切肉，烹調之意。御：用，指彈弄。靜好：指樂音和諧美好。這一段是女子的話。

5　　"知子"六句："知道你殷勤體貼我，我把佩飾贈給你。知道你總想順我心，我把佩飾送給你。知道你對我感情好。我用佩飾報答你。"

　　來（lài 賴）：同徠、勑，慰勞。雜佩：用多種玉石串成的裝飾品。問：遺也（見《毛傳》），即贈送。這段是男子的話。

102

狡童（鄭風）

這是女子失戀的詩。由於所受打擊太大，竟至於"不能餐"、"不能息"，飲食俱廢。

彼狡童兮，不與我言兮[1]。維子之故，使我不能餐兮[2]！

彼狡童兮，不與我食兮[3]。維子之故，使我不能息兮[4]！

注釋

1 "彼狡"二句：那漂亮的小伙子呀，不肯和我說話。
   狡：姣的假借字，好貌（胡承珙說）。

2 "維子"二句：因為你的緣故，使我飯也吃不下呀！
   維：助詞，表強調語氣。

3 "彼狡"二句：那漂亮的小伙子呀，不肯和我共餐。
   食：聞一多認為是"性交的象徵廋語"，觀之《陳風·株林》等篇，亦有可能。

4 "維子"二句：因為你的緣故，使我覺也睡不安呀！
   息：寢息。

這也是明明白白的一首情詩，朱熹已認為是所謂"淫女見絕而戲其人之詞"。但一些道貌岸然的清朝學者仍要根據《詩序》，說是刺鄭昭公"不能與賢人圖事"的作品。還為此展開過激烈的辯論。毛奇齡的《白鷺洲主客說詩》，就記錄了康熙年間一次爭論的情況。主方是毛奇齡，主張《詩序》說；客方是楊洪才及其門生，主張"淫女"說。雙方在江西吉安城南白鷺洲上辯論了三天（包括《詩經》其他問題），最後反而是強辭奪理的毛奇齡佔了上風。他是如何取勝的呢？我們且引他一段論據，便知底蘊。他說：宋黎立武作《經論》，中有云，少時讀箕子《禾黍歌》，慭然流涕。稍長讀《鄭風·狡童》詩，而淫心生焉。出而視鄰人之婦，皆若目挑心招。怪而自省，夫猶是"彼狡童兮，不與我好兮"二語，而一讀之生忠心，一讀之而生淫心者，豈其詩有二乎？解之者之故也。然則解詩當慎矣（見《毛西河全集》）。

在封建禮教的重重禁錮下，年青人在兩性問題上容易產生不正常的心理狀態，這是由當時的社會制度做成的，責任不在個別人身上。但毛奇齡等人卻一口咬定，這是解詩者"誨淫誨盜"的結果。用這種方法去堵住論敵的嘴，在當時真是再穩妥不過。

除以上兩說之外，姚際恆認為此詩"有深于憂時之意，大抵在鄭之亂朝，其所指何人何事，不可知矣"。方玉潤認為是"憂君為羣小所弄也"。與《詩序》意見大同小異。

褰裳 (鄭風)

這是女子戲謔情人的詩。

　　子惠思我，褰裳涉溱¹。子不我思，豈無他人²？狂童之狂也且³！

　　子惠思我，褰裳涉洧⁴。子不我思，豈無他士？狂童之狂也且⁵！

注釋

1　　"子惠"二句：你真心真意想念我，就提起衣裳淌過溱水來。
　　惠：鍾情的樣子。褰（qiān 牽）：提起。裳：下裳。溱（zhēn 蓁）：河名，與下文的洧（wěi 尾）水都在今河南省密縣，古鄭國境內。溱，《説文》、《水經》都作"潧"。

2　　"子不"二句：你不想念我，難道沒有別的男人麼？

3　　"狂童"句：你這個傻小子真夠傻呀！
　　狂：痴，糊塗。是打情罵俏的話。也且（ju 狙）：語氣助詞連用，表感歎。

4　　"子惠"二句：你真心真意想念我，就提起衣裳淌過洧水來。

5　　"子不"三句：你不想念我，難道沒有別的小伙子？你這個傻小子真夠傻呀！

士：未婚男子。

這是首情詩，但在春秋時代的外交辭令中，卻常被借用來比喻國與國的關係。如《左傳·昭公十六年》（前526），"鄭六卿餞宣子於郊……子太叔賦《褰裳》。宣子曰：'起在此，敢勤子至於他人乎？'子太叔拜。宣子曰：'善哉！子之言是，不有是事，其能終乎？'"晉國的韓宣子對子太叔賦詩的含義心領神會，所以表示願與鄭國友好，以免它求援於別國。《呂氏春秋·求人》："晉人欲攻鄭，使叔嚮聘焉，視其有人與無人。子產為之詩曰：'子惠思我，褰裳涉洧。子不我思，豈無他士？'叔嚮歸曰：'鄭有人，子產在，不可攻也。秦、荊近，其詩有異心，不可攻也。'"晉國害怕鄭國與秦、楚交好，所以便斷了攻鄭的念頭。以上這些都是斷章取義，借詩寓意，並非解釋詩的本義。

但《詩序》受了上述記載影響，卻直接把它當成政治詩，說："《褰裳》，思見正也。狂童恣行，國人思大國之正己也。"方玉潤說："思見正於益友也。"又把國與國的關係變為人與人的關係。

到底還是朱熹看得比較準，他說，這是"淫女語其所私者"而"謔之之辭"。除了"淫女"應當加上引號外，整個解釋大抵還不錯。

丰 (鄭風)

這首詩對女主人公的心理活動刻劃得很生動，她是個新娘子，當男的來迎娶時，她明明滿心歡喜，卻扭捏作態不肯出門。後來便非常懊悔，於是換上新人衣服，眼巴巴盼着對方快來迎親。

子之丰兮，俟我乎巷兮[1]。悔予不送兮[2]！

子之昌兮，俟我乎堂兮。悔予不將兮[3]！

衣錦褧衣，裳錦褧裳[4]。叔兮伯兮，駕予與行[5]。

裳錦褧裳，衣錦褧衣。叔兮伯兮，駕予與歸[6]！

注釋

1　"子之"二句：你個兒高大好氣派，來到巷子裏等着我。

　　丰：同豐，壯美的樣子。巷：里巷，這兒指女家門口。

2　"悔予"句：唉，真後悔不跟你走！

　　送：伴送，陪行，實際指出嫁。

3　"子之"三句：你一表堂堂好氣派，來到廳堂上等着我。

唉，真後悔不跟你去！

昌：壯美的樣子。**將**：陪行。

4 **"衣錦"二句**：穿上錦衣和罩衣，穿上錦裙和罩裙。

衣（去聲）：第一個"衣"用作動詞，穿上。**錦、褧衣**：女子出嫁時穿的禮服，參見《衛風‧碩人》注1（頁060-061）。**裳**：下裙。古代婦人服裝衣裳不分，所以裳也是指衣。

5 **"叔兮"二句**：好哥哥呀好哥哥，載我跟你同行吧。

叔、伯：對所愛男子的昵稱，實際上是指一個人。**駕**：指駕車迎娶。

6 **"裳錦"四句**：穿上錦裙和罩裙，穿上錦衣和罩衣。好哥哥呀好哥哥，載我跟你回家吧！

風雨 （鄭風）

在風雨交加、心情鬱悶的日子裏，忽見意中人突然到來，那種欣喜之情，是筆墨難以形容的。這首詩就把它形容出來了。

風雨淒淒，雞鳴喈喈[1]。既見君子，云胡不夷[2]！

風雨瀟瀟，雞鳴膠膠[3]。既見君子，云胡不瘳[4]！

風雨如晦，雞鳴不已[5]。既見君子，云胡不喜[6]！

注釋

1 “風雨”二句：風淒淒，雨淒淒，雞兒喔喔啼。
淒淒：寒涼的樣子。喈喈（jiē 皆）：雞鳴聲。

2 “既見”二句：見到了我的心上人，還有什麼不快意！
君子：指所思念、喜愛的人。云：語首助詞，無義。夷：平，指心情由焦灼煩躁變得平靜寧貼。一說夷，悅也（見《毛傳》，魯說同）。陳奐證之以《楚辭》王逸注：“夷，喜也。”

3　　"風雨"二句：風瀟瀟，雨瀟瀟，雞兒喔喔叫。

　　瀟瀟：又猛又急的風雨聲。膠膠：雞鳴聲。

4　　"既見"二句：見到了我的心上人，還有什麼病不好！

　　瘳（chōn 抽）：病癒。一說當作嘐，嘐與聊同，樂也（俞樾

　　說）。

5　　"風雨"二句：風雨交加天色暗，雞兒叫不停。

　　如晦：指昏黑得像夜晚一樣。晦，夜晚。不已：不止。由

　　於天色昏暗，雄雞以為天還沒亮，所以不住啼叫。

6　　"既見"二句：見到了我的心上人，怎會不歡喜！

子衿（鄭風）

這首詩，描寫一位熱戀中的少女在約會地點焦急地等待她的情人，一邊心裏唸叨着：他怎麼全無音訊、不見影兒呢？

青青子衿，悠悠我心 [1]。縱我不往，子寧不嗣音 [2]？

青青子佩，悠悠我思 [3]。縱我不往，子寧不來 [4]？

挑兮達兮，在城闕兮 [5]。一日不見，如三月兮 [6]！

注釋

1　"青青"二句：你的衣領顏色青青，我的心呀情思綿綿。
　　衿：同襟，衣領。

2　"縱我"二句：就算我沒去找你，你怎能不給我捎個信？
　　寧：怎麼。嗣：《韓詩》作"詒"，寄也。音：音訊。

3　"青青"二句：你的佩玉顏色青青，我的思念呀默默不停。
　　佩：玉佩。一說指佩玉的綬帶。

4　"縱我"二句：就算我沒去找你，你怎能不到我這兒來？

5 "挑兮"二句：獨個兒走來又走去，在城門口的樓臺上。

挑達：雙聲連綿詞，走來走去的樣子。城闕：城牆當門兩旁築臺，臺上設樓，是謂觀，亦謂之闕；城闕，為城正面夾門兩旁之樓（聞一多說）。

6 "一日"二句：一天不見你的面，就像三個月那麼長呀！

《毛傳》說青衿是"學子之所服"。《詩序》認為這是"刺學校（荒）廢"，學生不修學業的詩。所以後世"子衿"就成了學校或學生的代名詞。其實這是不必那麼拘泥的。曹操《短歌行》："青青子衿，悠悠我心。但為君故，沉吟至今。"就打破了這種狹隘的見解。姚際恆亦認為《詩序》的說法不對，提出"此疑亦思友之詩"，但又說："玩'縱我不往'之言，當是師之於弟子也。"還是脫不了"學生"的框框。方玉潤說："此蓋學校久廢不修，學者散處四方，或去或留，不能復聚如平日之盛，故其師傷之而作是詩。"意思亦相差不遠。只有朱熹說："此亦淫奔之詩。"較為中肯。

出其東門 （鄭風）

這首詩的作者是個男子，他說，儘管打扮得花枝招展的女人多的是，但自己一心只愛那位樸實的姑娘。

出其東門，有女如雲[1]。雖則如雲，匪我思存[2]。縞衣綦巾，聊樂我員[3]。

出其闉闍，有女如荼[4]。雖則如荼，匪我思且[5]。縞衣茹藘，聊可與娛[6]。

注釋

1　"出其" 二句：走出城東門，姑娘多得像彩雲。
　　東門：指鄭國都城新鄭（今河南新鄭縣）的東門。由於城西南靠河，所以平日人們多往東面出遊。

2　"雖則" 二句：雖然多得像彩雲，但全都不在我心上。
　　匪：同非。思存：思念。

3　"縞衣" 二句：只有那白衣青巾的女孩子，才能使我心歡暢。
　　縞（gǎo 稿）：白色的絹。綦（qí 其）：綠色。巾：佩巾。
　　聊：聊且。員（yún 雲）：同云，語氣助詞。又，《韓詩》作 "魂"，指 "神魂"。縞衣綦巾，是比較樸素的衣着。

4　"出其" 二句：走出甕城門，姑娘多得像茅花。

113

闉（yīn 因）：包在城門外的小城，叫子城或甕城。闍（dū
都）：甕城的城門。荼（tú 途）：茅草的白花，開起來十分
旺盛，"如火如荼"即取意於此。

5 "雖則"二句：雖然多得像茅花，全都繫不住我的心。

　　思且：思念。且，著的假借字。

6 "縞衣"二句：只有那白衣紅巾的女孩子，才可以和我同
歡樂。

　　茹藘（rú lú 如閭）：即茜（qiàn 倩）草，其汁可作紅色染料。
詩中用以指代由它染成的佩巾。

野有蔓草 (鄭風)

這首詩，描寫了一對青年男女在晴朗的早晨相會於田野的情景。

野有蔓草，零露漙兮[1]。有美一人，清揚婉兮[2]。邂逅相遇，適我願兮[3]！

野有蔓草，零露瀼瀼[4]。有美一人，婉如清揚[5]。邂逅相遇，與子偕臧[6]！

注釋

1. "野有"二句：田野裏蔓生着野草，灑滿了點點露珠。
   零：落。漙（tuán 團）：露水多的樣子。

2. "有美"二句：有位美人兒，水汪汪一雙大眼睛。
   清揚：眉清目朗的模樣。《說苑》引作"清陽"，又清又亮。
   陽，明亮。婉：睕的假借字，眼睛大的樣子（聞一多說）。

3. "邂逅"二句：想不到偶然碰上了，真便我心花怒放。
   邂逅（xiè hòu 蟹後）：不期而會。適：滿足。

4. "野有"二句：田野裏蔓生着野草，灑滿了串串露珠。
   瀼瀼（ráng 穰）：露水多的樣子。

5. "有美"二句：有位美人兒，一雙大眼睛清又亮。

如：同而。

6　"邂逅"二句：想不到偶然碰上了，拉着你躲過一旁！

　　臧：藏的假借字（聞一多說）。

　　《左傳》記載了兩次賦《野有蔓草》的事。一次是襄公二十七年（前 552）："鄭伯享趙孟于垂隴，……子大叔賦《野有蔓草》，趙孟曰：'吾子之惠也！'"杜預注："大叔喜于相遇，故趙孟受其惠。"另一次在昭公十六年（前 526）："鄭六卿餞宣子于郊，……子齹（cī 疵）賦《野有蔓草》。"這些都是借詩寓意，表示對對方的傾慕。

　　《詩序》說："男女失時，思不期而會焉。"把它看成是想像之詞。

　　朱熹修正了這種意見，說："男女相遇於野田草露之間，故賦其所在以起興。""'與子偕臧'，言各得其所欲也。"方玉潤認為是："朋友相期會也。"還是朱熹的解釋較好。

116

溱洧（鄭風）

據《太平御覽》引《韓詩內傳》載："鄭國之俗，三月上巳之日，於兩水上招魂續魄，拂除不祥。"雖然這帶有點迷信色彩，但不失為春遊踏青的美好風俗，也是青年男女歡聚的良機。這首詩就描寫了當時節日的風光。

溱與洧，方渙渙兮[1]。士與女，方秉蕳兮[2]。女曰："觀乎？"士曰："既且[3]。""且往觀乎！洧之外，洵訏且樂[4]。"維士與女，伊其相謔，贈之以勺藥[5]。

溱與洧，瀏其清矣[6]。士與女，殷其盈矣[7]。女曰："觀乎？"士曰："既且。""且往觀乎！洧之外，洵訏且樂。"維士與女，伊其將謔，贈之以勺藥[8]。

注釋

1　"溱與"二句：溱水和洧水，漲得滿滿的。

溱、洧：二水名。它們合流之後，從新鄭城西南流過。渙渙：河水解凍，春水滿漲的樣子。《韓詩》作"洹"。《說文》

作"氾"。

2　"士與"二句：男男女女，都拿着蘭草。

士、女：泛指遊春的男女。秉（bǐng 柄）：拿着。蘭：古蘭字，蘭是香草，用以拂除不祥。

3　"女曰"二句：女的説："去看看吧？"男的説："我去過了。"

且：同徂（cú 殂），去。這是遊人中一對青年男女的對話。

4　"且往"三句："再去看看吧！洧水岸邊，確實寬廣又好玩。"

且：再，姑且。洵（xún 旬）：實在。《韓詩》作"恂"。訏（xū 吁）：大。《韓詩》作"盱"。這是女子的話。

5　"維士"三句：男男女女，嘻嘻哈哈開玩笑，還互相贈送香芍藥。

維：助詞，無義。伊：瑿的假借字，笑貌（馬瑞辰説）。謔：戲謔，耍笑逗弄。勺藥：即芍藥，香草名，三月正是它的開花季節。以芍藥相贈，是表示互結情好。清人姚際恒認為勺藥即今之牡丹，"今河南牡丹甚多，蓋古時已然"。

6　"溱與"二句：溱水和洧水，清溜溜的。

瀏（liú 劉）：水清的樣子。《韓詩》作"潀"。

7　"士與"二句：男男女女，擠得滿滿的。

殷：眾多的樣子。盈：充滿。

8　"女曰"八句：女的説："去看看吧？"男的説："我去過了。""再去看看吧！洧水岸邊，確實寬廣又好玩。"男男女女，嘻嘻哈哈開玩笑，還彼此贈送香芍藥。

將：同相，《尚書大傳》有"將羊"一詞，即相羊（馬瑞辰説）。

《詩序》云："《溱洧》，刺亂也。兵革不息，男女相棄，淫風大行，莫之能救焉。"

《呂氏春秋‧本生》高誘注："鄭國淫辟，男女私會於溱洧之上，有詢訏之樂，勺藥之和。"

朱熹說："此詩淫奔者自叙之辭。"

姚際恆認為："此刺淫詩也。"

以上各家之說，都是戴着有色眼鏡，把事情看歪了。《韓詩內傳》的記載雖不一定完全可靠，但至少和詩意比較吻合。

東晉王羲之著名的《蘭亭集序》，也是記戴三月上巳節臨水洗濯、祓除不样的情景的，"羣賢畢至，少長咸集。此地有崇山峻嶺，茂林修竹，又有清流激湍，映帶左右……信可樂也。"唐朝杜甫的《麗人行》詩："三月三日天氣新，長安水邊多麗人。態濃意遠淑且真，肌理細膩骨肉勻……"也是這一節日風光的寫照。直到今天廣東地區每年一度的年宵花市，也未嘗不可以看作是春天秉蘭相贈這一美好風俗的流傳和發展。

雞鳴（齊風）

　　這是夫妻對答之辭。男的大概是個當官的，經妻子幾次催促，仍然貪睡不起，結果誤了早朝。

　　齊，國名，周武王把太公望（姜太公）封在這裏，在今山東臨淄一帶。《詩經》有《齊風》十一篇，下面選入四篇。

　　"雞既鳴矣，朝既盈矣[1]。""匪雞則鳴，蒼蠅之聲[2]。"

　　"東方明矣，朝既昌矣[3]。""匪東方則明，月出之光[4]。"

　　"蟲飛薨薨，甘與子同夢[5]。""會且歸矣，無庶予子憎[6]！"

注釋

1　　"雞既"二句："雞已經叫啦，朝堂上人都滿啦。"這是妻子催促丈夫起床的話。

2　　"匪雞"二句："不是雞在叫，那是蒼蠅的聲音。"
　　匪：同非。則：助詞，同之。這是丈夫不肯起床，拿來推搪的話。

3 "東方"二句："東方發亮啦，朝堂上人該到齊啦。"

昌：盛，指人多。這又是妻子催促的話。

4 "匪東"二句："不是東方發亮，那是月亮的光。"

這又是丈夫在延捱。

5 "蟲飛"二句："蒼蠅飛得嗡嗡叫，我願和你多睡一會。"

蟲：指蒼蠅，回應上文"蒼蠅之聲"。薨薨（hōng 轟）：象聲詞。甘：樂意。同夢：指睡覺。這仍是丈夫的話。

6 "會且"二句："早朝快散啦，別惹得人家憎嫌你才好！"

會：朝會。且：將要。無庶：即庶無之倒文；庶，幸也（馬瑞辰說）。予子憎：即憎予子，這是賓語前置。予子，吾子，指丈夫。眼看時間已過，趕去也來不及了，妻子又為丈夫朝會缺席擔心起來。

東方未明（齊風）

這首詩描繪了農民被強迫服役的情景，表現了他們對統治階級的極端反感不滿。

東方未明，顛倒衣裳[1]。顛之倒之，自公召之[2]。

東方未晞，顛倒裳衣[3]。倒之顛之，自公令之[4]。

折柳樊圃，狂夫瞿瞿[5]。不能辰夜，不夙則莫[6]。

注釋

1　“東方”二句：東方還未亮，顛顛倒倒穿衣裳。

　　這裏先寫出摸黑穿衣的慌亂狼狽情景，下面再點明原因。

2　“顛之”二句：顛顛倒倒顧不上，公爺派人來催喚。

　　公：指貴族領主。召：召喚。

3　“東方”二句：東方還未光，顛顛倒倒穿衣服。

　　晞（xī 希）：昕的假借字，明也（馬瑞辰説）。

4　“倒之”二句：顛顛倒倒顧不上，公爺派人催得慌。

令：命令。

5 "折柳"二句：折下柳枝圍菜園，兇惡的監工瞪眼瞧。

樊：編籬笆。**圃**：菜園。**狂夫**：狂暴的傢伙，指監工。**瞿瞿**：《説文》云：鷹隼之視。引申為瞪視之貌（《荀子・非十二子》楊倞注）。

6 "不能"二句：一早一晚沒個準，不是起早就是摸黑。

辰夜：《淮南子》引作"晨夜"，指早上開工和晚上收工都不守時。**夙**：早。**莫**：同暮。

　　《荀子》云："諸侯召其臣，臣不俟駕，顛倒衣裳而走，禮也。《詩》曰：'顛之倒之，自公召之。'"認為這寫的是諸侯召集大臣開緊急會議的情景（但也可能只是"斷章取義"，不是解釋原詩）。

南山 （齊風）

這是諷刺、譴責齊襄公兄妹私通的詩歌。

南山崔崔，雄狐綏綏[1]。魯道有蕩，齊子由歸[2]。既曰歸止，曷又懷止[3]？

葛屨五兩，冠綏雙止[4]。魯道有蕩，齊子庸止[5]。既曰庸止，曷又從止[6]？

蓺麻如之何？衡從其畝[7]。取妻如之何？必告父母[8]。既曰告止，曷又鞠止[9]？

析薪如之何？匪斧不克[10]。取妻如之何？匪媒不得[11]。既曰得止，曷又極止[12]？

注釋

1　"南山"二句：南山高又高，雄狐狸慢慢走。
　　崔崔：山高的樣子。**綏綏**：行慢的樣子。狐狸是淫媚之獸，故以雄狐喻齊襄公。

2　"魯道"二句：魯國的大道寬又平，齊國文姜由這裏出嫁。
　　魯道：通往魯國的道路。**蕩**：寬闊、平坦的樣子。**齊子**：指文姜，是齊襄公妹妹。**歸**：出嫁。

3　“既曰”二句：既然出嫁了，為甚麼又想念她？

　　曷：何。

　　第一段，指責齊襄公的無恥。

4　“葛屨”二句：葛布鞋交纏着鞋帶，冠纓兒配對成雙。

　　葛屨（jù 句）：葛布做的鞋。屨，鞋。五：午的假借字，交
　　叉纏結。兩：同緉，兩繩為緉（見《説文通訓定聲》），此
　　指繫鞋的帶子。冠緌（ruí 蕤）：冠纓，即帽帶子。聞一多
　　云：屨緉冠緌，婚禮之象徵，謂文姜已嫁於魯。

5　“魯道”二句：魯國的大道寬又平，齊國文姜從這裏出嫁。

　　庸：用，也是“由此”之意。

6　“既曰”二句：既然出嫁了，為甚麼又跟從他？

　　從：指文姜回齊國跟齊襄公鬼混。

　　第二段，指責文姜的放蕩。

7　“蓺麻”二句：怎樣來種麻？一縱一橫把地耕。

　　蓺：同藝，種植。衡從：即橫縱、縱橫。這兒用作動詞，
　　指“一縱一橫地把田地耕好”。《韓詩》作“橫由”，云：
　　東西耕曰橫，南北耕曰由。這兩句是比喻，引出下句。

8　“取妻”二句：怎樣娶妻子？一定要告訴父母親。

　　取：同娶。

9　“既曰”二句：既然稟明父母娶過來，為甚麼又讓她肆意
　　胡混？

　　鞫（jū 鞠），窮盡，指縱容文姜窮極其慾。

　　第三、四段，都是責備魯桓公的懦弱昏庸。

10　“析薪”二句：怎樣把柴劈開？沒有斧頭就不行。

　　析：劈開。克：能。這兩句也是比喻。

11　“取妻”二句：怎樣娶妻子？沒有媒人就不行。

12 "既曰"二句：既然央了媒人娶過來，為甚麼又讓她任意
　　胡為？

　　極：也是窮盡之意。

　　《詩序》說，這是諷刺齊襄公的詩："鳥獸之行，淫乎其
妹，大夫遇是惡，作詩而去之。"這是根據《左傳》和《公
羊傳》的記載說的。《管子‧大匡》篇也有 "文姜通於齊侯"
之說，可見這是當時著名的醜聞。

　　文姜是魯桓公夫人，早在出嫁之前，就和自己的哥哥
齊襄公私通。出嫁之後，兩人仍念念不忘。桓公十八年（前
694），文姜與桓公一起到齊國去，兩兄妹乘機又重溫舊好，
鬼混起來。結果姦情泄露，被桓公覺察了，桓公便責備文
姜。文姜告訴了襄公。襄公使出毒計，假作好心，派公子
彭生侍候桓公上車。彭生是個大力士，就在車上把桓公弄
死了。

　　這首詩，以比較隱晦曲折的語言，對三者都加以責備，
齊襄公自然是諷刺、抨擊的重點。

盧令（齊風）

這是給一位携着獵犬的獵人畫的速寫像。

盧令令，其人美且仁[1]。
盧重環，其人美且鬈[2]。
盧重鋂，其人美且偲[3]。

注釋

1 "盧令"二句：黑獵狗的頸環叮噹響，那人兒漂亮又好心腸。
  盧：同獹，黑色獵犬。令令（líng 鈴）：頸環聲。《廣雅》作
  "鈴鈴"。《說文》引作"獜獜"，健也。

2 "盧重"二句：黑獵狗套着雙頸環，那人兒漂亮又威武。
  鬈：拳的假借字，勇壯的樣子（見《鄭箋》）。又，《說文》
  云：髮好也。朱熹釋為鬚鬢好貌。

3 "盧重"二句：黑獵狗戴着兩個大頸環，那人兒漂亮又機靈。
  鋂（méi 梅）：大環。偲（cāi 猜）：有才智的樣子。又，《說
  文》云：偲，強力也。朱熹釋為多鬚貌。

葛屨（魏風）

這首詩，說明是為了諷刺"好人"的心地偏狹而作。作者是縫衣女子，似為婢妾；"好人"即家中主婦。

魏，古國名，姬姓。前 661 年為晉國所滅。故城在今山西芮城縣東北。戰國時的魏國與此不同。《詩經》有《魏風》七篇，下面選入五篇。

糾糾葛屨，可以履霜[1]。摻摻女手，可以縫裳[2]。要之褸之，好人服之[3]。

好人提提，宛然左辟[4]，佩其象揥[5]。維是褊心，是以為刺[6]。

注釋

1　"糾糾"二句：結結實實的葛布鞋，可以踏寒霜。

　　糾糾：糾結繚繞的樣子，此指鞋子縫得細針密縷。葛屨（jù句）：葛布做的鞋。履霜：葛屨本夏天所穿，此言履霜，是指它做得結實工緻。這兩句用"興"而"比"的手法，引出下文。

2　"摻摻"二句：纖纖細細的女兒手，可以縫衣裳。

　　摻摻：同纖纖，形容手的纖小。《韓詩》作"纖纖"。裳：

兼指衣和裳，為了與“霜”字叶韻，故單稱裳。

3　“要之”二句：提着衣褾和衣領，請美人穿上。

　　要：同褾，衣服中部。此用作動詞。襋（jí 棘）：衣領。用
　　作動詞。一説褾即衣紐；褾之襋之，把衣紐和衣領都縫好
　　（胡承珙説）。亦可通。好人：美人，指夫人。

4　“好人”二句：美人白了我一眼，腰肢一扭轉過身。

　　提提：睼睼（tiàn 天去聲）的假借字，同瞑，瞠眼的樣子
　　（聞一多説）。《爾雅》注引作“媞媞”，細腰貌。一説安諦、
　　美好貌（馬瑞辰説）。宛然：轉身躲閃的樣子。左辟：迴
　　避。左，有迴轉之意。辟，同避。

5　“佩其”句：只管戴她的象牙簪。

　　象掃（tì 替）：象牙做的搔頭用的飾物。

　　聞一多認為上脱四字。

6　“維是”二句：這實在太小心眼了，所以要寫首詩來諷刺她。

　　維：助詞，加強判斷語氣。褊（biǎn 匾）心：心胸狹隘。

《詩序》云：“《葛屨》，刺褊也。魏地陋隘，其民機巧
趨利，其君儉嗇褊急，而無德以將之。”方玉潤從其説。

　　朱熹説是：“魏地陋隘，其俗儉嗇而褊急，故以葛屨履
霜起興，而刺其使女縫裳，又使治其要襋，而遂服之也。此
詩疑即縫裳之女所作。”

　　崔述認為：“玩其詞，並不似刺儉者。象掃左辟……皆
就儀容修飾之美言之，似譏其華而不實者。” 提出了不同
看法。

　　姚際恆説：“此詩疑其時夫人之妾媵所作，以刺夫人
者。”聞一多説：“刺妬也。屨裳皆妾手所製，夫持以授嫡，

129

嫡然而走避之。"這種解釋似較合理。

近人顧頡剛主張:"此是刺上流社會的闊綽,女工的苦惱。"可備一解。

汾沮洳（魏風）

一位姑娘正在採野菜，看見一個美男子（也許就是她的意中人）施施然走過，便隨口唱出這首歌來。

彼汾沮洳，言采其莫[1]。彼其之子，美無度[2]。美無度，殊異乎公路[3]！

彼汾一方，言采其桑[4]。彼其之子，美如英[5]。美如英，殊異乎公行[6]！

彼汾一曲，言采其藚[7]。彼其之子，美如玉[8]。美如玉，殊異乎公族[9]！

注釋

1 “彼汾”二句：在那汾水旁的窪地裏，採摘那酸迷。

汾：水名，源出山西管涔山，至河津縣西南流入黃河。沮洳（jù rùn 聚潤）：下濕之地。莫：野菜名，即酸迷（又作酸模）。

2 “彼其”二句：那個人兒呀，漂亮無比。

無度：言無法衡量。

3 “美無”二句：漂亮無比，和公路大不相同！

公路：與下文的公行、公族，都是官名，泛指貴族。馬瑞辰云：公路，掌路車，主居守；公行，掌戎車，主從行；《左傳》：「宦卿之適，以為公族。」

4 「彼汾」二句：在那汾水邊兒上，採摘那桑葉。

一方：即一邊。桑：聞一多云：桑與莫、藚並舉，似乎也是菜名，其詳不可考。

5 「彼其」二句：那個人兒呀，美得像朵花。

英：花。一說，同瑛，玉名（馬瑞辰、俞樾說）。

6 「美如」二句：美得像朵花，和公行大不相同！

7 「彼汾」二句：在那汾水河灣上，採摘那水舄。

藚（xù 續）：野菜名，又名水舄。

8 「彼其」二句：那個人兒呀，美得像白玉。

9 「美如」二句：美得像白玉，和公族大不相同！

　　此詩古人約有三說。《詩序》云：「刺儉也。其君子儉而能勤。刺不得禮也。」認為採野菜的就是「之子」。朱熹云：「言若此人者，人美則美矣，然其儉嗇褊急之態，殊不似貴人也。」以上看法，認為這篇是諷刺詩。

　　姚際恆說：「此詩人讚其公族大夫之詩。」方玉潤說：「美儉德也。」又認為是讚美詩。

　　魏源認為這是刺「不用賢」的詩。

　　近人則大多認為是愛情詩。如聞一多說：「這是女子思慕男子的詩。」余冠英說：「稱讚他『如英』、『如玉』，美得沒法兒形容，遠遠勝過了那些貴族的將軍們。」他們的解釋都比較合理。

　　值得注意的是，這首詩以鄙夷不屑的口吻提到那些貴族，而以讚歎的口氣歌唱一位平民，把它和《伐檀》、《碩鼠》等篇聯繫起來看，其中正反映了在社會大變革過程中，被統治者思想的覺醒。

陟岵 （魏風）

　　這首詩，通過想像中親人對自己的叮嚀囑咐，表現了詩人對家庭的懷念和對行役的不滿。

　　陟彼岵兮，瞻望父兮[1]。父曰："嗟！予子行役，夙夜無已[2]。上慎旃哉！猶來無止[3]！"

　　陟彼屺兮，瞻望母兮[4]。母曰："嗟！予季行役，夙夜無寐。上慎旃哉！猶來無棄[5]！"

　　陟彼岡兮，瞻望兄兮[6]。兄曰："嗟！予弟行役，夙夜必偕。上慎旃哉！猶來無死[7]！"

注釋

1　"陟彼"二句：登上那長滿草木的山岡，遙望我的父親。

　　岵（hù 戶）：有草木的山。

2　"父曰"三句：父親說："唉！我兒出外服役，早晚忙個不停。"

　　已：停止。

3　"上慎"二句："可要小心在意哪！一定得回來，不要長留不歸！"

上：同尚，猶言“庶幾”，表囑望之辭。**旃**（zhān 氈）：助詞，義同之。**猶**：可，也是表囑望之辭。**止**：留下，是“死”的隱語。以上四句，是行役者想像他父親諄諄叮囑的話。

4　“**陟彼**”二句：登上那光禿禿的山岡，遙望我的母親。
　　屺（qǐ 起）：無草木的山。

5　“**母曰**”五句：母親說：“唉！小兒出外服役，早晚不得休息。可要小心在意哪！一定得回來，不要把我們撇下！”
　　季：小兒子。**寐**：睡，泛指休息。又，王引之讀為沬，云：無沬猶無已。**棄**：也是“死”的隱語。這是想像中母親的話。

6　“**陟彼**”二句：登上那座山岡，遙望我的哥哥。

7　“**兄曰**”五句：哥哥說，“唉！我弟弟出外服役，早晚同樣得幹。可要小心在意哪！一定得回來，不要死在外邊！”
　　偕：兼，連同一起之意。又，聞一多云：彊也，勤也，謂力行不倦也。這是想像中哥哥的話。

　　這首詩的表現手法與《周南·卷耳》相似，都是從對方設想，以深刻地表達出自己的情思。唐人陳陶《隴西行》其二：“可憐無定河邊骨，猶是深閨夢裏人。”就是從這兒變化出來的。清人沈德潛說：“三段中但念父、母、兄之思己，而不言己之思父、母與兄，蓋一說出，情便淺也。情到極深，每說不出。”（《說詩晬語》）這是深有體會之言。

伐檀 （魏風）

　　一羣農奴正在河邊幹活，他們一面勞動一面唱歌，對貴族統治者盡情嘲諷，揭露了他們不勞而食的本質。

　　坎坎伐檀兮，寘之河之干兮[1]。河水清且漣猗[2]。不稼不穡，胡取禾三百廛兮[3]？不狩不獵，胡瞻爾庭有縣貆兮[4]？彼君子兮，不素餐兮[5]！

　　坎坎伐輻兮，寘之河之側兮[6]。河水清且直猗[7]。不稼不穡，胡取禾三百億兮？不狩不獵，胡瞻爾庭有縣特兮[8]？彼君子兮，不素食兮[9]！

　　坎坎伐輪兮，寘之河之漘兮[10]。河水清且淪猗[11]。不稼不穡，胡取禾三百囷兮？不狩不獵，胡瞻爾庭有縣鶉兮[12]？彼君子兮，不素飧兮[13]！

注釋

1　“坎坎”二句：“坎、坎、坎”，砍檀樹喲，把它們放在河邊。坎坎（kǎn 砍）：伐木聲。檀：樹名，木質堅實，可作器物。寘：同置。干：岸。

2　“河水”句：河水清清起波紋喲。

漣（lián 連）：水波紋。猗（yī 伊）：語氣助詞，作用同"兮"。後世"漣漪"一詞，是從這裏演變來的。

3　"不稼"二句：不耕耘，不收割，為甚麼拿去三百廛田的食糧？

稼：耕種。穡（sè 色）：收穫。稼、穡，泛指農活。禾：泛指糧食作物。廛（chán 纏）：一百畝。《周禮·地官·遂人》："夫一廛，田百畝。"三百廛，極言其多。又，俞樾云：《廣雅·釋詁》稇、縕、纏並訓束，故此三百廛者，三百纏也；三百億者，三百縕也；三百囷者，三百稇也：其實皆三百束也。亦可通。

4　"不狩"二句：不出狩，不打獵，為甚麼見你院牆上掛着豬獾？

狩、獵：泛指打獵。狩，冬獵。庭：院子。縣：同懸，掛。貆（huán 桓）：獸名，即豬獾（huān 歡）。

5　"彼君"二句：那位老爺大人呀，真沒有白吃閑飯！

君子：古代對男子的尊稱，這兒指直接壓迫、剝削他們的那個貴族領主。素餐：不勞而食。素，空，白。這兩句是以反語作譏刺。

6　"坎坎"二句："坎、坎、坎"，砍下檀樹作車輻喲，把它們放在岸上。

輻（fú 福）：車輪中的輻條。側：旁邊。

7　"河水"句：河水清清一直流喲。

直：指水紋直。

8　"不稼"四句：不耕耘，不收割，為甚麼拿去三百億禾把子？不出狩，不打獵，為甚麼見你院牆上掛着大野獸？

三百億：極言其多。特：三歲的野獸。此泛指較大的獵物，《豳風·七月》所謂"獻豜于公"是也。

9 "彼君"二句：那位老爺大人呀，真沒有白吃米飯！

　　素食：同素餐。

10 "坎坎"二句："坎、坎、坎"，砍下檀樹作車輪喲，把它們

　　放在河邊。

　　漘（chún 唇）：水邊。

11 "河水"句：河水清清打着旋喲。

　　淪：圓圈狀的水波紋。

12 "不稼"四句：不耕耘，不收割，為甚麼拿去了糧食三百

　　倉？不出狩，不打獵，為甚麼見你的院牆上掛着鵪鶉？

　　囷（qūn 逡）：圓形的穀倉。**鶉**（chún 純）：鳥名，即鵪鶉，

　　肉味鮮美。

13 "彼君"二句：那位老爺大人呀，真沒有白吃熱飯！

　　飧（sūn 孫）：熟食。

碩鼠 （魏風）

這首詩，以鮮明的藝術形象和強烈的感情，表現了廣大農民對剝削者的蔑視和厭惡，以及對自由幸福生活的嚮往與追求。

碩鼠碩鼠，無食我黍[1]！三歲貫女，莫我肯顧[2]。逝將去女，適彼樂土[3]。樂土樂土，爰得我所[4]！

碩鼠碩鼠，無食我麥！三歲貫女，莫我肯德[5]。逝將去女，適彼樂國。樂國樂國，爰得我直[6]！

碩鼠碩鼠，無食我苗！三歲貫女，莫我肯勞[7]。逝將去女，適彼樂郊。樂郊樂郊，誰之永號[8]？

注釋

1　"碩鼠"二句：大老鼠，大老鼠，不要吃我的黃小米！
　　碩：大。《爾雅》郭璞注：鼫（碩）鼠，形大如鼠，頭如兔，尾有毛，青黃色，好在田中食粟豆。即大田鼠。這兒比喻剝削者。

2 "三歲"二句：三年奉養你，對我們卻毫不關照。

貫：侍奉。女：同汝，你。下同。顧：顧惜。

3 "逝將"二句：誓要離開你，到那樂土去。

逝：誓的假借字，表決心。《春秋公羊傳》徐彥疏引此詩作"誓"。去：離開。適：去。樂土：快樂的地方。是詩人想像之辭。下文"樂國"、"樂郊"與此同。

4 "樂土"二句：樂土呀樂土，那才是我安居之處！

爰：乃。所：處所。

5 "碩鼠"四句：大老鼠，大老鼠，不要吃我的小麥！三年奉養你，對我們卻毫不施恩。

德：恩惠。此用作動詞，"施加恩惠"之意。

6 "逝將"四句：誓要離開你，到那樂國去。樂國呀樂國，那才是我安身之地！

樂國：快樂的國度。直：王引之云：當訓為"職"，職亦所也。

7 "碩鼠"四句：大老鼠，大老鼠，不要吃我的禾苗！三年奉養你，對我們卻毫不憐恤。

勞（lào 澇）：慰問，犒勞。

8 "逝將"四句：誓要離開你，到那樂郊去。樂郊呀樂郊，誰還會長歎哀號！

樂郊：快樂的郊野。

這首詩的主題十分明確，以致連善於曲解詩意，"為尊者諱"（其實是為統治階級辯護）的《詩序》也不得不承認："《碩鼠》，刺重斂也。國人刺其君重斂，蠶食於民，不修其政，貪而畏人若大鼠也。"桓寬《鹽鐵論·取下》云："周之末塗，德惠塞而嗜欲眾，君奢侈而上求多，民困於下，怠於公事，是以有履畝之稅，《碩鼠》之詩作也。"王符《潛夫論·班祿》亦云："履畝稅而《碩鼠》作。"他認為此詩是針對魏國新的稅收制度而發的。按《左傳》載，魏國"初稅畝"是在魯宣公十五年（前 594）。照這種意見，則此詩便是春秋中期的作品。

但另有一些記載與此不同。《呂氏春秋·舉難》："甯戚欲干齊桓公，窮困無以自進，……飯牛居車下，望桓公而悲，擊牛角疾歌。"高誘注："歌《碩鼠》也。"《後漢書·馬融傳》注引《說苑》："甯戚飯牛于康衢，擊車輻而歌《碩鼠》。"齊桓公是春秋初期人（前 685- 前 643 在位），那麼，《碩鼠》至少也是春秋初期的作品，與履畝稅無關。

山有樞 （唐風）

　　法國喜劇大師莫里哀的《慳吝人》，塑造了一個貪心而又吝嗇的守財奴阿巴公的典型形象。這首詩譏諷的，正是中國的"阿巴公"，但它產生的時間，比《慳吝人》要早上二千年。

　　唐，國名，周成王把他弟弟叔虞封在這裏，即今山西省太原。叔虞子樊父，徙居晉水旁，改國號為晉。所以唐風實際就是晉風。《詩經》有《唐風》十二篇，下面選入五篇。

　　　　山有樞，隰有榆[1]。子有衣裳，弗曳弗婁[2]。
子有車馬，弗馳弗驅[3]。宛其死矣，他人是愉[4]！
　　　　山有栲，隰有杻[5]。子有廷內，弗洒弗掃[6]。
子有鐘鼓，弗鼓弗考[7]。宛其死矣，他人是保[8]！
　　　　山有漆，隰有栗[9]。子有酒食，何不日鼓
瑟[10]？且以喜樂，且以永日[11]。宛其死矣，他人
入室[12]！

注釋

1　"山有"二句：山上長着刺榆，窪地長着大榆。

樞：樹名，似榆樹而有刺，故又名刺榆。漢《石經殘碑》
　　作「蓲」。隰（xí 習）：低窪地帶。榆：落葉喬木，又名大
　　榆，高數丈，果實扁圓，名榆錢。

2　「子有」二句：你有衣裳，卻不穿着它、撩起它。
　　弗：不。曳（yè 夜）：拖着。婁：《玉篇》引作「摟」（lōu
　　樓平聲），用手撩起。曳，摟，都是指穿衣之事。這兩句是
　　諷刺他有衣服捨不得穿。

3　「子有」二句：你有車馬，卻不駕御它、鞭策它。
　　馳：讓馬快跑。驅：策馬前進。這兩句諷刺他捨不得使用
　　車馬。

4　「宛其」二句：你兩腳一伸死了，別人正樂得享用！
　　宛：馬瑞辰云：菀之借，枯病也。即枯萎、死亡的樣子。
　　愉：樂，享受。

5　「山有」二句：山上長着臭椿，窪地長着梓樹。
　　栲（káo 考）：樹名，即鴨椿，又叫臭椿。杻（niǔ 紐）：梓
　　一類的樹。

6　「子有」二句：你有庭院、居室，卻不灑掃。
　　廷：同庭，院子。內：廳堂、內室。這兩句諷刺他有房子
　　卻捨不得住。

7　「子有」二句：你有鐘鼓，卻不敲打。
　　考：敲擊。古代富豪權貴之家飲食時要奏樂，所謂「鐘鳴
　　鼎食」。
　　這兩句是諷刺他捨不得吃喝。

8　「宛其」二句：你兩腳一伸死了，別人正好受用！
　　保：保有。
　　以上兩段，從衣、食、住、行四方面，刻劃守財奴的慳

吝相。

9　"山有"二句：山上長着漆樹，窪地長着板栗。

　　漆、栗：參見《鄘風·定之方中》注 3（頁 052）。

10　"子有"二句：你有酒肉，為甚麼不天天奏樂（飲宴）？

　　鼓瑟：泛指奏樂。

11　"且以"二句：這樣可以取樂，又可以消磨長日。

　　永：長。此作動詞用，有度過之意。

12　"宛其"二句：不然，你兩腳一伸死了，別人就住進你的房
　　子（成了主人）！

　　第三段是帶着諷刺的規勸。

綢繆（唐風）

這是賀新婚的詩。當是"鬧新房"時——假如當時也有這種風俗的話——由來賓演唱的。

綢繆束薪，三星在天[1]。今夕何夕？見此良人[2]。子兮子兮，如此良人何[3]！

綢繆束芻，三星在隅[4]。今夕何夕？見此邂逅[5]。子兮子兮，如此邂逅何[6]！

綢繆束楚，三星在戶[7]。今夕何夕？見此粲者[8]。子兮子兮，如此粲者何[9]！

注釋

1 "綢繆"二句：一把木柴捆得緊緊，參星在天空照耀。
   綢繆（chóu móu 稠謀）：義同纏綿，緊緊地捆束、纏繞。三星：指參星，參見《召南　小星》注3（見 019-020）。

2 "今夕"二句：今晚是甚麼好時辰？見到了這個好人兒！
   良人：猶言好人，即美人，這兒指新娘。

3 "子兮"二句：你呀你呀，可把這好人兒怎辦呀！
   子：指新郎。

4 "綢繆"二句：一把乾草捆得緊緊，參星在屋角照耀。

　　芻（chú 鋤）：草。**隅**（yú 余）：屋角。

5 "今夕"二句：今晚是甚麼好時辰？見到這可愛的人兒。

　　邂逅（xiè hòu 械后）：遇合。這兒用作名詞，指遇見而令人
喜悅的人。

6 "子兮"二句：你呀你呀，可把這可愛的人兒怎辦呀！

7 "綢繆"二句：一把荊柴捆得緊緊，參星在門前照耀。

　　戶：門。

8 "今夕"二句：今晚是甚麼好時辰？見到了這個美人兒。

　　粲者：美麗的人。粲，精米，引申為漂亮、鮮潔之意。

9 "子兮"二句：你呀你呀，可把這美人兒怎辦呀！

　　《詩經》中凡提到婚姻或夫婦的地方，多出現 "薪、楚"
等字樣，如《周南・漢廣》的 "翹翹錯薪"，《王風・揚之
水》、《鄭風・揚之水》的 "不流束薪"、"束楚"、"束蒲"，
《齊風・南山》的 "析薪如之何"，《豳風・東山》的 "烝在
栗薪" 等等。這可能是古代婚禮上一種有象徵意義的陳設，
如以束薪比喻夫妻結合。亦有人說這是婚禮照明用的東西，
如後世的 "花燭"。

杕杜（唐風）

這是流浪者之歌。作者可能是個乞丐。他在赤棠樹的濃陰下，可憐地伸着手，哀求路人的施捨、憐憫。

　　有杕之杜，其葉湑湑[1]。獨行踽踽[2]。豈無他人？不如我同父[3]。嗟行之人！胡不比焉？人無兄弟，胡不佽焉[4]？

　　有杕之杜，其葉菁菁[5]。獨行睘睘[6]。豈無他人？不如我同姓。嗟行之人！胡不比焉？人無兄弟，胡不佽焉[7]？

注釋

1　"有杕"二句：孤零零的赤棠樹，葉子長得密稠稠。
　　有：助詞，無義。杕（dì弟）：孤立的樣子。杜：樹名，即赤棠。湑湑（xǔ胥）：茂盛的樣子。這裏以孤生的樹木比喻孤單的人，又以樹的生意濃郁反襯人不如樹。

2　"獨行"句：獨個兒冷冷清清走着。
　　踽踽（jǔ沮）：孤獨無依的樣子。又，聞一多云：曲躬貌。

3　"豈無"二句：難道沒有別的人？總不如親兄弟好心腸。

同父：指同父所生的兄弟，與下文"人無兄弟"照應。

4　"嗟行"四句：唉，你過往的行人呀！為甚麼不幫我一把？人家沒有兄弟，為甚麼不資助一下？

　　比：輔助。佽（cì 次）：幫助。

5　"有杕"二句：孤零零的赤棠樹，葉子長得綠油油。

　　菁菁（jīng 精）：茂密葱蘢的樣子。

6　"獨行"句：獨個兒淒涼地走着。

　　睘睘（qióng 瓊）：無依無靠的樣子。亦作煢煢。又，聞一多讀為蠉蠉，蟲行也，人行時曲脊之狀似之。

7　"豈無"六句：難道沒有別的人？總不如同姓兄弟好心腸。唉，你過往的行人呀！為什麼不幫我一把？人家沒有兄弟，為甚麼不資助一下？

　　同姓：指同姓兄弟，即堂兄弟。

鴇羽（唐風）

在充滿動亂的春秋時代，徭役繁重，生產荒廢，農民的生活毫無保障。這首詩，就是他們被逼上絕境時慘痛的呼號。

肅肅鴇羽，集于苞栩[1]。王事靡盬，不能藝稷黍[2]。父母何怙[3]？悠悠蒼天，曷其有所[4]？

肅肅鴇翼，集于苞棘[5]。王事靡盬，不能藝黍稷[6]。父母何食[7]？悠悠蒼天，曷其有極[8]？

肅肅鴇行，集于苞桑[9]。王事靡盬，不能藝稻粱[10]。父母何嘗[11]？悠悠蒼天，曷其有常[12]？

注釋

1 "肅肅"二句：大雁翅膀沙沙響，歇在叢生的櫟樹上。
   肅肅：振動翅膀的聲音。鴇（bǎo 保）：鳥名，涉禽類，似雁而大，一名野雁。它們腳上沒有後趾，在樹上站不安穩。這兒用來比喻人民苦於徭役，不得休息。集：鳥停在樹上。苞（bāo 包）：草木叢生。栩（xǔ 許）：櫟樹。

2 "王事"二句：官差沒完沒了，害得我們種不了莊稼。
   王事：朝廷的差事，指各種徭役。靡（mǐ 米）：沒有。盬

（gǔ 古）：王引之云，息也。**藝**：種植。**稷、黍**：兩種糧食作物，泛指莊稼。

3　"**父母**" 句：父母靠甚麼過活？

　　怙（hù 戶）：依靠。

4　"**悠悠**" 二句：茫茫蒼天呀，何時才有安居的地方？

　　曷：何。**所**：處所。

5　"**肅肅**" 二句：大雁翼兒沙沙響，歇在叢生的棘樹上。

　　棘：酸棗樹，其小者亦謂之荊棘。

6　"**王事**" 二句：官差沒完沒了，害得我們種不了糧食。

7　"**父母**" 句：父母吃些甚麼呢？

8　"**悠悠**" 二句：茫茫蒼天呀，苦日子何時捱到頭？

　　極：終止，盡頭。

9　"**肅肅**" 二句：大雁沙沙排成行，歇在叢生的桑樹上。

10　"**王事**" 二句：官差沒完沒了，害得我們種不了米糧。

11　"**父母**" 句：父母要吃吃甚麼？

　　嘗：同嚐。

12　"**悠悠**" 二句：茫茫蒼天呀，哪時才有安生日子過？

　　常：正常，指安居樂業。

葛生（唐風）

這是婦人哭悼亡夫的哀歌，大概是在墳前祭奠時所唱。

葛生蒙楚，蘞蔓于野[1]。予美亡此。誰與？獨處[2]！

葛生蒙棘，蘞蔓於域[3]。予美亡此。誰與？獨息[4]！

角枕粲兮，錦衾爛兮[5]。予美亡此。誰與？獨旦[6]！

夏之日，冬之夜[7]。百歲之後，歸於其居[8]。

冬之夜，夏之日。百歲之後，歸於其室[9]！

注釋

1 "葛生"二句：葛藤掩蓋着荊樹，蘞草在野地蔓延。
   蒙：覆蓋。蘞（lián 廉）：一種葡萄藤科的蔓生植物。這兩
   句描寫墓地的荒涼景象。

2 "予美"三句：我的愛人就葬在這裏。誰和他在一起？孤零
   零獨個兒待着！
   亡：死，此指下葬。處：住。

3 **"葛生"二句**：葛藤掩蓋着棘樹，蘞草蔓延在墳塋。

　　棘：大者為酸棗，小者為荊棘。**域**：指塋域，即墓地。

4 **"予美"三句**：我的愛人就葬在這裏。誰和他在一起？孤零零獨個兒歇着！

　　息：寢息。

5 **"角枕"二句**：角枕多燦爛呀，錦被光閃閃。

　　角枕：用獸角裝飾的枕頭。和錦衾都是殯斂之物。**粲**：同燦，燦爛。**錦衾**（qīn 侵）：錦緞被子。**爛**：燦爛。

6 **"予美"三句**：我的愛人就葬在這裏。誰和他在一起？孤零零獨個兒睡着！

　　旦：天亮，此指睡到天亮。

7 **"夏之"二句**：悠悠的夏日呀，沉沉的冬夜。

　　這兩句是説，今後將天天如夏日的長晝，晚晚如冬天的長夜，日子非常難熬。

8 **"百歲"二句**：等我百年之後，到他的墳裏相會。

　　居：指墓穴。下文"室"同。

9 **"冬之"四句**：沉沉的冬夜呀，悠悠的夏日。等我百年之後，到他的墓裏同眠！

最後兩段，哀惻沉痛，一字一淚。

駟驖（秦風）

這首詩，記述秦國國君一次狩獵的情景。

秦，國名，在今陝西、甘肅一帶。《詩經》有《秦風》十篇，下面選入五篇。

駟驖孔阜，六轡在手[1]。公之媚子，從公于狩[2]。

奉時辰牡，辰牡孔碩[3]。公曰“左之！”舍拔則獲[4]。

遊于北園，四馬既閑[5]。輶車鸞鑣，載獫歇驕[6]。

注釋

1　“駟驖”二句：四匹黑馬多肥壯，六條韁繩手中拿。
　　駟，《說文》引作“四”。驖：黑馬。《說文》引作“鐵”。
　　孔：甚，十分。阜：大。轡（pèi 配）：馬韁繩。四匹馬應有八條韁繩，因驂（靠外的兩馬）各有一條韁繩繫在車上，故御者手中僅得六條。

2　“公之”二句：秦公寵愛的人，跟隨他前去打獵。

媚子：寵愛的人，這兒指駕車者。**狩**：冬獵，亦泛指打獵。

第一段，描寫出發的情況。

3　**"奉時"二句**：驅出這些公獸和母獸，野獸長得多肥大。

奉：獻。國君狩獵時，掌管范圍的獵官（虞人）把野獸趕出來，讓國君射獸。**時**：同是，此。**辰牡**：馬瑞辰云：辰當讀為震，牝麤也；震牡猶言牝牡。一說辰牡即時獸，指冬獻狼，夏獻麋，春秋獻鹿豕之類（見《毛傳》）。

4　**"公曰"二句**：秦公說"靠左！"一放箭就命中。

左之：是對御者（駕車人）發出的命令。羣獸被虞人趕着迎面奔來，這時車子要轉向獸的左方，以便把箭從左方射入，命中野獸心臟，迅速把它殺死。**舍**：同捨，放。**拔**：又名括，箭末銜弦處。

以上第二段，描寫射獵場面，讚揚秦公的箭法。

5　**"遊于"二句**：打完獵，遊北園，四匹馬兒多悠閑。

北園：范圍名，是秦公這次射獵的地方。**閑**：悠閑。

6　**"輶車"二句**：輕巧的車兒，馬嚼子旁掛鈴鑣，車上載着長嘴短嘴的獵犬。

輶（yóu 由）：輕。**鸞**：《説文》作"鑾"，鈴。**鑣**（biāo 標）：馬銜鐵（俗名嚼子）的兩端。由於繫着鈴鑣，故名鑾鑣。**獫**（xiān 先）：長嘴的獵犬。**歇驕**：《爾雅》作"猲獢"，短嘴的獵犬。

第三段，寫狩獵結束後的情景。

《詩序》說："《駟驖》，美襄公也。始命，有田狩之事、園囿之樂焉。"《鄭箋》道："始命，始命為諸侯也。"秦襄公被封為諸侯，是前 770 年後不久的事。當時周幽王被犬戎

154

殺死，平王東遷，秦襄公派兵護送有功，所以被封為諸侯。後來他驅逐了犬戎，領有西周王都周圍幾百里之地，為秦國的強大奠定了基礎。這首詩，也可能真是描寫秦襄公的作品，因為只有成為諸侯之後，才可能有苑囿射獵那樣大的排場。

魏源、龔橙則認為是"美秦仲"之作。姚際恆說："未知為何公。其曰'媚子從狩'，恐亦未必為美也。" 方玉潤說："美田獵之盛也。"

蒹葭 (秦風)

這首詩，描寫了對可望而不可即的心愛者的憧憬與追求。全詩神韻飄逸，風致嫣然，在粗獷質樸的 "秦風" 中，另成一種格調。

蒹葭蒼蒼，白露為霜[1]，所謂伊人，在水一方[2]。遡洄從之，道阻且長[3]。遡游從之，宛在水中央[4]。

蒹葭淒淒，白露未晞[5]。所謂伊人，在水之湄[6]。遡洄從之，道阻且躋[7]。遡游從之，宛在水中坻[8]。

蒹葭采采，白露未已[9]。所謂伊人，在水之涘[10]。遡洄從之，道阻且右[11]。遡游從之，宛在水中沚[12]。

注釋

1 "蒹葭" 二句：蘆葦蒼蒼一片，白露凝結成霜。

蒹、葭：都是多年生水草。蒹（jiān 兼），荻葦。葭（jiā 加），蘆葦。蒼蒼：茂密的樣子。

2 "所謂" 二句：我想念的人兒，在河的那一邊。

所謂：常常説起的，即思念之意。伊人：那個人。

3 "遡洄" 二句：逆流而上去尋訪她，路兒崎嶇又漫長。

遡洄（sù huí 素回）：逆流而上。阻：險阻。

4 "遡游" 二句：順流而下去尋訪她，瞧她像在水中央。

遡游：順流而下。宛：宛然，可以看見的樣子。

5 "蒹葭" 二句：蘆葦一片青蒼，露珠還沒有乾。

淒淒：萋萋的假借字，茂密的樣子。晞（xī 希）：乾。

6 "所謂" 二句：我想念的人兒，在河邊水草地。

湄（méi 眉）：水草交接之處。

7 "遡洄" 二句：逆流而上去尋訪她，路兒崎嶇又險陡。

躋（jī 姬）：升高。

8 "遡游" 二句：順流而下去尋訪她，瞧她像在小島上。

坻（chí 遲）：水中高地。

9 "蒹葭" 二句：蘆葦一片蒼黃，露水還未乾透。

采采：意同蒼蒼。未已：指露水未乾。已，止。

10 "所謂" 二句：我想念的人兒，就在河岸旁。

涘（sì 俟）：水邊。

11 "遡洄" 二句：逆流而上去尋訪她，路兒崎嶇又曲折。

右：迂迴。

12 "遡游" 二句：順流而下去尋訪她，瞧她像在沙洲上。

沚（zhǐ 止）：水中沙洲。

《詩序》説："刺襄公也。未能用周禮，將無以固其國焉。"《鄭箋》解釋道："秦處周之舊土，其人被周之德教日久矣，今襄公新為諸侯，未習周之禮法，故國人未服焉。"

魏源、龔橙俱謂刺其沿用西戎風俗。這些故意求深之說，和詩意簡直不相干。

朱熹說：「言秋水方盛之時，所謂伊人者，乃在水之一方，上下求之，而皆不可得。然不知其何所指也。」不作猜測，比較合乎詩意。

姚際恆認為這是「賢人隱居水濱，而人慕而思見之詩」。崔述也認為這是「好賢」之作。方玉潤云：「惜招隱難致也。」他並指出它的藝術特點說：「三章只一意，特換韻耳。其實首章已成絕唱。古人作詩多一意化為三疊，所謂一唱三歎，佳者多有餘音。」

清代著名詩人王士禎和沈德潛，對此詩都推許備至。王士禎讚揚它「言盡意不盡」，「令人蕭寥有遺世意」。沈德潛說它寫得「蒼涼瀰渺，欲即轉離。名人畫本不能到也」。

黃鳥（秦風）

前 621 年，秦穆公死，一百多人被逼殉葬，子車氏的三兄弟亦在其中。他們是秦國有名的武士，稱為"三良"。人們寫了這首挽歌哀悼他們，同時也是對慘無人道的殉葬制度發出憤怒控訴！

交交黃鳥，止于棘[1]。誰從穆公？子車奄息[2]。維此奄息，百夫之特[3]。臨其穴，惴惴其慄[4]。彼蒼者天，殲我良人[5]！如可贖兮，人百其身[6]！

交交黃鳥，止于桑[7]。誰從穆公？子車仲行。維此仲行，百夫之防[8]。臨其穴，惴惴其慄。彼蒼者天，殲我良人！如可贖兮，人百其身[9]！

交交黃鳥，止于楚[10]。誰從穆公？子車鍼虎。維此鍼虎，百夫之禦。臨其穴，惴惴其慄。彼蒼者天，殲我良人！如可贖兮，人百其身[11]！

注釋

1 "交交"二句：交交叫着的黃雀，落在那棘樹上。

　　交交：鳥鳴聲。**黃鳥**：即黃雀，體形小，鳴聲清脆。

2 "誰從"二句：誰隨着穆公去了？是子車家的奄息。

　　子車奄息：人名。子車，是姓氏；奄，是字；息，是名。

3 "維此"二句：這個奄息呀，一個頂得上百條大漢。

　　特：匹敵。

4 "臨其"二句：走近那墳坑，禁不住渾身哆嗦。

　　惴惴（zhuì 贅）：恐懼的樣子。**慄（lì 栗）**：戰慄。朱熹說：
　　"蓋生納之壙中。"認為這兩句是描寫殉葬者的恐懼。其
　　實，這應是寫周圍的人。

5 "彼蒼"二句：蒼天呀蒼天，殺害了我們的好漢！

6 "如可"二句：如果可以贖命，寧願用一百人去換他一個！

7 "交交"二句：交交叫着的黃雀，落在桑樹上。

8 "誰從"四句：誰隨着穆公去了？是子車家的仲行。這個仲
　　行呀，一個抵得上百條大漢。

　　子車仲行：人名。仲，是字；行，是名。**防**：當，相當。

9 "臨其"六句：走近那墳坑，禁不住渾身哆嗦。蒼天呀蒼
　　天，殺害了我們的好漢！如果可以贖命，寧願用一百人去
　　換他一個！

10 "交交"二句：交交叫着的黃雀，落在荊樹上。

11 "誰從"十句：誰隨着穆公去了？是子車家的鍼虎。這個鍼
　　虎呀，一個比得上百條大漢。走近那墳坑，禁不住渾身哆
　　嗦。蒼天呀蒼天，殺害了我們的好漢！如果可以贖命，寧
　　願用一百人去換他一個！

子車鍼（qián 箝）虎：人名。鍼，是字；虎，是名。禦：義同防，相當。

《左傳·文公六年》："秦伯任好卒，以子車氏之三子奄息、仲行、鍼虎為殉，皆秦之良也。國人哀之，為之賦《黃鳥》。"

《史記·秦本紀》："繆（穆）公卒，葬雍。從死者百七十七人。秦之良臣子輿氏三人，名曰奄息、仲行、鍼虎，亦在從死之中。秦人哀之，為作歌黃鳥之詩。"《史記正義》引應劭云："秦穆公與羣臣飲酒酣，公曰：'生共此樂，死共此哀。'於是奄息、仲行、鍼虎許諾。及公薨，皆從死。"又引《括地志》云："三良冢在岐州雍縣一里故城內。"即今陝西省鳳翔縣附近。

《詩序》說："哀三良也。國人刺穆公以人從死而作是詩也。"朱熹、姚際恆等皆從之。

郭沫若從中看出了宗教思想的動搖和人的價值的發現。他說："殉葬的習俗除秦以外，各國都是有的（就是世界各國的古代也都是有的）。不過到這兒秦穆公的時候，殉葬才成為了問題。殉葬成為問題的原因，就是人的獨立性的發現。"郭先生進一步把它和《尚書·秦誓》聯繫起來，認為："秦穆公的時代應該是新舊正在轉換的時代，這兒正是矛盾的衝突達到高潮的時候。像這樣，《秦誓》在高調人的價值，《黃鳥》同時也在痛悼三良，所以人的發現，我們可以知道正是新來時代的主要脈搏。"（《中國古代社會研究》）

無衣 (秦風)

這是一首雄壯的軍歌，表現了戰士們同仇敵愾、英勇豪邁的精神，讀之令人振奮。

豈曰無衣？與子同袍[1]。王于興師，修我戈矛，與子同仇[2]！

豈曰無衣？與子同澤[3]。王于興師，修我矛戟，與子偕作[4]！

豈曰無衣？與子同裳[5]。王于興師，修我甲兵，與子偕行[6]！

注釋

1　"豈曰"二句：怎麼說沒有軍裝？我和你共一件戰袍。
　　後世稱戰友為"同袍"或"袍澤"，就是由此詩來的。

2　"王于"三句：王家興兵打仗，修好我的戈和矛，我和你同一個仇敵！
　　王：指周王。戎族是周的敵人，經常侵擾邊境，秦國和戎人打仗，也可以說是為周王打仗。于：助詞。戈、矛：都是古代長兵器。戈平頭，長六尺六寸；矛尖頭，長二丈。

3　　“豈曰”二句：怎麼說沒有軍裝？我和你共一件汗衫。

　　澤：襗的假借字，襯衣。

4　　“王于”三句：王家興兵打仗，修好我的矛和戟，我和你一同奮起！

　　戟：古代長兵器，長一丈六尺，有橫、直兩道鋒刃。偕：併，一起。作：起來。

5　　“豈曰”二句：怎麼說沒有軍裝？我和你共一件裙裳。

6　　“王于”三句：王家興兵打仗，修好我的盔甲刀槍，和你同往前方！

　　甲兵：盔甲、兵器。

權輿（秦風）

　　一個破落貴族，回憶過去的黃金時代，發泄對現狀的不滿。

　　於，我乎！夏屋渠渠[1]。今也每食無餘[2]。于嗟乎，不承權輿[3]！

　　於，我乎！每食四簋[4]。今也每食不飽。于嗟乎，不承權輿[5]！

注釋

1　“於”三句：唉，我呀！住過高樓大廈。
　　於：歎詞。**夏屋**：大房子。夏，同廈，大屋。**渠渠**：高大的樣子。又，馬瑞辰云：“《爾雅》以夏屋為禮食大具。《廣雅》云：‘渠渠，盛也。’正狀其禮食大具之盛。”
2　“今也”句：現在呀，這頓吃完沒有下頓糧。
　　餘：剩餘。
3　“于嗟”二句：唉呀呀，和當初大不一樣！
　　承：接，繼續。**權輿**：起始（見《爾雅》）。
4　“於”三句：唉，我呀！以前一頓四大碗。
　　簋（guǐ 軌）：古代盛餚饌的器皿，或方或圓。

5   "今也"三句：現在呀，每頓吃都吃不飽。唉呀呀，和當初
     大不一樣！

宛丘 (陳風)

這首詩，表達了詩人對一位女舞蹈家的戀慕之情。據詩中"無冬無夏"的描寫推測，她也可能是以跳舞迎神為職業的巫女。

陳，古國名，周武王把舜的後人媯滿封在這裏，在今河南開封以東到安徽亳縣一帶。後滅於楚。《詩經》有《陳風》十篇，下面選入七篇。

　　子之湯兮，宛丘之上兮[1]。洵有情兮，而無望兮[2]。

　　坎其擊鼓，宛丘之下[3]。無冬無夏，值其鷺羽[4]。

　　坎其擊缶，宛丘之道[5]。無冬無夏，值其鷺翿[6]。

注釋

1　"子之"二句：你扭擺着腰肢，在宛丘上跳舞。

　　湯：同蕩，形容舞姿的孋娜。宛丘：原意為四面高中央低的地方，這裏已成為專名，是陳國人遊玩之地。

2　　"洵有"二句：你真夠多情呀，可惜我沒有指望。

　　洵（xún 旬）：實在。

3　　"坎其"二句：咚咚咚地敲着鼓，在那宛丘下。

　　坎：象聲詞。其：助詞。

4　　"無冬"二句：不管嚴冬盛夏，都拿着跳舞的鷺鷥羽毛。

　　値：同植，豎立。鷺羽：鷺鷥羽毛，是舞蹈者的道具，拿
　　在手中，或戴在頭上。

5　　"坎其"二句：噹噹噹地敲着瓦缶，在宛丘的路上。

　　缶（fǒu 否）：一種大肚小口的瓦器，可以載物，亦可以做
　　打擊樂器。

6　　"無冬"二句：不管嚴冬盛夏，都拿着一把鷺鷥羽毛。

　　翿（dào 道）：可以蔽物的成把羽毛。

　　《漢書·地理志》載：陳國"好祭祀，用史巫，故其風
巫鬼。陳詩曰："坎其擊鼓，宛丘之下。亡冬亡夏，値其鷺
羽。"又曰：'東門之枌，宛丘之栩。子仲之子，婆娑其下。'
此其風也"。

　　《詩序》說："刺幽公也。淫荒昏亂，遊蕩無度焉。"《毛
傳》卻說是："子，大夫也。"

　　朱熹說："國人見此人常遊蕩于宛丘之上，故叙其事以
刺之。言雖信有情思而可樂矣，然無威儀以瞻望也。"

　　魏源說："刺臣民習俗，非刺幽公遊蕩之詩。"龔橙則
認為是"刺巫俗"。

　　看來，各家之所以以美為刺，主要是抓住"而無望兮"
的"望"字做文章，認為是"威儀"、"聲望"之意。我們只
要把它理解為"希望"，一切就迎刃而解了。

衡門 (陳風)

這首詩表現一個生活清貧的人，對貴族豪侈生活的鄙棄。

衡門之下，可以棲遲[1]。泌之洋洋，可以樂飢[2]。

豈其食魚，必河之魴[3]？豈其取妻，必齊之姜[4]？

豈其食魚，必河之鯉[5]？豈其取妻，必宋之子[6]？

注釋

1　**"衡門"二句**：簡陋的木門下，可以遊玩、休息。

　　衡：橫的假借字。衡門就是橫木為門，言其簡陋。等於後世 "蓬蓽"、"蓬戶" 之類的謙詞。又：有人認為可能是陳國城門名（王引之、聞一多說）。**棲遲**：遊息，逍遙閑散。

2　**"泌之"二句**：潺潺的泌泉水，可以療餓充飢。

　　泌（bì 秘）：泉水名。**樂**：同療，《說文》云：治也。《韓詩外傳》作 "療"。

3　**"豈其"二句**：難道要吃魚，定要吃黃河的鯿魚？

河：指黃河。魴（fáng 房）：即鯿魚。

4　"豈其"二句：難道娶妻子，定要娶齊國的姜姑娘？

　　取：同娶。姜：齊國國君的姓。姜姓是最上層貴族之一。

5　"豈其"二句：難道要吃魚，定要吃黃河的鯉魚？

6　"豈其"二句：難道娶妻子，定要娶宋國的子姑娘？

　　子：宋國國君的姓。

　　《韓詩外傳》云："《衡門》，賢者不用世而隱處也。"
朱熹云："此隱居自樂而無求者之辭。"姚際恆說："此賢者
隱居甘貧而無求於外之詩。"崔述、方玉潤等意見與此相
同。所以"衡門棲遲"、"泌水樂飢"已成為安貧樂道的典
故，在古代詩文中經常被引用。

　　《詩序》的解釋是："誘僖公也。願而無立志，故作是詩
以誘掖其君也。"這簡直離題萬丈。

　　郭沫若則另有所見，他說："這首詩也是一位餓飯的破
落貴族作的。他食魚本來有吃河魴河鯉的資格 —— 黃河的
鯉魚在現在也是很珍貴的東西，古時候的膾鯉好像是最好的
上菜 —— 但是貧窮了，吃不起了。他娶妻本來有娶齊姜宋
子的資格，但是貧窮了，娶不起了。娶不起，吃不起，偏偏
要說兩句漂亮話，這正是破落貴族的根性，我們在現代也隨
時可以看見。"（《中國古代社會研究》）

墓門 (陳風)

詩人義正詞嚴地斥責一個怙惡不悛的壞蛋。

　　墓門有棘，斧以斯之[1]。夫也不良，國人知之[2]。知而不已，誰昔然矣[3]！

　　墓門有梅，有鴞萃止[4]。夫也不良，歌以訊之[5]。訊予不顧，顛倒思予[6]！

注釋

1　"墓門"二句：墓門長着棘樹，一斧頭把它劈開。
　　墓門：墓道之門。又，王逸云：蓋陳城門（王引之同此說）。斯：同析，分開，指砍開。墓門、棘和下文的鴞都不是好東西，所以詩人用來起興，兼作比喻。

2　"夫也"二句：那個傢伙壞心腸，全國人都知道他。
　　夫：那個人。代詞。

3　"知而"二句：知道他他也不收斂，一向來就是這樣！
　　已：停止，指不幹壞事。誰昔：同疇昔，過去，很早。

4　"墓門"二句：墓門長着楠樹，貓頭鷹蹲在上面。
　　梅：即枏，又名楠，樟科常綠喬木。《楚辭》王逸注引作"棘"。鴞（xiāo囂）：梟的假借字，即貓頭鷹，古人認為是不祥的惡鳥。萃（cuì 瘁）：停歇。止：語氣助詞。

5　**夫也**二句：那個傢伙壞心腸，唱首歌來斥責他。

　　歌：指本詩。訊之：《廣韻》引作"誶止"。誶（suì 碎），責備。

6　**訊予**二句：斥責他他也不理睬，是非好歹全顛倒！

　　訊：應作誶（見《説文》段注）。予：上一個同"而"，連詞；下一個為語氣助詞。

屈原的《天問》裏有這麼一句："何繁鳥萃棘，而負子肆情？"王逸注云："晉大夫解居甫聘吳，過陳之墓門，見婦人負其子，欲與之淫佚，肆其情欲。婦人則引詩刺之曰：'墓門有棘，有鴞萃止。'故曰'繁鳥萃棘'也。言墓門有棘，雖無人，棘上猶有鴞，女（汝）獨不媿也？"劉向《列女傳》裏也有這個故事："辯女者，陳國採桑之女也。晉大夫解居甫使於宋，道過陳，遇採桑之女，止而戲之曰：'女為我歌，我將舍女。'採桑之女乃為之歌曰：'墓門有棘……誰昔然矣。'大夫又曰：'為我歌其二。'女曰：'墓門有楳（梅）……顛倒思予。'大夫曰：'其楳則有，其鴞安在？'女曰：'陳，小國也，攝乎大國之間，因之以饑饉，加之以師旅，其人且亡，而況鴞乎？'大夫乃服而釋之。"這是和本詩有關的一個傳說。但實際上，這首詩到底是諷刺誰，是調戲婦女的晉國大夫解居甫還是別的什麼人，已經無從考究了。

《詩序》說："刺陳佗也。陳佗無良師傅，以至於不義，惡加於萬民焉。"陳佗，即陳厲公，殺桓公子而自立。事見《左傳·桓公五年》。姚際恆贊同此說。方玉潤認為"刺桓公不能早去佗也"。龔橙認為"刺陳佗淫也"。都沒有什麼確據。所以崔述反對這些意見,認為:"此必別有所刺之人,既失其傳,而《序》遂以佗當之耳。"

朱熹說:"所謂不良之人,亦不知其何所指也。"不加揣測,態度比較客觀。

聞一多則認為是"刺夫有穢行也",棘喻女,鴞喻男。可備一說。

防有鵲巢（陳風）

有個花言巧語的傢伙要誑騙作者的愛人，使他感到憂心忡忡。

"防有鵲巢，邛有旨苕[1]。"誰侜予美？心焉忉忉[2]！

"中唐有甓，邛有旨鷊[3]。"誰侜予美？心焉惕惕[4]！

注釋

1 "防有"二句："河堤上築了喜鵲巢，邛丘上長着好苕草。"
   防：堤。邛（qióng 窮）：山丘名。旨：美。苕（tiáo 迢）：
   水草名。按：喜鵲巢應築在樹上，苕草應長在水邊，現在
   倒過來說，是比喻那騙子的謊言。

2 "誰侜"二句：是誰欺騙我愛人？心裏呀說不出的苦惱！
   侜（zhōu 周）：誑騙。予美：對妻子（或情人）的愛稱。《韓
   詩》作"予娓"，云：美也。忉忉（dāo 刀）：憂愁的樣子。

3 "中唐"二句："院子路上鋪瓦片，邛丘上長着好蒲草。"
   中唐：猶唐中。唐，庭中道。甓（pì 譬）：甋、瓦，此指
   瓦。鷊：蕮（lì 歷）的假借字，即蒲，水草名。這兩句也是

173

比喻騙子的謊言。

4　　"誰佾" 二句：是誰欺騙我愛人？心裏呀說不出的煩惱！

　　惕惕：義同忉忉，憂愁的樣子。

月出 （陳風）

　　在一個月色皎潔的晚上，詩人路遇一位俊俏的姑娘，不禁心迷意亂，回去之後，仍思念不已，於是寫成此詩。

　　月出皎兮，佼人僚兮[1]。舒窈糾兮，勞心悄兮[2]。

　　月出皓兮，佼人懰兮[3]。舒懮受兮，勞心慅兮[4]。

　　月出照兮，佼人燎兮[5]。舒夭紹兮，勞心慘兮[6]。

注釋

1　"月出"二句：月兒一出明晃晃呀，美人兒長得真俊俏呀。

　　皎：光潔、明亮。佼（jiǎo 絞）：美好。僚（liáo 聊）：嬌美。

2　"舒窈"二句：慢慢走來，身材多窈窕呀，害得我心頭突突跳呀。

　　舒：舉止輕盈的樣子。窈糾（yǎo jiǎo 杳矯）：風姿綽約、體態婀娜的樣子。勞心：憂心，指由於對異性的渴慕而產生的鬱悶心情。悄：心神不安的樣子。

175

3　　"月出"二句：月兒一出光燦燦呀，美人兒長得真漂亮呀。

　　皓（hào 浩）：義同皎。懰（liú 劉）：義同僚。

4　　"舒懮"二句：慢慢走來，身段多苗條呀，害得我心頭癢騷
　　騷呀。

　　懮（yǒu 酉）受：義同窈糾。慅（cǎo 草）：義同悄。

5　　"月出"二句：月兒一出銀光照呀，美人兒全身放光彩呀。

　　燎（liào 料）：明亮。

6　　"舒夭"二句：慢慢走來，體態多嬌嬈呀，害得我心頭似火
　　燒呀。

　　夭（yāo 妖）紹：義同窈糾、懮受。慘：當作懆（cǎo 草），
　　義同悄、慅（朱熹説）。

　　這是一首別具一格的雙聲疊韻詩。形容月色的皎、皓、
照，形容容貌的僚、懰、燎，形容體態的窈糾、懮受、夭
紹，都是聲母或韻母相同的字。讀起來，有一種朦朦朧朧、
纏纏綿綿的特殊感覺，情景交融，非常動人。《詩序》說：
"《月出》，刺好色也。在位不好德而説（悅）美色焉。"這
種解釋實在煞風景。還是朱熹說得對："此亦男女相悅而相
念之辭。"

　　姚際恆還指出它藝術形式上的特點："似方言之聱牙，
又似亂辭之急促；尤妙在三章一韻。此真風之變體，愈出愈
奇者。每章四句，又全在第三句使前後句法不排。蓋前後三
句皆上二字雙，下一字單；第三句上一字單，下二字雙也。
後世作律詩，欲求精妙，全講此法。"

株林（陳風）

這是一首譏刺國君荒淫無恥的詩歌。據《左傳》載：夏姬原是鄭穆公女兒，嫁給陳國大夫夏御叔為妻，生子夏徵舒。御叔死後，陳靈公及其大夫孔寧、儀行父等都與夏姬私通，君臣間還常以淫穢的話互相嘲戲。結果夏徵舒憤而殺死靈公，不久陳國也被楚國滅亡了。

胡為乎株林？從夏南[1]！匪適株林，從夏南[2]？

駕我乘馬，說于株野[3]。乘我乘駒，朝食于株[4]。

注釋

1　"胡為乎"二句：為什麼到株林去？去找夏徵舒！
　　株林：夏氏邑名。**南**：夏徵舒的字。一本第二、第四句後有"兮"字。

2　"匪適"二句：他到株林去，真是找夏徵舒？
　　匪：同彼，指陳靈公。
　　以上是詩人設為問答之辭，揭露陳靈公到株林去的醜惡目的。

3　**"駕我"二句**：駕着我的四匹馬，到株林郊外歇下。

　　乘（shèng 剩）：古代一車四馬叫乘，故乘有時作為"四"的代稱。**說**（shuì 稅）：止息。**野**：郊野。

4　**"乘我"二句**：駕着我的四匹駒兒，跑到株林去行淫。

　　乘：第一個是動詞，駕，唸平聲；第二個是數量詞，唸去聲。**朝食**：聞一多云：古謂性的行為曰食；朝食，謂性慾之食。

　　第二段直接指斥他的無恥行徑。

澤陂 (陳風)

這首詩與《月出》恰巧相反，是女子思慕男子的詩。

彼澤之陂，有蒲與荷[1]。有美一人，傷如之何[2]！寤寐無為，涕泗滂沱[3]！

彼澤之陂，有蒲與蕳[4]。有美一人，碩大且卷[5]。寤寐無為，中心悁悁[6]！

彼澤之陂，有蒲菡萏[7]。有美一人，碩大且儼[8]。寤寐無為，輾轉伏枕[9]！

注釋

1　"彼澤" 二句：在那水塘邊兒上，長着蒲草和荷花。
　　澤：池塘。陂（bēi 碑）：堤岸。荷：樊光《爾雅》注引作 "茄"。
2　"有美" 二句：有位美男子，我愛他愛得沒奈何！
　　傷：《魯詩》、《韓詩》均作 "陽"，即姎或卬的假借字，女性第一人稱代詞（王先謙、聞一多說）。
3　"寤寐" 二句：兩眼睜睜睡不着覺，涕淚汪汪流成河！
　　寤寐：偏用 "寐" 義，指睡覺。無為：無成，指無法入睡。涕：眼淚。泗（sì 四）：鼻涕。滂沱（tuó 駝）：水大的樣

179

子，這裏形容涕淚交流的模樣。

4　"彼澤" 二句：在那水塘邊兒上，長着蒲草和蓮花。

　　蕑：蓮的假借字。馬瑞辰云：古連、闌同聲，故蕑可借作蘭（見《溱洧》），亦可作蓮。

5　"有美" 二句：有個美男子，身材高大又威武。

　　卷：拳的假借字，英武的樣子。《釋文》云：一作婘。好貌。

6　"寤寐" 二句：兩眼睜睜睡不着覺，心煩意亂真難受！

　　悁悁（yuān 冤）：憂鬱不安的樣子。

7　"彼澤" 二句：在那水塘邊兒上，傍着蒲草開荷花。

　　菡萏（hàn dàn 撼淡）：荷花。

8　"有美" 二句：有位美男子，身材高大又威嚴。

　　儼（yǎn 掩）：莊重、有尊嚴的樣子。《韓詩》作"嬐"，重頤也；一說美也。

9　"寤寐" 二句：兩眼睜睜睡不着覺，翻身伏在枕頭上！

　　《詩序》云："《澤陂》，刺時也。言靈公君臣淫於其國，男女相悅，憂思感傷焉。" 認為還是說的陳靈公君臣與夏姬淫亂的醜事。朱熹意見不同，認為它 "與《月出》相類"，也是男女相悅相念之詞。方玉潤說是 "傷所思之不見也"。龔橙說是 "思君子也"。反不如朱說的明瞭。

　　姚際恆別出心裁，認為 "是必傷逝之作"，否則不至於 "傷如之何"、"涕泗滂沱" 那麼痛心。這未免太拘執了。何況 "傷" 並不作 "傷心" 解呢。

　　聞一多說："詩人自稱曰 '陽'，分明是位女子。從 '陽如之何' 和 '涕泗滂沱'、'輾轉伏枕' 等語中，也可看出一副柔怯而任情的女性意態來。至於那被讚為 '碩大且拳'、

‘碩大且儼’的對方，是位典型的男子，也是顯而易見的。”
對此詩作了正確的解釋。

隰有萇楚 (檜風)

詩人借草木傳情,傾吐他對一位少女的愛慕。

檜,又作鄶、會,古國名,周初封祝融氏之後於此,在今河南省密縣、新鄭縣一帶,春秋初年為鄭國所滅。《詩經》有《檜風》四篇,下面選入一篇。

隰有萇楚,猗儺其枝[1]!夭之沃沃,樂子之無知[2]!

隰有萇楚,猗儺其華[3]!夭之沃沃,樂子之無家[4]!

隰有萇楚,猗儺其實[5]!夭之沃沃,樂子之無室[6]!

注釋

1 "隰有"二句:窪地裏長着羊桃,多嬌嫩的枝條!
隰(xí 習):低濕之地。萇(zhàng 長)楚:蔓生植物名,又名羊桃(不同於廣東人吃的楊桃),花紅色,子似桃而細小。猗儺(yī nuó 衣挪):柔弱嬌美的樣子。《楚辭》王逸注引作"旖旎"。

2 　"夭之"二句：水靈靈呀光閃閃，真喜歡你無憂無慮！

　　夭：新鮮的樣子。沃沃：有光澤的樣子。無知：沒有知覺，意指無憂無慮。又，《爾雅》云：知，匹也。則無知等於下文的無家無室。

3 　"隰有"二句：窪地裏長着羊桃，多嬌艷的花兒！

　　華：同花。

4 　"夭之"二句：水靈靈呀光閃閃，真喜歡你未成家！

　　無家：指未成婚。

5 　"隰有"二句：窪地裏長着羊桃，多嬌小的果實！

6 　"夭之"二句：水靈靈呀光閃閃，真喜歡你未成親！

　　無室：義同無家。

　　《詩序》說："《隰有萇楚》，疾恣也。國人疾其君之淫恣而思無情欲者也。"

　　朱熹道："政煩賦重，人不堪其苦，歎其不如草木之無知而無憂也。"

　　姚際恆說："此篇為遭亂而貧窶，不能贍其妻子之詩。指萇楚而比之，不能如彼之'無知'、'無家室'之累也。"方玉潤把它進一步形象化，說是："此必檜破民逃，自公族子姓以及小民之有室家者，莫不扶老攜幼，挈妻抱子，相與號泣路歧，故有家不如無家之好，有知不如無知之安也。"直到近代的郭沫若、余冠英，仍認定這是悲觀厭世之作，是"亂離之世的憂苦之音"。

　　實際上，這首詩的情調，是開朗的、喜悅的，並沒有什麼"愁苦"的味道。我們只要拿杜甫的《春望》來比較一下："國破山河在，城春草木深。感時花濺淚，恨別鳥驚心！……"這種差別，就更明顯地反映出來。所以，我們認為這首詩的內容，只有龔橙一人說對了，這是："男女之思也。"

蜉蝣（曹風）

　　一位女子愛上了一位男子，大膽熱情地邀他到家裏來相會。

　　曹，古國名，周武王封其弟叔振鐸於此，在今山東定陶縣一帶，前 487 年被宋國所滅。《詩經》有《曹風》四篇，下面選入一篇。

　　蜉蝣之羽，衣裳楚楚 [1]。心之憂矣，於我歸處 [2]！

　　蜉蝣之翼，楚楚衣服 [3]。心之憂矣，於我歸息 [4]！

　　蜉蝣掘閲，麻衣如雪 [5]。心之憂矣，於我歸說 [6]！

注釋

[1] “蜉蝣”二句：蜉蝣的翅膀明又亮，就像你整潔的衣裳。

蜉蝣（fú yóu 符尤）：又名渠略，一種小昆蟲。聞一多云：蜉蝣卵在土中孵化成幼蟲，當其漸漸羽化成蜉蝣，便鑿穿地面飛出去了。蜉蝣的羽極薄而有光澤，幾乎是透明的，古人形容麻織品做成的衣服，往往比作蜉蝣的羽，因此便稱這種衣服為羽衣。**楚楚**：衣裳鮮潔的樣子。

2 **"心之"二句**：心頭鬱悶呀，來我這裏住下吧！

    憂：聞一多云：本訓心動，這兒是指性的衝動所引起的一種煩躁不安的心理狀態，與現在憂字的涵義迥乎不同。

    處：居住。下文息、説（税）與此相同。

3 **"蜉蝣"二句**：蜉蝣的雙翅明又亮，就像你光潔的衣裳。

4 **"心之"二句**：心頭鬱悶呀，來我這裏歇下吧！

5 **"蜉蝣"二句**：蜉蝣穿出了洞穴，你的麻衣白如雪。

    掘：穿。《説文》作"堀"。**閲**：穴的假借字（姚際恆、馬瑞辰説）。

6 **"心之"二句**：心頭鬱悶呀，來我這裏休息吧！

    《詩序》云："《蜉蝣》，刺奢也。昭公國小而迫，無法以自守，好奢而任小人，將無所依焉。"姚際恆說："大抵是刺曹君奢慢，憂國之詞也。"

    朱熹的看法是："此詩蓋以時人有玩細娛而忘遠慮者，故以蜉蝣為比而刺之。"可見，古人一致認為這是一首諷刺詩。

    聞一多作了完全不同的解釋，他認為這詩末三句等於說："來同我住宿吧！"這樣坦直、粗率的態度，完全暴露了這等詩歌的原始性。作者純然自居於被動地位，這是典型的封建社會式的女子心理。

    這樣，才把前人對此詩的錯誤看法，糾正過來。

七月（豳風）

　　這是一篇具有高度文獻價值的作品。它詳細地描述了古代農村一年四季的勞動和生活，既反映了貴族領主對農奴殘酷的壓迫剝削，又記載了當時一些節令風俗。全詩有如一幅色彩絢爛的巨型壁畫，無論是人物的刻劃或景物的描繪，都令人感到栩栩如生。

　　豳（bīn 賓），也作邠，古國名，在今陝西栒（xún）邑縣一帶。豳地在西周末被儼允侵佔，春秋時屬西戎，所以《豳風》都是西周時期的作品，在《國風》中時代最早。《詩經》有《豳風》七篇，下面選入四篇。

　　七月流火，九月授衣[1]。一之日觱發，二之日栗烈[2]。無衣無褐，何以卒歲[3]？三之日于耜，四之日舉趾[4]。同我婦子，饁彼南畝，田畯至喜[5]。

　　七月流火，九月授衣。春日載陽，有鳴倉庚[6]。女執懿筐，遵彼微行，爰求柔桑[7]。春日遲遲，采蘩祁祁[8]。女心傷悲，殆及公子同歸[9]。

　　七月流火，八月萑葦[10]。蠶月條桑，取彼斧斨，以伐遠揚。猗彼女桑[11]。七月鳴鵙，八月載

績 [12]。載玄載黃，我朱孔陽，為公子裳 [13]。

　　四月秀葽，五月鳴蜩 [14]。八月其穫，十月隕
蘀 [15]。一之日于貉，取彼狐狸，為公子裘 [16]。二
之日其同，載纘武功 [17]。言私其豵，獻豜于
公 [18]。

　　五月斯螽動股，六月莎雞振羽 [19]。七月在
野，八月在宇，九月在戶，十月蟋蟀入我床
下 [20]。穹窒熏鼠，塞向墐戶 [21]。嗟我婦子，曰為
改歲，入此室處 [22]。

　　六月食鬱及薁，七月亨葵及菽 [23]。八月剝
棗，十月穫稻，為此春酒，以介眉壽 [24]。七月食
瓜，八月斷壺，九月叔苴 [25]。采荼薪樗，食我農
夫 [26]。

　　九月築場圃，十月納禾稼：黍、稷、重、
穋，禾、麻、菽、麥 [27]。嗟我農夫，我稼既同，
上入執宮功 [28]。晝爾于茅，宵爾索綯 [29]。亟其乘
屋，其始播百穀 [30]。

　　二之日鑿冰沖沖，三之日納于凌陰 [31]。四之
日其蚤，獻羔祭韭 [32]。九月肅霜，十月滌場 [33]。
朋酒斯饗，曰殺羔羊 [34]。躋彼公堂，稱彼兕觥：
“萬壽無疆 [35]！”

注釋

1　"七月" 二句：七月裏火星向西移，九月裏分工製寒衣。

火：星宿名，又稱大火，即心宿。流：下行。夏曆五月這星出現於南方，位置也最高，六月之後就偏西下行。授衣：把裁製衣裳的工作分配給婦女們做。

2　"一之" 二句：十一月北風呼嘯，十二月寒氣凜烈。

一之日：指周曆正月的日子，即夏曆的十一月。此詩凡稱"某月"都是用夏曆（相當今之陰曆），稱"某之日"都是用周曆。觱發（bì bò 必撥）：象聲詞，形容風聲。《說文》作"滭冹"。二之日：周曆二月，即夏曆十二月。栗烈：即凜烈，形容寒冷的樣子。

3　"無衣" 二句：沒有布衣和粗毛衣，怎樣挨過這一年？

褐（hè 喝）：粗毛編織的衣服，古代窮人所穿。卒：終，盡。

4　"三之" 二句：正月裏修耒耜，二月下田去。

三之日：周曆三月，夏曆正月。于：為，動詞。耜（sì 四）：古代耕田的農具，這兒用作動詞，指修理農具。舉趾：舉步下田。

5　"同我" 三句：帶着我的老婆孩子，送飯到南邊的田裏，田官來到見了很歡喜。

饁（yè 業）：送飯。南畝：田地一般在山南向陽的地方，故稱南畝。田畯（jùn 俊）：農官，由貴族奴隸主派遣來管理農奴耕田的官（見《毛傳》、《穀梁傳》注）。一說，農神（見《禮記・郊特牲》注、《周禮・籥章》注）。

第一段，叙述農奴們從冬到春的生活、勞動情況。

6　"七月" 四句：七月裏火星向西移，九月裏分工製寒衣。春

189

天的日子暖洋洋，黃鶯在歌唱。

載：則、就，這兒有"開始"之意。**陽**：和暖。**有**：助詞。

倉庚：鳥名，即黃鶯，色黃而美，鳴聲婉轉嘹亮。

7　**"女執"三句**：婦女拿着深深的竹筐，走在那邊小路上，採摘那嫩桑。

懿（yì 議）**筐**：深筐。**遵**：沿着。**微行**（háng 杭）：（桑林中的）小路。**爰**：於此，在這裏。**求**：尋找，此指摘取。

8　**"春日"二句**：春天日子長悠悠，採白蒿的人兒一大羣。

遲遲：漫長的樣子。**蘩**（fán 繁）：菊科植物名，即白蒿。徐光啓云：蠶子之未出者，煮蘩沃之則易出。祁祁（qí 岐）：眾多的樣子。

9　**"女心"二句**：姑娘們心裏很悲傷，怕被公子哥兒強迫帶回去。

殆（dài 怠）：只怕。**及**：跟隨。

以上第二段，寫婦女們春天採桑的情景，以及她們怕被貴族踐躪的痛苦心情。

10　**"七月"二句**：七月裏火星向西移，八月裏割取蘆葦。

萑（huán 桓）**葦**：蘆荻，可作蠶箔。此用作動詞，收割蘆荻之意。萑，荻，葦的一種。

11　**"蠶月"四句**：三月裏修剪桑樹，拿起那斧頭，砍掉過長的枝幹。拉下嫩枝好採桑。

蠶月：養蠶的月份，指夏曆三月。**條**：修剪。《韓詩》作"挑"。**斨**（qiāng 槍）：方孔的斧頭。**遠揚**：指伸展得過高過遠的枝椏。**猗**：掎（jǐ 己）的假借字，牽，拉。**女桑**：嫩桑。

12　**"七月"二句**：七月裏來伯勞叫，八月要開始紡織了。

鵙（jú 局）：鳥名，即伯勞，鳴叫時尾羽向上下運動，聲音響亮。**載**：有「開始」之意。

13　**「載玄」三句**：布帛有黑又有黃，我染的紅色最鮮艷，拿去給公子哥兒做衣裳。

載：有關聯作用。**玄**：黑。**孔**：十分。**陽**：鮮明。

以上第三段，寫婦女們採桑紡織的勞動，以及勞動果實由統治者享用的情況。

14　**「四月」二句**：四月裏遠志開花，五月裏知了叫。

秀：植物開花。**葽**（yāo 腰）：植物名，即遠志，又名小草，夏日開花，根可入藥。**蜩**（tiáo 條）：蟬。

15　**「八月」二句**：八月裏收莊稼，十月裏樹葉飄。

穫：收穫農作物。**隕**：墜落。**蘀**（tuò 拓）：草木的落葉。

16　**「一之」三句**：十一月去獵貉子，捉到狐狸剝下皮，給公子哥兒做皮衣。

于：去，往。**貉**（hé 合）：動物名，似狐狸。此用作動詞，「獵取貉」之意。**裘**（qiú 求）：毛皮衣服。這三句寫小規模的個人行獵（私獵），下四句寫大規模的集體狩獵（大獵）。

17　**「二之」二句**：十二月大伙兒集合齊，繼續打獵練武藝。

同：聚集。**載**：助詞。**纘**（zuǎn 纂）：繼續。**武功**：武事，此指狩獵，因為古代是把狩獵與軍事訓練結合起來的。

18　**「言私」二句**：獵得小獸歸自己，獵得大獸要獻給公爺。

言：助詞。**私**：自己佔有。**豵**（zōng 宗）：一歲的豬，泛指小野獸。**豜**（jiān 堅）：三歲的豬，泛指大野獸。《周禮》引作「肩」。

以上第四段，寫農事結束後，還得為貴族領主外出打獵。

19　**「五月」二句**：五月裏斯螽彈腿響，六月裏紡織娘振翅膀。

斯螽（zhōng 中）：一種蝗類小蟲。古人誤以為牠鳴叫是由於兩腿（股）摩擦作聲，故言「動股」，其實是由翅膀振動發聲的。莎（suō 梭）雞：蟲名，即紡織娘。振羽：鼓翅發聲。

20　"七月"四句：七月蟋蟀在田頭叫，月裏移到屋簷下，九月當門叫，十月躲進我床底。

宇：屋簷下。這幾句是寫蟋蟀隨着天氣轉冷而躲藏起來。

21　"穹窒"二句：堵死窟窿熏老鼠，塞住北窗，把門縫用泥糊上。

穹（qióng 窮）：空隙，指洞穴。窒：堵塞。向：北向的窗戶。墐（jìn 近）：用泥塗抹。古代窮人以竹、木編成門戶，縫隙多，冬天必須以泥塗抹，以避風寒。這兩句寫農奴家中作過冬的準備。農忙時他們就在場上露宿，冬季農閑才搬回屋子裏住。

22　"嗟我"三句：唉，可憐我老婆孩子，眼看要過年了，進這房子來居住。

嗟：歎詞。曰：句首助詞，無義。《漢書》引作"聿"。改歲：過年。

以上第五段，寫農奴們在極其簡陋的居室裏過冬。

23　"六月"二句：六月裏吃鬱李、山葡萄，七月裏煮葵菜和豆葉。

鬱（yù 郁）：植物名，一名鬱李，果小而酸，可生食。薁（yù 郁）：植物名，又名山葡萄，果似桂圓，可生食。亨：同烹，煮。葵：菜名。菽（shū 叔）：豆類的總稱，此指豆葉。

24　"八月"四句：八月裏打棗，十月裏割稻，用來釀造這春酒，喝了好延年益壽。

剝：扑（pū 撲）的假借字，敲擊。**春酒**：經冬釀成的酒。

介：助，一説是匄（古丐字）的假借字，祈求。**眉壽**：長壽。老人眉上長有毫毛，故稱長壽為眉壽。多見於金文。

25　**"七月"三句**：七月裏吃瓜，八月裏摘葫蘆，九月拾蔴子。

　　壺：同瓠，即葫蘆瓜。**叔**：拾取。**苴**（jū 疽）：蔴子，可以吃。

26　**"采荼"二句**：採苦菜，砍臭椿，就靠這些養活我們種田人。

　　荼（tú 徒）：苦菜。**薪**：用作動詞，"砍……為薪"。**樗**（shū 書）：樹名，又叫臭椿，木質粗劣。**食**（sì 嗣）：供養。

　　以上第六段，寫農奴日常食用粗劣的果菜，卻要用上好的糧食釀酒獻給領主。

27　**"九月"四句**：九月裏築好打穀場，十月把糧食送進倉，有黃小米、高粱、各種早熟晚熟的穀物、小米、蔴子、豆子和麥子。

　　場圃：在菜園修的打穀場。春夏作菜園（圃），秋收後作打穀場，故稱場圃。**禾稼**：泛指各種莊稼。**重**：同穜（tóng 童），早種晚熟的穀物。**穋**：同稑（lù 陸），晚種早熟的穀物。**禾**：穀類的總稱，這兒專指小米。

28　**"嗟我"三句**：唉，可憐我們種田人，我這裏莊稼剛收完，還得到公爺家裏服勞役。

　　同：集中。指上文為領主納穀入倉的工作。**上**：同尚。**執**：從事。**宮**：指領主的居室。**功**：事，工作。

29　**"晝爾"二句**：白天去割茅草，晚上搓繩子。

　　爾：助詞。**茅**：用作動詞，割茅草之意。**索**：絞扭。**綯**（táo 陶）：繩子。

30 "亟其"二句：快爬上屋頂修房子，眼看又要開春播種了。

亟（jí 極）：急。乘：登。

以上第七段，寫農奴秋收完畢，還要為領主服室內勞役，然後匆匆忙忙地修補自己的茅屋，一開春，又得下田去了。

31 "二之"二句：十二月鑿冰咚咚響，正月裏把冰往窖裏藏。

沖沖：象聲詞。凌：冰。陰：窨的假借字，地窖（聞一多說）。藏冰於窖是為了夏天使用。

32 "四之"二句：二月裏祭祖先，獻上韭菜和羔羊。

蚤：早的假借字，即"早朝"，一種祭祖儀式（朱熹說）。

韭：同韮。

33 "九月"二句：九月裏清清爽爽，十月裏空蕩蕩。

肅霜、滌場：王國維云：肅霜、滌場皆雙聲連綿字，肅霜猶言肅爽，滌場猶言滌蕩；九月之氣清高顥白，至十月則萬物搖落無餘矣。

34 "朋酒"二句：擡出兩大罈酒來暢飲，還宰殺羔羊。

朋：兩。斯：助詞，用如"之"。饗：宴飲。曰：助詞，無義。

35 "躋彼"三句：一起來到廳堂上，舉起那大酒杯，祝公爺"萬壽無疆！"

躋（jī 基）：升，登上。公堂：貴族領主用來宴飲、議事的大廳。稱：舉杯敬酒。兕（sì 似）觥（gōng 肱）：像兕（野牛）形的青銅大酒杯。萬：大。無疆：無窮盡，無止境。金文有"眉壽無疆"的祝頌語。

以上第八段，寫那些貴族在農奴的伺候下，春天祭祖和年終宴飲的情景。這樣收束全詩，就把古代農村日常生活的各個方面概括無遺了。

《詩序》和朱熹《詩集傳》都認為這首詩是周公所作，用來陳述“王業之本”、“稼穡之艱難”，以教育周成王的。

　　方玉潤駁斥了他們的意見，說：“《七月》一篇所言皆農桑稼穡之事，非躬親隴畝，久于其道者，不能言之親切有味也如是。周公生長世冑，位居冢宰，豈暇為此？”崔述、魏源、龔橙等亦一致主張這是“豳國舊風”，是“言民事”之詩。吳闓生讚歎道：“此詩天時人事百物政令教養之道，無所不賅，而用意之處猶為神行無迹，神妙奇偉，殆有非言語所能曲盡者。”

　　實際上，這是一首歷史極悠久的民歌。孔子、《孟子》、《左傳》、《漢書》、《鹽鐵論》等都曾引用過它。如“孔子曰：‘《詩》云：晝爾于茅，宵爾索綯。亟其乘屋，其始播百穀。耕難，耕焉可息哉！’”（《荀子·大略》）“《七月》之卒章，藏冰之道也。”（《左傳·昭公四年》）古代並以它為祭神的樂歌（見《周禮·籥章》）。

　　郭沫若說：“這是一首寫農夫生活的詩。這詩描寫當時的農夫周年四季一天到晚都沒有休息的時候。男的呢種田築圃，女的呢養蠶織布。栽種出來的成果呢獻給公家，而自己吃的只是一些瓠瓜苦菜。養織出來的成果呢替‘公子’做衣裳，而自己多是‘無衣無褐’。……女子好像還有別的一種公事，就是在春日艷陽的時候，公子們的春情發動了，那就不免要遭一番蹂躪了。”“這些就是《七月流火》中所表示的農夫們一天到晚周年四季的生活，這是不是奴隸呢！”以新的觀點作了細緻的剖析，對讀者理解此詩，不無幫助。

鴟鴞（豳風）

　　這是我國流傳至今的第一首"禽言詩"。整篇以鳥兒的口吻，哀訴自己育子、營巢過程中的種種艱辛和不幸，使人讀了之後，對強暴者感到憤恨，而對被欺凌的弱者感到同情。

　　鴟鴞鴟鴞！既取我子，無毀我室 [1]。恩斯勤斯，鬻子之閔斯 [2]！

　　迨天之未陰雨，徹彼桑土，綢繆牖戶 [3]。今此下民，或敢侮予 [4]。

　　予手拮据，予所捋荼，予所蓄租，予口卒瘏 [5]。曰予未有室家 [6]。

　　予羽譙譙，予尾翛翛 [7]。予室翹翹，風雨所漂搖 [8]。予維音嘵嘵 [9]！

注釋

1　"鴟鴞"三句：貓頭鷹呀貓頭鷹！你搶走了我的孩子，不要再毀我的家！

　　鴟鴞（chī xiāo 痴囂）：即貓頭鷹，古人認為是不祥的惡鳥，所以用以比喻強暴者。室：指巢。

2 　　“恩斯”二句：我一天到晚辛苦操勞，撫育孩子把我累壞啦！

　　恩：同殷。殷勤，辛勞的樣子。**斯**：助詞。**鬻**：育的假借字，撫養。**閔**：病。一說：勉也。

　　第一段，母鳥哀訴育兒的辛苦，責備鴟鴞的橫暴。

3 　　“迨天”三句：趁着天未陰，雨未下，剝那桑根的皮，修造窗子和門户。

　　迨（dài 怠）：及，趁着。**徹**：剝取。**桑土**：桑根。《韓詩》土作“杜”；《方言》云：杜，根也。**綢繆**：緊緊地纏繞、捆束。**牖**（yǒu 有）**户**：窗、門。這裏指代鳥巢。“未雨綢繆”的成語，就是從這裏來的。

4 　　“今此”二句：現在這些下面的人，或許會欺負我。

　　今此：各本作“今女（汝）”，此從《孟子‧公孫丑》所引。**下民**：指人類。

5 　　“予手”四句：我的手兒累壞了，我還採摘茅花，我還積蓄乾草，把我嘴巴都弄痛了。

　　拮据（jié jū 傑居）：極度疲勞。**所**：尚。**捋**：參見《周南‧芣苢》注 2（頁 009-010）。**荼**：參見《鄭風‧出其東門》注 4（頁 113-114）。**畜**：同蓄。**租**：苴的假借字，茅草。苴和荼都是營巢的材料。**卒瘏**：同悴瘏（tú 途），病（馬瑞辰説）。

6 　　“曰予”句：我的房子還未修建好。

　　曰：句首助詞，無義。**室家**：指鳥巢。

　　以上兩段，鳥兒訴説自己辛苦營巢的情況。

7 　　“予羽”二句：我的羽毛稀稀拉拉，我的尾巴枯枯焦焦。

　　譙譙（qiáo 樵）：凋蔽的樣子。一作燋燋。**翛翛**（xiāo 消）：

乾枯的樣子，一作脩脩、修修。

8　"予室"二句：我的房子晃晃搖搖，風又吹來雨又澆。

翹翹（qiáo 橋）：搖晃的樣子。

9　"予維"句：我只有喳喳亂叫！

嘵嘵（xiāo 嚚）：驚叫聲。

以上第四段，訴説自己處境的不幸。

舊説，這是周公寫給周成王自明心迹的一首寓言詩。據《尚書‧金縢》及《史記‧魯世家》等記載：武王死後，周公（武王之弟）受遺命輔佐年幼的成王（武王之子）執政。管叔、蔡叔等一班兄弟就散佈流言説："公將不利于孺子！"並乘機與武庚（商紂王之子）率領東方的淮夷發動叛亂。周公就帶兵東征（前 1113），經過兩年激烈的戰鬥，終於平定了叛亂，殺了管叔、武庚，流放了蔡叔。勝利之後，他就寫了這首《鴟鴞》送給成王。在詩中借鳥自喻，説明自己怎樣辛勤勞苦，去鞏固王室，希望取得成王的信任和同情。但據説當時未收到預期效果。這一記載，由於沒有充足的歷史材料可資佐證，所以只能把它看成是傳説。《孟子‧公孫丑》載："詩云：'迨天之未陰雨，徹彼桑土，綢繆牖户。今此下民，或敢侮予。'孔子曰：'為此詩者，其知道乎！能治其國家，誰敢侮之。'"也沒有説明是周公所作。

近人顧頡剛説，這是一個詩人借了禽鳥的悲鳴來發泄自己的傷感。這種説法比較合乎情理。我們完全可以把《鴟鴞》看作是近代"寓言詩"、"童話詩"的先驅。

東山（豳風）

這是和周公東征之役有關的詩篇。詩中通過一個退伍戰士回家途中的見聞和感受，表達了他對家鄉親人的深切懷念和對和平生活的嚮往。曹操《苦寒行》：「悲彼《東山》詩，悠悠使我哀。」可見此詩感人之深。

我徂東山，慆慆不歸。我來自東，零雨其濛[1]。我東曰歸，我心西悲[2]。制彼裳衣，勿士行枚[3]。蜎蜎者蠋，烝在桑野[4]。敦彼獨宿，亦在車下[5]。

我徂東山，慆慆不歸。我來自東，零雨其濛。果臝之實，亦施于宇[6]。伊威在室，蠨蛸在戶[7]。町畽鹿場，熠燿宵行[8]。不可畏也？伊可懷也[9]！

我徂東山，慆慆不歸。我來自東，零雨其濛。鸛鳴于垤，婦歎于室[10]。洒掃穹窒，我征聿至[11]。有敦瓜苦，烝在栗薪。自我不見，于今三年[12]。

我徂東山，慆慆不歸。我來自東，零雨其

濛。倉庚于飛，熠燿其羽[13]。之子于歸，皇駁其馬[14]。親結其縭，九十其儀[15]。其新孔嘉，其舊如之何[16]？

注釋

1　"我徂"四句：我到東山去，久久不能歸。我從東山回來，一路細雨迷濛。

　　徂（cú 殂）：去。**東山**：地名，在今山東費縣西北沂蒙山區，《孟子·盡心》："孔子登東山而小魯。"即在此處。一說東山當在古奄國（今山東曲阜縣境）境內。**慆慆**（táo 滔）：長久之意。**零**：落。《説文》引作"霝"。**濛**：細雨的樣子。

2　"我東"二句：我在東方要回家，心兒早已向西方飛！

　　曰：助詞，無義。**悲**：懷，思念。

3　"制彼"二句：做好那日常衣服，再不用行軍打仗。

　　裳衣：指日常衣服，戎服則不分衣、裳。**士**：事的假借字，從事。**行枚**：把枚（筷子樣的東西）橫衒於口中，是古代行軍偷襲敵人時防止出聲的措施。行，衒的假借字，橫（余冠英説）。又，聞一多云，行枚即胻徽，行縢，今之裹腿。

4　"蜎蜎"二句：蠕動着的野蠶，爬在桑林裏。

　　蜎蜎（yuān 冤）：蟲蠕動的樣子。**蠋**（zhú 竹）：蛾蝶幼蟲，此指野蠶。《説文》引作"蜀"。**烝**：語首助詞，無義。一說，久也。**桑野**：長着桑樹的郊野，指桑林。

5　　**“敦彼”二句**：那獨宿的人兒蜷成團，就睡在車底下。
　　　敦（duī 堆）：蜷成一團的樣子。余冠英說：這裏以蠋和人
　　　對照，蠋在桑間是得其所，人在野地露宿是不得其所。
　　　第一段，寫征人西歸和他慶幸生還的心情。

6　　**“我徂”六句**：我到東山去，久久不能歸。我從東山回來，
　　　一路細雨迷濛。栝樓藤兒順牆爬，果實吊在屋簷下。
　　　果臝（luǒ 裸）：植物名，一名栝樓。**施**（yì 異）：延伸。
　　　宇：屋簷下。

7　　**”伊威”二句**：土鼈兒，屋裏走，蜘蛛結網門前掛。
　　　伊威：蟲名，一名土鼈。**蠨蛸**（xiāo shāo 蕭筲）：蟲名，即
　　　喜子，小蜘蛛。《說文》作“蟰蛸”。

8　　**“町畽”二句**：屋外野鹿留腳迹，深夜流螢光閃閃。
　　　町畽（tǐng tuǎn 挺團上聲）：《說文》云：町，田踐處；畽，
　　　禽獸所踐處也。王先謙云：町畽，鹿迹所在也。**鹿場**：野
　　　鹿出沒的場所。**熠燿**（yì yào 亦耀）：螢火。《說文》引作
　　　“熠熠”。**宵行**：夜行。以上是想像中家裏荒涼的景象。

9　　**“不可”二句**：這情景難道不可怕？可實在叫人心牽掛。
　　　伊：是，此。
　　　以上第二段，寫征人途中憶家——懷念荒廢的家園。

10　**”我徂”六句**：我到東山去，久久不能歸，我從東山回來，
　　　一路細雨迷濛。鸛鳥在土堆上叫，妻子在家裏歎氣。
　　　鸛（guàn 灌）：水鳥名，形似鶴。**垤**（dié 迭）：小土堆。後
　　　二句是詩人想像之辭。

11　**“洒掃”二句**：快打掃收拾房子，我馬上要到家了。
　　　穹窒：參見《豳風·七月》注 21（頁 192）。**征**：行。**聿**：
　　　助詞，無義。

12 "有敦"四句：圓圓的葫蘆瓢兒，擱在柴堆上，我不見它們，到如今整三年！

敦：圓的樣子。**瓜苦**：即瓜瓠，也就是匏瓜，這裏似指合巹的匏，古人結婚行合巹之禮，就是以一匏分作兩瓢，夫婦各執一瓢盛酒漱口（聞一多、余冠英說）。**烝**：助詞。**栗薪**：《韓詩》作"蓼薪"，云：聚薪也。即束薪，也與結婚有關。參見《唐風·綢繆》（頁145-146）。一說蓼即蓼，一種苦菜；以苦瓜而乃在苦蓼之上，言我之心苦而事又苦（毛、鄭、馬瑞辰說）。

以上第三段，寫征人途中憶家——思念久別的親人。

13 "我徂"六句：我到東山去，久久不能歸。我從東山回來，一路細雨迷濛。黃鶯展翅飛，羽毛閃閃發亮。

倉庚：鳥名，即黃鶯。**于**：助詞。**熠燿**：鮮明的樣子。

14 "之子"二句：記得你過門時光，馬兒有紅又有黃。

之子：指妻子。**歸**：出嫁。**皇**：黃白色。**駁**：紅白色。

15 "親結"二句：媽媽為你結佩巾，儀式隆重又排場。

縭（lí 離）：佩巾。古代嫁女時母親要親自給女兒結縭。聞一多云：後世所謂同心結或即此。**九十**：形容儀式的繁多。

16 "其新"二句：當年新婚真甜蜜，現在久別重逢又是怎麼樣？

孔嘉：甚佳，十分好。姚際恆云：俗云"新娶不如遠歸"，即此意。

第四段，寫征人快到家鄉時的心情——回味新婚情景，亟盼回家團聚。

狼跋 (豳風)

這首詩本來是對一個腦滿腸肥的貴族的讚辭，但我們今天看來，它卻頗如一幅諷刺漫畫，令人忍俊不禁。

狼跋其胡，載疐其尾[1]。公孫碩膚，赤舄几几[2]。

狼疐其尾，載跋其胡。公孫碩膚，德音不瑕[3]。

注釋

1 "狼跋"二句：老狼踩着肥下頦，一會兒又絆住大尾巴。
   跋：踐踏。胡：下頦的垂肉。載：又。疐：同躓（zhì 致），行進時有所障礙。這是描寫肥胖的"公孫"走路時那種挺胸突肚的顢頇姿態。

2 "公孫"二句：公孫心廣體又胖，金紅的鞋兒多漂亮。
   公孫：同公子，指貴族。碩、膚：都有大的意思，此指肥胖。又，聞一多云：膚，同臚，腹也；碩膚即大腹。赤舄（xì 細）：又名金舄，朱紅色的鞋。舄，兩層底的鞋。几几（jǐ 幾）：華美的樣子。《說文》引作"己己"。

3 "狼疐"四句：老狼絆住了大尾巴，一會兒又踩着肥下頦。

公孫心廣體又胖，好名聲永遠傳揚。

德音：好的聲譽。**瑕**：馬瑞辰云：瑕、假古通用，已也，止也。

小雅

鹿鳴（小雅）

這是歡宴賓客的著名樂歌。是《小雅》的第一篇，所謂
"四始"之一。

小雅，是宮廷樂歌，主要在宴會、典禮時演唱。《詩經》
有《小雅》七十四篇，下面選入二十二篇。

呦呦鹿鳴，食野之苹 [1]。我有嘉賓，鼓瑟吹
笙 [2]。吹笙鼓簧，承筐是將 [3]。人之好我，示我周
行 [4]。

呦呦鹿鳴，食野之蒿 [5]。我有嘉賓，德音孔
昭，視民不恌，君子是則是傚 [6]。我有旨酒，嘉
賓式燕以敖 [7]。

呦呦鹿鳴，食野之芩 [8]。我有嘉賓，鼓瑟鼓
琴 [9]。鼓瑟鼓琴，和樂且湛 [10]。我有旨酒，以燕
樂嘉賓之心 [11]。

注釋

1　"呦呦"二句：鹿兒呦呦叫，野外吃苹草。

　　呦呦（yōu 幽）：鹿鳴聲。苹：草名，即藾蒿，可食。這兩

句是以鹿吃苹草起興。

2　　"我有" 二句：我有好賓客，鼓瑟吹笙來招待。

　　　從這兩句起，轉入宴會場面。

3　　"吹笙" 二句：吹起笙，動簧片，還把盛着禮物的竹筐來
　　　分贈。

　　　鼓：鼓動。簧：指簧片，樂器中的薄金屬片，吹之震動發
　　　聲。承筐：盛着幣、帛等禮物的竹筐。承，受，指容受。

　　　是：助詞，作賓語提前的標誌。"承筐是將" 即 "將承筐"。

　　　將：奉送。又："承筐是將" 亦可釋為 "捧着筐子分禮物"。
　　　承，奉。是，連詞。

4　　"人之" 二句：人們喜歡我，就把道理向我講。

　　　示：顯示，指示。周行（háng 杭）：大道。引申為道理的意
　　　思。這兩句讚美宴會的來賓。

5　　"呦呦" 二句：鹿兒呦呦叫，野外吃青蒿。

　　　蒿：指青蒿，菊科多年生草本植物。

6　　"我有" 四句：我有好賓客，美名處處揚，為民眾作出忠厚
　　　正直的榜樣，君子也要來效法。

　　　德音：美好的聲譽。孔昭：非常顯著。視：示的假借字。

　　　佻：《左傳》、《說文》均引作 "佻"，輕薄。是：此，代詞。

　　　則：用作動詞，效法之意。傚：同效。

7　　"我有" 二句：我有美酒，客人們可以喝個痛快玩個飽。

　　　旨酒：美酒。旨，甘美。式：助詞，無義。燕：通宴，飲
　　　酒。敖：同遨，遊。

8　　"呦呦" 二句：鹿兒呦呦叫，野外吃芩草。

　　　芩（qín 琴）：草名，蔓生澤中。

9　　"我有" 二句：我有好賓客，鼓瑟彈琴來招待。

"鼓瑟"二句：鼓瑟又彈琴，融融洽洽真快樂。

湛（dān 耽）：媅的假借字，歡樂。

11 "我有"二句：我有美酒，讓客人盡情歡樂。

燕樂：宴之使樂。

這是古代宴客時常常演奏的名曲。《儀禮》中就有兩處"工歌《鹿鳴》"的記載。以後從漢代到晉代，它都是宴會中的"保留節目"，不斷被演唱。到了唐朝，宴飲州、鄉貢士的時候，更規定要"歌《鹿鳴》之詩"。以後到清朝，鄉試放榜的第二天要舉行盛宴，招待考官和新中的舉人，這種宴會便專門稱為"鹿鳴宴"。可見，《鹿鳴》這首詩是曾經廣為流傳的。

對於它的內容，以前有兩種不同看法。一種以《詩序》為代表，說這是"燕羣臣嘉賓"的詩。朱熹、姚際恆等基本屬於這一派。

另一種看法比較特殊，認為這是首諷刺詩。如《史記·十二諸侯年表》說："仁義陵遲，《鹿鳴》刺焉。"東漢蔡邕《琴操》更繪聲繪色地說："《鹿鳴》者，周大臣之所作也。王道衰，君志傾，留心聲色，內顧妃后，設酒食嘉肴，不能厚養賢者……大臣昭然獨見，必知賢士幽隱，小人在位，周道陵遲，自是始，故彈琴以風諫，歌以感之，庶幾可復。"（見《太平御覽》所引）王符《潛夫論·班祿》亦有"忽養賢而《鹿鳴》思"之句，與此意同。這些都是漢朝《魯詩》一派學者的臆說，與本詩的實際內容並不相合。

伐木 （小雅）

這是宴飲親友的樂歌。

伐木丁丁，鳥鳴嚶嚶[1]。出自幽谷，遷于喬木[2]，嚶其鳴矣，求其友聲[3]。相彼鳥矣，猶求友聲；矧伊人矣，不求友生[4]？神之聽之，終和且平[5]。

伐木許許。釃酒有藇[6]。既有肥羜，以速諸父[7]。寧適不來，微我弗顧[8]。於粲洒掃，陳饋八簋[9]。既有肥牡，以速諸舅[10]。寧適不來，微我有咎[11]。

伐木于阪。釃酒有衍[12]。籩豆有踐，兄弟無遠[13]。民之失德，乾餱以愆[14]。有酒湑我，無酒酤我[15]，坎坎鼓我，蹲蹲舞我[16]。迨我暇矣，飲此湑矣[17]！

注釋

1　**"伐木"二句**：丁丁東東砍木頭，鳥兒嚶嚶叫。

　　丁丁（zhēng 爭）：伐木聲。**嚶嚶**：鳥鳴聲。姚際恒云："伐木"是興，"鳥鳴"是比；蓋以"鳥鳴"比朋友，以"伐木"興鳥鳴也。

2　**"出自"二句**：牠從深谷出來，飛到高高的樹上。

　　幽：深。**遷**：上升。**喬**：高。過去賀人遷居或者升官，叫做"喬遷"，就是由這裏來的。

3　**"嚶其"二句**：嚶嚶地叫着，尋找朋友的應聲。

　　嚶：《文選·張茂先詩》注引作"鸎"，鳥名。

4　**"相彼"四句**：瞧那鳥兒，還找朋友的應聲；何況我們人哪，能夠不交朋友？

　　相（去聲）：視，看。**矧（shěn 審）**：何況。**伊**：是，此。**友生**：朋友。生，助詞。

5　**"神之"二句**：神明知道（人們這樣友愛），一定賜給大家和好、安寧。

　　聽：有鑒察之意。**終**：既。金文作"中"。

　　第一段，從伐木寫起，以鳥鳴求友比喻人們也應該友愛相處。

6　**"伐木"二句**：嘶嘶嗦嗦削木頭。濾過的清酒噴噴香。

　　許許（hǔ 滸）：削木聲。《說文》作"所所"。《後漢書》作"滸滸"。**釃（shī 師）**：漉酒，用有孔的竹器把酒過濾乾淨。

　　有：助詞。**藇（xù 序）**：酒味美好的樣子。

7　**"既有"二句**：備下肥胖的羊羔，請各位叔伯光臨。

　　羜（zhù 貯）：五個月的羊羔。**速**：召請。**諸父**：同姓的長輩。

8 "寧適"二句：寧可他湊巧不來，別説我照顧不周。

適：適然，剛巧。微：不是。弗：不。

9 "於粲"二句：啊，灑掃得多麼潔淨，擺好了八大碗食物。

於：同烏，歎詞。粲：鮮明。陳：擺列。饋（kuì匱）：
進食物於人。簋（guǐ軌）：參見《秦風·權輿》注4（頁
164）。

10 "既有"二句：備下肥胖的公羊，請各位舅父光臨。

肥牡：義同肥羜。牡，雄性的獸。諸舅·指異姓長輩。

11 "寧適"二句：寧可他湊巧不來，別説我有所疏失。

咎：過失。

以上第二段，寫準備了豐盛的筵席，去邀請客人。

12 "伐木"二句：在山坡上砍木頭。濾過的清酒擺滿桌。

阪（bǎn板）：山坡。衍：酒多的樣子。

13 "籩豆"二句：盤兒碗兒列成行，兄弟們可別疏遠。

籩（biān邊）豆：古代祭祀和宴會時盛食物用的器皿。籩，
是竹製器皿；豆，是木製器皿。踐：行列整齊的樣子。兄
弟：指同輩親友。

14 "民之"二句：人們彼此傷感情，往往由飲食小事引起。

失德：失情義，傷和氣。餱（hóu侯）：乾糧；這裏泛指粗
薄的食物。愆：過錯；這裏指嫌隙。

15 "有酒"二句：有現成的酒就漉來喝，喝光了，再去買。

湑（xǔ許）：義同醑，漉酒。我：語氣助詞。下同。酤：同
沽，買酒。

16 "坎坎"二句：咚咚地打鼓，翩翩地起舞。

坎坎：鼓聲。蹲蹲（cún存）：跳舞的樣子。一作"墫墫"。

17 "迨我"二句：趁着我們有空閑，把這美酒來痛飲！

迨（dài 怠）：趁着。湑：指漉過的酒。

第三段，寫宴會上歡歌樂舞、開懷痛飲的情景。

這首詩，《韓詩序》認為是"文王敬故也"。也就是描寫周文王宴請朋友故舊的作品。《毛詩》的《詩序》說得比較靈活："《伐木》，燕朋友故舊也。自天子至于庶人，未有不須友以成者。親親以睦，友賢不棄，不遺故舊，故民德歸厚矣。"把天子到平民，都包括在裏面。

《魯詩》說持另一種見解："周德始衰，《伐木》有鳥鳴之刺。"（蔡邕《正多論》）認為這是諷刺詩。

朱熹贊同《詩序》的意見，認為這是"燕朋友故舊之樂歌"。

根據本詩的內容，我們可以確定宴會主人是個貴族，但不能、也不必指實他是某一個人。朱熹的說法，還是可取的。

采薇（小雅）

這是一個久經征戰的士兵在還鄉途中，追述軍中的生活和感受，字裏行間，流露出對統治者的怨、對敵人的恨以及無法安居的痛苦。

采薇采薇，薇亦作止[1]。曰歸曰歸，歲亦莫止[2]。靡室靡家，玁狁之故[3]。不遑啓居，玁狁之故[4]。

采薇采薇，薇亦柔止[5]。曰歸曰歸，心亦憂止[6]。憂心烈烈，載飢載渴[7]。我戍未定，靡使歸聘[8]。

采薇采薇，薇亦剛止[9]。曰歸曰歸，歲亦陽止[10]。王事靡盬，不遑啓處[11]。憂心孔疚，我行不來[12]。

彼爾維何？維常之華[13]。彼路斯何？君子之車[14]。戎車既駕，四牡業業[15]。豈敢定居，一月三捷[16]！

駕彼四牡，四牡騤騤[17]。君子所依，小人所腓[18]。四牡翼翼，象弭魚服[19]。豈不日戒，玁狁孔疚²⁰！

昔我往矣，楊柳依依²¹。今我來思，雨雪霏霏²²。行道遲遲，載渴載飢²³。我心傷悲，莫知我哀²⁴！

注釋

1　"采薇"二句：採薇菜呀採薇菜，薇菜剛出芽。

　　薇：豆科野生植物，可食，即野豌豆苗，又名大巢菜。

　　作：生出。止：語氣助詞。這兩句是模仿民歌即景起興的手法，不一定實有其事。

2　"曰歸"二句：回去吧快回去吧，一年又到頭。

　　曰歸曰歸：猶言歸哉歸哉。曰，助詞，無義。莫：同暮；指年近歲晚。

3　"靡室"二句：害得我無室無家，都是玁狁的緣故。

　　靡：無。全句指有家難奔，等於無家。玁狁（xiǎn yǔn 險允）：又作獫允，種族名，西周時稱為玁允，春秋時稱為北狄，秦漢時稱為匈奴。這種族住在我國西、北部，從周代以來，不斷侵襲中原地區，所以經常要和他們作戰。

4　"不遑"二句：害得我不能安居，都是玁狁的緣故。

　　遑：暇。啟：跪。居：安坐。古人席地而坐，兩膝着席，臀部貼着足跟；跪時則把腰伸直，臀部離開足跟。

　　第一段，說明離家征戍的原因和思歸心情。

5　"采薇"二句：採薇菜呀採薇菜，薇菜正柔嫩。

6　"曰歸"二句：回去吧快回去吧，心裏好憂傷。

7　“憂心”二句：心發愁呀似火燒，肚子又餓口又渴。

　　烈烈：非常憂愁的樣子。載：助詞，有關聯作用。

8　“我戍”二句：我們的駐地不固定，無人替我傳家信。

　　戍：駐防的地點。使：使者。聘：問。此指以書信問候
　　家人。

　　以上第二段，寫在外飢渴勞苦，以及與家人音訊隔絕的
　　情況。

9　“采薇”二句：採薇菜呀採薇菜，薇菜粗又硬。

　　剛：堅硬。以薇菜的生長、變老，説明時間不斷消逝。

10　“曰歸”二句：回去吧快回去吧，轉眼到十月。

　　陽：指夏曆十月。所謂“十月小陽春”。

11　“王事”二句：王差老是幹不完，不能有片刻安居。

　　盬（gǔ 古）：息（王引之説）。啓處：義同啓居。

12　“憂心”二句：我心裏萬分痛苦，只怕一去不能返家園。

　　孔：甚，十分。疚（jiù 救）：病痛。來：返回。另一解：來
　　讀為勑，慰問；不來，指無人慰問。亦通。《爾雅》作“不
　　棶”。《説文》引詩同。

　　以上第三段，擔心自己還鄉無望。

13　“彼爾”二句：那濃濃密密的是什麼？是棠棣的花。

　　爾：《説文》引作“薾”，花盛貌。常：指常棣，又名棠棣，
　　植物名，薔薇科，落葉灌木，春天開花，花小而密，色淡
　　紅，果實似李子。華：同花。

14　“彼路”二句：那高高大大的是什麼？是將帥的兵車。

　　路：同輅，車高大的樣子。斯：助詞。君子：指貴族軍
　　官。車：即下文的戎車。

15　“戎車”二句：兵車駕起來，四匹公馬氣昂昂。

業業：高大雄壯的樣子。

16 **"豈敢"二句**：哪敢安居在一處，一個月要打幾次仗！

三：泛指次數頻繁。**捷**：接的假借字，指接戰。一說"三捷"指多次行軍；捷，抄行小路。

以上第四段，寫戰事的頻繁和生活的緊張艱苦。

17 **"駕彼"二句**：駕起那四匹公馬，四匹馬兒真強壯。

騤騤（kuí 葵）：義同業業。

18 **"君子"二句**：將帥靠它來乘載，兵士靠它來防身。

依：憑依，指乘載。**小人**：指普通士卒。**腓**（féi 肥）：隱蔽。古代以車戰為主，將帥乘車，步兵跟在車後。

19 **"四牡"二句**：四匹馬兒走得齊，象牙嵌弓梢，魚皮做箭囊。

翼翼：步伐整齊的樣子。**象**：指象牙。**弭**（mǐ 米）：弓兩端受弦的地方。**魚服**：指鯊魚皮製的箭囊。服，箙的假借字，盛箭的囊。

20 **"豈不"二句**：怎能不天天戒備，玁狁他說來就來！

戒：警戒。**棘**：急，言迅猛而猖獗。

以上第五段，繼續描寫緊張艱苦的戰鬥生活。

21 **"昔我"二句**：當日我去出征，楊柳依依低垂。

依依：柳絲輕柔的樣子。這句寫春天景色。

22 **"今我"二句**：如今我回來了，大雪紛紛飛揚。

思：語氣助詞。**雨**（yù 預）**雪**：下雪。**霏霏**（fēi 非）：雪花飛舞的樣子。這句寫冬天景色。

23 **"行道"二句**：在路上慢慢走着，感到又飢又渴。

遲遲：緩慢的樣子。

24 **"我心"二句**：我心裏十分悲傷，沒有人了解我的痛苦！

第六段，寫回鄉途中的感觸。

對這首詩，古人有過爭論。一派意見認為這是"遣戍役"之作，也就是說，是詩人為了歡送將士出征而創作的樂歌。另一派意見認為這是"戍役還歸"之詩，由戰士自己寫成。前者以《詩序》為代表，後者以姚際恆為代表。

方玉潤支持姚氏的見解，說：此詩"以戍役歸者自作為近是"。又說："此詩之佳全在末章，真情實景，感時傷事，別有深情，非可言喻，故曰'莫知我哀'。"意見很正確。

這首詩最早見於記載，是在《左傳・文公十三年》（前614）："鄭伯與公宴于棐。……文子賦《采薇》之四章。鄭伯拜，公答拜。"注云："取其'豈敢定居，一月三捷'，許為鄭還，不敢安居。"又同書《襄公二十九年》（前554）載："詩云：'王事靡盬，不遑啓處。'東西南北，誰敢寧處？"此外，漢代的《鹽鐵論》和《白虎通》，都曾引用過此詩最後一段去說明征戍之苦。《鹽鐵論・備胡》更寫得十分悽惻感人："今山東之戎馬甲士戍邊郡者，絕殊遼遠，身在胡越，心懷老母。老母垂泣，室婦悲恨，推其飢渴，念其寒苦。詩云：'昔我往矣，楊柳依依。……我心傷悲，莫知我哀！'"

亦有不少人從藝術性的角度推許這最後一段。東晉謝玄極愛"昔我往矣"四句，甚至認為是《詩經》中最佳之作（《世說新語・文學》）。清代王夫之說，這是"以樂景寫哀，以哀景寫樂，一倍增其哀樂"（《薑齋詩話》）。可作為我們賞鑒本詩的參考。

車攻 (小雅)

這首詩，對一次大規模狩獵作了生動、細緻的描述。

　　我車既攻，我馬既同[1]。四牡龐龐，駕言徂東[2]。

　　田車既好，四牡孔阜[3]。東有甫草，駕言行狩[4]。

　　之子于苗，選徒囂囂[5]。建旐設旄，搏獸于敖[6]。

　　駕彼四牡，四牡奕奕[7]。赤芾金舃，會同有繹[8]。

　　決拾既佽，弓矢既調[9]。射夫既同，助我舉柴[10]。

　　四黃既駕，兩驂不猗[11]。不失其馳，舍矢如破[12]。

　　蕭蕭馬鳴，悠悠旆旌[13]。徒御不驚，大庖不盈[14]。

　　之子于征，有聞無聲[15]。允矣君子，展也大成[16]！

注釋

1 "**我車**"二句：我的車子十分堅牢，我的馬兒步伐一致。
　　我：作者自稱，他是參加射獵的一個貴族。**攻**：經修治而堅牢。**同**：齊，指馬的足力相同，快慢一致。

2 "**四牡**"二句：四匹雄馬高大結實，駕着它們奔向東方。
　　龐龐：高大強壯的樣子。**言**：助詞。**徂**：往。
　　第一段，寫準備好車馬然後出發。

3 "**田車**"二句：獵車堅固耐用，四匹雄馬很肥壯。
　　田車：即畋車，狩獵所乘的車。**好**：指質量好。**阜**：肥大。

4 "**東有**"二句：東方有個大草原，駕車去那兒打獵。
　　甫草：豐茂的草，指大片草地。甫，大。又，《韓詩》作"圃草"。一說指圃田之草（見《鄭箋》）。圃田，澤名，在今河南省中牟縣。**狩**：原指冬獵，此泛指打獵。
　　以上第二段，寫駕車前往東方草原。

5 "**之子**"二句：那位國君去打獵，點數獵手聲音高。
　　之子：此指國君。**苗**：原指夏獵，此泛指打獵。**選**：算的假借字，點數（陳奐說）。**徒**：指隨同射獵的卒徒。**囂囂**：形容聲音的響亮。

6 "**建旐**"二句：舉着龜蛇旗，樹起犛牛尾，到那敖山打野獸。
　　建：竪立。**旐**（zhào 兆）：一種有龜蛇圖案的旗。**設**：設置。**旄**（máo 毛）：一種以犛牛尾綴於竿頂的旗。**搏獸**：一說應作"薄狩"，薄，助詞（段玉裁說）。**敖**：地名，今河南省成皋縣有敖山，周時屬鄭國。
　　以上第三段，寫大家排成隊伍，舉着旗幟，跟隨國君去敖山打獵。

7 "**駕彼**"二句：駕着那四匹公馬，四匹馬兒步伐整齊。

奕奕：井然有序的樣子。

8　**"赤芾"二句**：穿着紅皮蔽膝描金履，貴族紛紛來會見。
芾（fú 弗）：即韠，以皮製成，下寬上狹，遮着兩膝，是貴族禮服的一部分。**舄**（xì 細）：兩層底的鞋。**會同**：諸侯朝會的專稱。**有繹**：即繹繹，盛貌（王引之說）。

以上第四段，寫諸侯們聚在一起，共同狩獵。

9　**"決拾"二句**：扳指和臂套都很合用，弓和箭也輕重適中。
決：今名扳指，以象牙或獸骨製成，套在右手姆指上，用來鈎弦。**拾**：又名臂韝（gōu 溝），以皮製成，束在臂上，用來護臂。**佽**（cì 次）：便利，此作趁手、合用解。**調**：協調，也是趁手、合用之意。

10　**"射夫"二句**：射手們齊心合力，幫助我收拾禽獸。
舉：舉起，指撿拾。**柴**：《說文》引作"眥"（zì 自），積也，指堆積的禽獸。又，後一句亦可理解為："幫助我增加禽獸的獵獲"，即"助我射獵"之意。

以上第五段，寫準備停當，開始射獵。

11　**"四黃"二句**：駕起了四匹黃馬，兩旁的驂馬一起向前。
驂（cān 參）：古代以四馬或三馬駕一車，中間的叫服馬，兩旁的叫驂馬。**猗**：應作"倚"（見《經典釋文》），指偏向一邊。

12　**"不失"二句**：馬兒跑得中規中矩，一放箭應聲命中。
馳：指駕車的規則、法度。**如破**：像刺破物體一樣。古代田獵非常講究射、御的技巧，駕車和射箭都嚴守一定的規則而又能迅速命中禽獸的要害，才算是真本領（稱為"上殺"）。

以上第六段，具體描寫狩獵的情景。

13 　"蕭蕭"二句：馬兒聲聲嘶叫，旗幟輕輕飄揚。

　　蕭蕭：馬嘶鳴聲。悠悠：隨風招展的樣子。旆（pèi 佩）
　旌：旗幟。姚際恆評道："二語神到。"杜甫《後出塞》："落
　日照大旗，馬鳴風蕭蕭。"就是從這裏變化出來的。

14 　"徒御"二句：車上車下的隨從肅然警戒，國君的廚房堆滿
　了獵物。

　　徒：步卒。御：車夫。不：助詞，無義（王引之説）。兩
　"不"字同。驚：應作警，警戒。大庖（páo 刨）：指國君的
　廚房。

　以上第七段，寫射獵完畢，隊伍仍然保持整肅的軍容。

15 　"之子"二句：國君獵畢走上歸程，只聽見隊伍行進，不聽
　見人聲喧嘩。

　　征：行，指返回。這兩句繼續描寫整肅的軍容。

16 　"允矣"二句：名不虛傳呀君子，果然是大獲成功！

　　允：信，實在。展：義同允。

　第八段，寫獵畢返回，並頌揚這次狩獵獲得成功。

　　這首詩，傳統說法認為是描寫周代的"中興之主"——
周宣王（前 827- 前 782 在位）會合諸侯，舉行射獵的情景的。

　　朱熹、姚際恆、方玉潤、龔橙等各家之說大體相同。近
人陳子展、余冠英也說這詩是"記周宣王東巡田獵，會合諸
侯的事"。

　　根據詩的實際內容考察，我們覺得也有這種可能，不
過，由於仍缺乏確鑿無疑的證據，所以，為審慎起見，我們
還是採取"存疑"的態度。

　　最早引用這首詩的，是《孟子・滕文公》："王良……

曰：'吾為之範我馳驅，終日不獲一；為之詭遇，一朝而獲十。詩云："不失其馳，舍箭如破。"我不貫（慣）與小人乘，請辭。'"朱熹注："範，法度也。詭遇，不正而與禽遇也。"可作閱讀本詩第六段的參考。

《禮記・緇衣》亦引用過"允矣君子，展也大成"兩句，但只是作為孔子言論的注腳，與詩的原意無關。

隋朝的顏之推激賞"蕭蕭馬鳴，悠悠斾旌"兩句的寫法，認為深得"動中見靜，靜中見動"之妙。他說梁代詩人王籍《入若耶溪》的名句："蟬噪林逾靜，鳥鳴山更幽。"便是由此生發出來的（見《顏氏家訓・文章篇》）。是耶非耶，讀者可以自己體會。

鴻雁（小雅）

　　這首詩，展示了一幅古代人民被迫服役、"遍野哀鴻"的慘痛畫面。他們辛辛苦苦建起了大批房子，自己卻無處安身。

　　鴻雁于飛，肅肅其羽[1]。之子于征，劬勞于野[2]。爰及矜人，哀此鰥寡[3]！

　　鴻雁于飛，集于中澤[4]。之子于垣，百堵皆作[5]。雖則劬勞，其究安宅[6]？

　　鴻雁于飛，哀鳴嗸嗸[7]。維此哲人，謂我劬勞；維彼愚人，謂我宣驕[8]。

注釋

1　"鴻雁"二句：雁兒飛呀飛，翅膀沙沙響。

　　鴻雁：就是雁；分開來說，則大的叫鴻，小的叫雁。這兩句以及下面每段開頭的兩句，都是以鴻雁的飛鳴作為比興，引出遠行服役的下文。

2　"之子"二句：那人去服役，在野外辛勤勞動。

　　征：行；指外出服役。劬（qú 渠）勞：辛勞。

3　"爰及"二句：徵發到窮苦老弱的人，可憐這些鰥夫和寡婦！

爰：句首助詞，無義。**及**：連及，到。**矜**（jīn 今）**人**：可哀憫的人，指貧弱的人。矜，哀憐。**鰥**（guān 關）：無妻或喪妻的人。**寡**：老而無夫或喪夫的人。這兩句反映了當時徭役制度的苛酷。

4　**"鴻雁"二句**：雁兒飛呀飛，成羣飛落湖沼裏。

中澤：即澤中。澤，沼澤。

5　**"之子"二句**：那人去築牆，上百堵牆都築起來。

垣（yuán 援）：用作動詞，築牆。**百堵**：泛言其多。堵，一平方丈。

6　**"雖則"二句**：雖然嘗盡了艱辛，到底哪兒可安身？

究：究竟，終究。**宅**：居住。這兩句，與"賣花姑娘插竹葉"、"遍身羅綺者，不是養蠶人"，都尖銳地揭露了社會的不平。

7　**"鴻雁"二句**：雁兒飛呀飛，嗷嗷地悲鳴。

嗷嗷（áo 遨）：悲號聲。後世稱流離失所的人為"哀鴻"，就是由此來的。

8　**"維此"四句**：只有這些明白人，會說我很辛苦；那些無知的人，卻說我發牢騷。

哲人：聰明人，明白事理的人。哲，智。**宣**：示，猶言發泄。**驕**：縱恣。

　　這是一首"勞者歌其事"，咀咒繁重徭役的詩歌。但在封建時代那些《詩經》學者眼中，卻竟然成了讚美詩，真是咄咄怪事！《詩序》說："《鴻雁》，美宣王也。萬民離散不安其居，而能勞來還定安集之，至于矜（鰥）寡無不得其所焉。”《鄭箋》又加以發揮：“宣王承厲王衰亂之敝，而起興復先王之道，以安集眾民為始也。”似乎那些房子就是建來給“鰥寡”、“矜人”們居住似的。朱熹還強姦民意，說這是“流民喜之而作此詩”。真令人啼笑皆非。

姚際恆認為：“此詩為宣王命使臣安集流民而作。‘之子’，指使臣也。”方玉潤意見亦大同小異。他們乾脆把那些“大夫君子”說成是動手築牆、“劬勞于野”的人。

真正有頭腦、有眼光，正確地理解了這首詩的，在幾千年封建社會中，只有東漢劉陶一個人。他上書言事時曾說：“臣嘗誦《詩》，至於鴻雁于野之勞，哀勤百堵之事，每喟爾長懷，中篇而歎。近聽征夫飢勞之聲，甚於斯歌。”（《後漢書·劉陶傳》）

庭燎 (小雅)

　　這是一首 "早朝" 詩。它用宮廷侍衛問答的形式，描述了大臣們從深夜到黎明陸續齊集，準備朝見周王的情景。

　　"夜如何其？" "夜未央。庭燎之光 [1]。" "君子至止，鸞聲將將 [2]。"

　　"夜如何其？" "夜未艾。庭燎晰晰 [3]。" "君子至止，鸞聲噦噦 [4]。"

　　"夜如何其？" "夜鄉晨。庭燎有煇 [5]。" "君子至止，言觀其旂 [6]。"

注釋

1　"夜如" 三句："夜色怎麼啦？" "夜還未深。院子的火炬明晃晃。"
　　其（jī 基）：語氣助詞。未央：即未中，未深。燎（liào 料）：又名大燭，即古代的火炬。置於庭院中，用以照明，故名。

2　"君子" 二句："君子們快來了吧，聽得見馬車鈴兒叮噹響了。"

君子：指上朝的卿大夫。**止**：語氣助詞。**鸞**：鑾的假借字，鈴，飾於馬銜上。**將將**：同鎗鎗，鈴聲。

3　"夜如"三句："夜色怎麼啦？""夜還未盡。院子的火炬光閃閃。"

　　未艾：未盡。**晣晣**（zhé 折）：又作哲哲，較微弱的光。由於夜色將盡，所以火炬的光芒逐漸顯得暗淡。

4　"君子"二句："君子們快到了吧，聽得見馬車鈴兒響叮噹。"

　　噦噦（huì 會）：鈴聲。

5　"夜如"三句："夜色怎麼啦？""快天亮了。院子的火炬直冒煙。"

　　鄉：同嚮。嚮晨指接近天明。**煇**：熏的假借字，冒煙的樣子。天色將明，所以只見火炬的煙氣。

6　"君子"二句："君子們都來到了，看得清他們的旗子了。"

　　言：助詞，無義。**旂**：繪着交龍的一種旗子，上有鈴。

　　《詩序》云："庭燎，美宣王也，因以箴之。""美"是讚美，《鄭箋》解釋說："美者美其能自勤以政事。""箴"是戒，有規勸、告誡之意。告誡他什麼呢？從詩裏看不出來。於是，就引起後世篤守《毛詩》衣鉢的人許多猜測和瞎說。有說是姜后規勸宣王不要"夜臥晏起"，有說是"規宣王過勤"，……各適其適，莫衷一是。

　　朱熹否定"箴戒"之說，認為這寫的是"王將起視朝，不安於寢，而問夜之早晚"。方玉潤意見和這相近，認為這是讚揚"勤視朝"之作。但都不肯定指的是哪一個王。

　　這首詩的內容很明顯是寫周王的朝會。它設為問答的形式，用形象化的手法表現時間的推移和事情的進展，避免了

227

平實、枯燥的弊病。王夫之《薑齋詩話》對"庭燎有煇"句極為欣賞，說："鄉晨之景，莫妙於此。晨色漸明，赤光雜煙而氤氳，但以'有煇'二字寫之。唐人《除夕》詩'殿庭銀燭上熏天'之句，寫除夜之景，與此彷彿，而簡至不逮遠矣！"他又拿岑參著名的《早朝》詩和它相比，說："'花迎劍佩'四字差為曉色朦朧傳神，而又云'星初落'，則痕跡露盡。益歎《三百篇》之不可及也。""花迎劍佩星初落，柳拂旌旗露未乾。"是岑參詩中的句子，王夫之認為不及《庭燎》詩的含蓄有味。

　　至於詩的寫作年代，因為缺乏證據，所以難以斷定。朱、方二人不肯定它是"為何王而作"，是明智的。

鶴鳴（小雅）

這是《詩經》裏一首風格比較特殊的諷喻詩，它全用比、興手法，通過魚、鳥、木、石等園林景色的描繪，說明對人或各觀事物應作全面了解，用其所長，而不要蔽於一隅之見。

鶴鳴于九皋，聲聞于野[1]。魚潛在淵，或在于渚[2]。樂彼之園，爰有樹檀，其下維蘀[3]。它山之石，可以為錯[4]。

鶴鳴于九皋，聲聞于天[5]。魚在于渚，或潛在淵[6]。樂彼之園，爰有樹檀，其下維穀[7]。它山之石，可以攻玉[8]。

注釋

1 "鶴鳴"二句：白鶴在幽深的沼澤叫，鳴聲傳到曠野。

   九皋（gāo 高）：九曲的大澤。九，言其曲折幽深；皋，沼澤。

2 "魚潛"二句：有的魚潛在深潭，有的在淺灘游動。

   渚：沙洲，此指水中淺灘。

3 "樂彼"三句：那可愛的花園裏，長着檀樹，下邊還有檈樹。

   樂彼之園：猶"彼樂之園"。樂，快樂的，可愛的。爰：

句首助詞，無義。**樹檀**：即檀樹，常綠喬木，木質優良。

蘀：當為檡（zhái 宅），棘樹的一種（王引之說），木質堅實。

4　**"它山"二句**：遠山的石頭，可以作磨石。

錯：磨刀石，可以琢玉。《說文》引作"厝"。

5　**"鶴鳴"二句**：白鶴在幽深的沼澤叫，鳴聲傳到天上。

6　**"魚在"二句**：有的魚愛在淺灘游，有的潛在深潭裏。

7　**"樂彼"三句**：那可愛的花園裏，長着檀樹，下邊還有楮樹。

穀（gǔ 谷）：又名楮，樹名，落葉亞喬木，樹皮可以造紙。

8　**"它山"二句**：遠山的石頭，可以琢磨玉器。

這首詩一反四言體板滯的形式，寫得錯落有致，文氣極為跌宕。由於它隱隱含有比喻的意思，所以引起了人們的各種猜測。主要說法有如下幾種：

有人認為，這是描寫隱士的詩。如焦氏《易林》云："鶴鳴九皋，避世隱居，抱道守貞，竟不隨時。"龔橙認為是寫賢者處世之道，看法和這相似。

另一種意見以《毛詩》派為代表。《毛傳》說："舉賢用滯則可以治國。"《詩序》說："誨宣王也。"鄭玄解釋道："教宣王求賢人之未仕者。"方玉潤由此得出這是"招隱詩"的結論。

還有一種是朱熹的意見，他說："此詩之作不可知其所由，然必陳善納誨之辭也。蓋鶴鳴於九皋而聲聞於野，言誠之不可掩也；魚潛在淵而或在於渚，言理之無定在也；園有樹檀而其下維蘀，言愛當知所惡也；他山之石而可以為錯，言憎當知其善也。由是四者，引而伸之，觸類而長之，天下之理其庶幾乎！」但這一說又被姚際恆罵得一塌糊塗。姚氏認為朱熹是以此詩比附《大學》、《中庸》、《論語》，「立論腐氣不堪，此說詩之魔也」！他自己的意見是：「‘鶴鳴’二句，言賢者自有聞也；‘魚潛’二句，言賢者進退不常也；‘樂彼’三句，言用舍位置宜審也；‘他山’二句，言必藉賢以成君德也。至于謂宣王之詩，未有以見其必然。」主要用毛、鄭說，也不見得就比朱熹高明。

《荀子‧儒效》曾引此詩：「故君子務修其內而讓之于外，務積德于身而處之以遵道，如是，則貴名起如日月，天下應之如雷霆。故曰：君子隱而顯，微而明，辭讓而勝。詩曰：‘鶴鳴于九皋，聲聞于天。’此之謂也。」《韓詩外傳》亦引此兩句作了類似的解釋。

白駒 (小雅)

這首詩，描寫了對一位尊貴客人的挽留和惜別。

皎皎白駒，食我場苗¹。繫之維之，以永今朝²。所謂伊人，於焉逍遙³。

皎皎白駒，食我場藿⁴。繫之維之，以永今夕⁵。所謂伊人，於焉嘉客⁶。

皎皎白駒，賁然來思⁷。爾公爾侯，逸豫無期⁸！慎爾優遊，勉爾遁思⁹。

皎皎白駒，在彼空谷，生芻一束¹⁰。其人如玉¹¹。毋金玉爾音，而有遐心¹²！

注釋

1 "皎皎"二句：雪白的馬駒兒，吃我園裏的嫩苗。
   皎皎：潔白的樣子。場：指場圃，即菜園。

2 "繫之"二句：絆住它，拴起來，讓我們今朝盡情歡樂。
   繫（zhí 執）：絆馬足。維：繫，拴住。永：長；這兒用作動詞，有"完整地度過"之意。就是說，要盡興，興不盡則不散。

3　　"所謂"二句：我想念的那人，正在這兒遊玩。

　　　所謂：參見《秦風・蒹葭》注2（頁157）。焉：此。

4　　"皎皎"二句：雪白的馬駒兒，吃我園裏的豆苗。

　　　藿（huò 霍）：豆葉。

5　　"縶之"二句：絆住它，拴起來，讓我們今宵盡情歡樂。

6　　"所謂"二句：我想念的那人，正在這兒做貴客。

　　　嘉客：貴客；這兒用作動詞，"做貴客"之意。

　　　以上兩段託言拴住馬駒以留客，讓大家盡情歡樂。

7　　"皎皎"二句：雪白的馬駒兒，光臨此地。

　　　賁（bì 畀）然：有光彩的樣子。

8　　"爾公"二句：您這位達官貴人，我祝您永遠安康！

　　　公、侯：這裏是泛指，猶言達官貴人。逸豫：安樂。無
　　　期：無盡。

9　　"慎爾"二句：您好好玩一下吧，別老是想着走啦。

　　　慎：重，珍惜。優遊：義同逍遙。勉：強，抑止之意。遁
　　　思：走的念頭。遁，離去。

　　　第三段，請客人留下，多玩一會。

10　 "皎皎"三句：雪白的馬駒兒，走在那深谷裏，嚼着一把
　　　青草。

　　　空：《韓詩》作"芎"，深，大。生芻（chú 鋤）：新刈的草，
　　　即青草。芻，餵牲口用的草。這三句寫客人已經離去。

11　 "其人"句：那人像玉一樣美好。

　　　玉：既比喻外貌，又比喻品德，這兒主要是指品德高潔。

12　 "毋金"二句：別太珍惜您的音訊而有疏遠我的心呀！

　　　毋：同無。金玉：用作動詞，比喻十分珍惜。音：聲音，
　　　信息。遐心：疏遠（我）的心。遐，遠。

第四段，寫送客時依依惜別之情。

《毛傳》云："宣王之末，不能用賢，賢者有乘白駒而去者。"《詩序》說是"大夫刺宣王也"。《鄭箋》補充道："刺其不能留賢也。"

姚際恆反對以上看法，認為："此思賢者之詩。"

方玉潤說，這是王者欲留賢士不得，因放歸山林而賜之以詩。吳闓生根據"爾公爾侯"一句，乾脆說這是"周天子送殷王後之作"。

倒是吳闓生父親吳汝綸看得比較清楚，他說："曹子建以此為送別之詩，語意近是。"（《詩義會通》）

有一個著名的故事和本詩有關。東漢徐穉（字孺子）是有名的高士，陳蕃當太守時，不接待賓客，"惟穉來特設一榻，去則懸之"，可見對他是多麼器重。以後朝廷屢次徵辟，他都不肯出來當官。有一次，大名士郭林宗母親去世，"穉往弔之，置生芻一束於廬前而去。眾怪，不知其故。林宗曰：'此必南州高士徐孺子也。《詩》不云乎：生芻一束，其人如玉。吾無德以堪之。'"（見《後漢書·徐穉傳》）

234

斯干（小雅）

這是一個大貴族新居落成時，詩人表示祝頌的樂歌。其中對宮室的描寫，比喻新警，用詞切當，在古代作品中，是非常特出的。

秩秩斯干，幽幽南山[1]。如竹苞矣，如松茂矣[2]；兄及弟矣，式相好矣，無相猶矣[3]！

似續妣祖，築室百堵。西南其戶[4]。爰居爰處，爰笑爰語[5]。

約之閣閣，椓之橐橐[6]。風雨攸除，鳥鼠攸去，君子攸芋[7]。

如跂斯翼，如矢斯棘[8]，如鳥斯革，如翬斯飛[9]。君子攸躋[10]。

殖殖其庭，有覺其楹[11]；噲噲其正，噦噦其冥[12]。君子攸寧[13]。

下莞上簟，乃安斯寢[14]。乃寢乃興，乃占我夢[15]。吉夢維何？維熊維羆，維虺維蛇[16]。

大人占之：維熊維羆，男子之祥；維虺維蛇，女子之祥[17]。

乃生男子，載寢之床，載衣之裳，載弄之璋[18]。其泣喤喤。朱芾斯皇，室家君王[19]！

乃生女子，載寢之地，載衣之裼，載弄之瓦[20]。無非無儀，唯酒食是議，無父母詒罹[21]。

注釋

1 "秩秩"二句：那澗水潺潺流淌，終南山樹木幽深。

秩秩：水流的樣子。干：澗的假借字。幽幽：幽深的樣子。南山：即終南山，位於西周都城鎬京（今西安市附近）以南。這兩句寫宮室面山臨水的幽雅環境。

2 "如竹"二句：（這個大家庭）像竹林一樣繁榮，像松柏一樣茂盛。

苞（bāo 包）：植物叢生稠密的樣子。這兩句引出下面"兄弟"三句，是比喻家族興旺之詞。

3 "兄及"三句：兄弟之間，要互相友愛，不要互相欺詐！

式：句首助詞，無義。好（去聲）：和睦，友愛。猶：同猷，欺詐（馬瑞辰說）。

第一段，總寫新居的環境和主人的家庭。

4 "似續"三句：繼承了祖宗的基業，建築了寬廣的宮室。有的門戶朝西，有的門戶朝南。

似續：即嗣續，繼承。妣（bǐ 比）祖：祖先。妣，本指亡母，此指女性的祖先。百堵：一百方丈，指面積寬廣。堵，一平方丈。西、南：均用作動詞，指朝某一方向開設門戶。

5　　"爰居"二句：大家就在這裏居住、笑談。

　　爰：於此，在這裏。

　　以上第二段：寫新居宏大的規模。

6　　"約之"二句：閣閣閣，把模板捆個牢；橐橐橐，把泥土搗結實。

　　約：束，以繩捆縛。古代築牆時，須以繩把兩旁的築版（類似今之模板）捆好，使它們上下相承接，再傾泥於其中，用杵搗擊，稱為"版築"。**閣閣**：與下句聯繫來看，此應為象聲詞，像捆模板的聲音。**椓**（zhuō 卓）：搗築。**橐橐**（tuó 駝）：築土的聲音。

7　　"風雨"三句：風雨的威脅解除了，鳥雀老鼠也趕跑了，君子可以安居了。

　　攸：助詞。芋：《魯詩》作"宇"，解為居住（王先謙、王引之說）。

　　以上第三段：寫新居落成的經過。

8　　"如跂"二句：像人翹足遠望那樣高峻，又像箭矢一樣稜角分明。

　　跂（qí 企）：舉起腳跟。翼：聳立的樣子。棘：《韓詩》作"朸"（lì 力），稜角。這兩句描寫宮室的外觀。下二句同。

9　　"如鳥"二句：像鳥兒在展翅，又像山雞在凌空飛舞。

　　革：翬（jí 極）的假借字，翅膀。此用作動詞，"張開翅膀"之意。翬（huī 輝）：雉，即山雞，羽毛彩色斑斕。

10　　"君子"句：君子可以走進去住。

　　攸：助詞。躋（jī 基）：上升，登。指拾級而上。

　　以上第四段：寫宮室外觀的宏偉莊麗。

11　　"殖殖"二句：院子平平正正，柱子又高又直。

237

殖殖：平正的樣子。**庭**：庭院。**有**：助詞。**覺**：高而直的
樣子。**楹**（yíng 盈）：柱子。這兩句描寫宮室的內部構造。
下二句同。

12 **"噲噲"二句**：向陽的屋子廣闊明亮，幽暗的內室也很寬敞。
噲噲：同快快，寬闊明亮的樣子。**正**：向陽的地方（朱熹
説），指明亮的屋子。**噦噦**（huì 會）：幽深的樣子。**冥**：光
線幽暗的地方，指屋宇深密之處（朱熹説）。

13 **"君子"句**：君子可以好好休息。
寧：安。也是安居之意。
　　以上第五段，寫宮室內部的軒豁寬敞。

14 **"下莞"二句**：下面墊着草蓆，上面鋪着竹蓆，可以舒舒服
服地睡覺。
莞（guān 官）：水草名，又名水葱，可以織蓆；此處莞即指
莞蓆。**簟**（dān 丹）：竹蓆。

15 **"乃寢"二句**：睡醒了起來，推詳我的夢境。
興：起床。**我**：代主人自稱。

16 **"吉夢三句"**：做了什麼好夢？夢見了熊羆，又夢見了虺蛇。
羆（pí 皮）：又名馬熊，似熊而體大，長六、七尺，毛色褐
黑，俗呼人熊。**虺**（huǐ 毀）：蛇類。
　　以上第六段，寫主人在新居中安寢並做吉祥的夢。這是祝
頌之辭。

17 **"大人"五句**：占夢官兒來推詳：夢見熊羆，是生男孩的吉
兆；夢見虺蛇，是生女孩的吉兆。
大（dài 代）**人**：古代占夢之官，疑即《周禮》中的太卜。
祥：指吉祥的預兆。
　　以上第七段，寫占夢之詞。

18 **“乃生”四句**：生了男孩，放他在床上睡，替他穿上裙裳，給他擺弄玉璋。

載：助詞，無義。**衣**（去聲）：穿上。**璋**（zhāng 章）：一種玉器，形似半圭。“弄璋”寓有養成優良品德之意。

19 **“其泣”三句**：他哭起來聲音響亮。將來一定穿上鮮艷的紅蔽膝，成家立室，為君為王！

喤喤：大聲。**芾**：參見《小雅·車攻》注8（頁220）。天子芾用純朱色，諸侯用黃朱色。**皇**：同煌，輝煌。**室、家、君、王**：四字均用作動詞。君，指成為諸侯。王，指成為天子。

以上第八段，預祝將來男孩能夠貴為君王。

20 **“乃生”四句**：生了女孩，就放在地上睡，替她裹上小被，給她擺弄紡錘。

裼（tì 惕）：又名褓衣，即包裹嬰兒的小被。《韓詩》作“禘”。《説文》引作“禠”。**瓦**：指紡磚，即陶製的紡錘。“弄瓦”寓有將來勤於紡織之意。

21 **“無非”三句**：她將來性情溫順，沒有過失，一心料理飲食，不會給父母帶來憂慮。

無非：不違背；指出嫁後不違背公婆和丈夫。非，違背（馬瑞辰説）。**無儀**：無邪；指品行淑善，沒有過失。儀讀為俄，邪也（林義光《詩經通解》）。**詒**：貽的假借字，給與。**罹**（lí 離）：憂。

以上第九段，預祝將來生女孩能成為賢妻良母。八、九兩段，可見當時男尊女卑的風尚。

這首詩，漢代毛、魯二家都認為是歌頌周宣王宮室落成的作品。朱熹認為：「此築室既成而燕飲以落之，因歌其事。」沒有說何時、也沒有說為何人而作。

　　近人陳子展贊同《詩序》說（《雅頌選譯》），李長之贊同朱熹說（《詩經試譯》），而余冠英則折衷於兩者之間，認為「這是周王建築宮室落成時的祝頌歌辭」（《詩經選》）。

　　對此詩的藝術技巧，吳闓生作了如下分析：「其文周密詳備，無美不盡。後半特申禱祝之意，而由莞簟、寢興、占夢蛻蟺而下，尤有蛛絲馬迹、嶺斷雲連之妙。」特別是其中描寫宮室建築的部分，向來都受到很高評價。有人說：「『如跂』四句：古麗生動，孟堅（班固）《兩都》所祖。」又有人說：「『約之閣閣』三章，包卻一篇《靈光賦》。」（均見吳闓生《詩義會通》所引）班固的《兩都賦》和王延壽的《魯靈光殿賦》，都是描寫宮室建築的名作，這首詩和它們比起來，確有「少許勝多許」之妙。

無羊（小雅）

這是描寫牛羊蕃盛、祝頌年豐人旺的詩歌。寫景狀物，維肖維妙，表現了詩人很高的寫作技巧。

誰謂爾無羊？三百維羣[1]。誰謂爾無牛？九十其犉[2]。爾羊來思，其角濈濈[3]。爾牛來思，其耳濕濕[4]。

或降于阿，或飲于池，或寢或訛[5]。爾牧來思，何蓑何笠，或負其餱[6]。三十維物，爾牲則具[7]。

爾牧來思，以薪以蒸，以雌以雄[8]。爾羊來思，矜矜兢兢，不騫不崩[9]。麾之以肱，畢來既升[10]。

牧人乃夢：眾維魚矣，旐維旟矣[11]。大人占之：眾維魚矣，實維豐年；旐維旟矣，室家溱溱[12]！

注釋

1. **"誰謂"二句**：誰説你沒有羊？一羣三百頭。

   三百：虛數，言其多。**維**：助詞，表判斷語氣。

2. **"誰謂二句**：誰説你沒有牛？大牛九十頭。

   九十：也是虛數，言其多。**犉**（chún 淳）：七尺的牛。《説文》作"犜"。

3. **"爾羊"二句**：你的羊兒來了，角兒挨着角兒。

   思：語氣助詞。**濈濈**（jí 及）：一作戢，聚集的樣子。

4. **"爾牛"二句**：你的牛兒來了，耳朵搖來搖去。

   濕濕：耳朵搖動的樣子。

   第一段，描寫牛羊的眾多。"濈濈"、"濕濕"，觀察得極其精細，用詞準確生動。

5. **"或降"三句**：有的從山上下來，有的在池邊飲水，有的睡覺，有的動彈。

   或：有的，分指代詞。**阿**：丘陵。**訛**：《玉篇》引作"吪"，動也。又，《韓詩》作"譌"，覺也。

6. **"爾牧"三句**：你的牧人來了，揹着蓑衣和斗笠，有的還帶着乾糧。

   牧：指牧人。**何**：同荷，負荷。**負**：義同荷。**餱**（hóu侯）：乾糧。

7. **"三十"二句**：牛羊的毛色有三十種，你祭祀的牲口全不缺。

   三十：泛言其多。**物**：色，指牲口的毛色。**牲**：指用於祭祀的牛羊。古代某些祭祀對用牲的毛色有專門規定。**具**：具備。

   以上第二段，生動地描寫牛羊和牧人的各種動態。姚際恆評道："此兩章是羣牧圖，或寫物態，或寫人情，深得人、物兩忘之妙。"

8　"爾牧"三句：你的牧人來了，為牠們選擇草場，讓牠們雌雄交配。

以：連詞。**薪**：指草薪，較粗的草料。**蒸**：較細嫩的草料。薪、蒸、雌、雄，都作動詞用。

9　"爾羊"三句：你的羊兒來了，擠擠挨挨往前走，不跑散，不掉隊。

矜矜兢兢：擁擠着前進的樣了。**不騫**（qiūn 謙）**不崩**：在《小雅·天保》中亦有此句，用來形容終南山的堅固長久，是"不虧損、不崩塌"的意思；這兒用來形容羊羣的密集，是"不走散，不缺失"的意思。

10　"麾之"二句：牧人一揮手，通通走上了高地。

麾（huī 輝）：指揮。**肱**（gōu 工）：手臂。**畢、既**：都有"盡"、"全都"之意。**升**：登高。此承上文"降"、"飲"等句而言。

以上第三段，繼續描寫放牧的情景。姚際恆云："此章雖圖繪亦不能到。"

11　"牧人"三句：牧官做了個夢：蝗蟲變成魚，龜蛇旗子變鳥旗。

牧人：官名，掌畜牧，供祭牲（見《周禮·地官》）。與上文的"牧"不同。**眾**：同螺，即螽，蝗蟲。據古代傳說，蝗多為魚子所化，魚子旱荒則為蝗，豐年水大則為魚，蝗亦或化為魚。此詩牧官夢蝗化為魚，故為豐年之兆。（見馬瑞辰《毛詩傳箋通釋》）**旐**（zhào 兆）：有龜蛇圖案的旗。**旟**（yú 余）：有鳥隼圖案的旗。《周禮》："州里建旟，縣鄙建旐。"州里人口比縣鄙多。又《説文》："旟……所以進士眾；旟，眾也。"故旐變旟是添人進口之兆。

12　"**大人**"**五句**：占夢官兒來推詳：蝗蟲變成魚，一定是豐年；龜蛇旗子變鳥旗，家裏進口又添丁！

　　大（dài 代）**人**：占夢的官。**實維**：有加強肯定之意。**溱溱**：《潛夫論》引作"蓁蓁"，眾多的樣子。

　　以上第四段，寫牧官做了個吉祥的夢，預兆着年豐人庶，國泰民安。姚際恆云：這是用"頌禱之詞以終之"。

　　這是向來公認的一首出色的牧歌，寫得生動感人。但對牛羊的主人是誰，則有不同看法。《詩序》說："《無羊》，宣王考牧也。"孔穎達解釋道："今宣王始興而復之，選牧官得人，牛、羊蕃息，至此而牧事成功，故謂之考牧。"姚際恆、龔橙贊同此說。

　　朱熹認為詩中主人只是泛指，不一定就是周宣王，所以他說："此詩言牧事有成而牛羊眾多也。"這意見比較可取。

　　此詩的寫作技巧，受到人們一致讚揚。吳闓生說："此詩之妙，尤在體物之工。寫生之妙，儼如名手圖畫，在人目中。"（《詩義會通》）

244

正月（小雅）

這是西周、東周交替時，社會大動盪、大變亂中產生的作品。詩人感時傷事，對上天、對周王、對當權士大夫以及朋比為奸的小人，都表示極大的不滿和憤慨。感情激切之處，已開了屈原《離騷》的先聲。

正月繁霜，我心憂傷[1]。民之訛言，亦孔之將[2]。念我獨兮，憂心京京[3]。哀我小心，癙憂以痒[4]。

父母生我，胡俾我瘉[5]？不自我先，不自我後[6]。好言自口，莠言自口[7]。憂心愈愈，是以有侮[8]。

憂心惸惸，念我無祿[9]。民之無辜，並其臣僕[10]。哀我人斯，于何從祿[11]？瞻烏爰止，于誰之屋[12]？

瞻彼中林，侯薪侯蒸[13]。民今方殆，視天夢夢[14]！既克有定，靡人弗勝[15]。有皇上帝，伊誰云憎[16]？

謂山蓋卑，為岡為陵[17]。民之訛言，寧莫之懲[18]。召彼故老，訊之占夢，具曰"予聖"。誰知烏之雌雄[19]？

謂天蓋高，不敢不局；謂地蓋厚，不敢不蹐[20]。維號斯言，有倫有脊[21]。哀今之人，胡為虺蜴[22]！

瞻彼阪田，有菀其特[23]。天之扤我，如不我克[24]。彼求我則如不我得。執我仇仇，亦不我力[25]。

心之憂矣，如或結之[26]。今茲之正，胡然厲矣[27]！燎之方揚，寧或滅之；赫赫宗周，褒姒烕之[28]！

終其永懷，又窘陰雨[29]。其車既載，乃棄爾輔[30]。載輸爾載，"將伯助予"[31]。

無棄爾輔，員于爾輻，屢顧爾僕，不輸爾載[32]，終踰絕險。──曾是不意[33]！

魚在于沼，亦匪克樂[34]。潛雖伏矣，亦孔之炤[35]。憂心慘慘，念國之為虐[36]。

彼有旨酒，又有嘉殽，洽比其鄰，昏姻孔云[37]。念我獨兮，憂心慇慇[38]。

佌佌彼有屋，蔌蔌方有穀。民今之無祿，天夭是椓[39]。哿矣富人，哀此惸獨[40]！

注釋

1   "正月" 二句：初夏四月降嚴霜，我的心裏真憂傷。

    正（去聲）月：所謂正陽之月，指夏曆四月，周曆六月，即初夏的時候。初夏降霜是天氣反常的表現，詩人認為是災禍之徵，所以很感憂慮。

2   "民之" 二句：人們造謠言，造得很厲害。

    訛言：謠言。訛，《説文》作"譌"，偽。將：盛大。

3   "念我" 二句：想到我十分孤獨，心裏更加憂慮。

    京京：憂慮很深的樣子。

4   "哀我" 二句：可憐我提心吊膽，愁得大病一場。

    小心：提心吊膽之意。癙（shǔ 鼠）：愁思鬱結。痒（yáng 羊）：病。

    第一段，寫天時人事使自己十分憂傷。

5   "父母" 二句：父母生下我，為何使我受折磨？

    俾：使。瘉（yù 預）：病：指受痛苦。

6   "不自" 二句：不早不晚，偏偏碰上這鬼時候。

    自：從，在。朱熹云：傷己適丁是時也。丁，當。

7   "好言" 二句：好話也是他們講，壞話也是他們講。

    莠（yǒu 有）言：惡言。這兩句是説小人心口不一。

8   "憂心" 二句：憂悶越來越深，還因此被人欺侮。

    愈愈：憂懼的樣了。

    以上第二段，感歎自己生不逢時，被小人欺侮。

9   "憂心" 二句：憂悶呀再加憂悶，想我真是沒福氣。

    惸惸（qióng 瓊）：一作煢煢，發愁的樣子。祿：福。

10   "民之" 二句：人們無辜受害，連他的奴隸也被牽連。

辜：罪。臣僕：即奴隸。

11　**"哀我"二句**：可憐我們這樣的人，到哪兒去追求幸福？

　　斯：語氣助詞。**從**：逐，追求。

12　**"瞻烏"二句**：看看那些烏鴉，要飛落誰的屋上？

　　爰：助詞，無義。這兩句承上而來，是說自己不知從哪兒
　　去求福，正如烏鴉不知飛落何處一樣。

　　以上第三段，哀歎在亂世中人們無辜受害，不能得到幸福。

13　**"瞻彼"二句**：瞧那樹林中，只有粗粗細細的柴草。

　　中林：即林中。**侯**：維，乃。**薪、蒸**：參見《無羊》注 8
　　（頁 243）。《鄭箋》：林中大木之處，而維有薪蒸爾，喻朝
　　廷宜有賢者，而但聚小人也。

14　**"民今"二句**：人們現在正遭受危難，看天公卻無動於衷！

　　殆（dài 怠）：危。**夢夢**：昏暗不明、懵懵懂懂的樣子。

15　**"既克"二句**：只要天意有定，就能制服所有的人（既然如
　　此，為什麼聽任小人作惡？）。

　　克：能。**靡**：無。**弗勝**：不為它所勝。勝，有控制、降服
　　之意。

16　**"有皇"二句**：光明偉大的上帝，你到底憎恨誰呀？

　　有皇：即皇皇，光明偉大之意。**伊**：句首助詞，無義。
　　云：助詞，作賓語"誰"前置的標誌。"誰云憎"，即"憎
　　誰"。

　　以上第四段，詩人感到無力改變小人作惡、好人受罪的現
　　狀，只得向上帝呼籲。

17　**"謂山"二句**：都說山多麼矮小，原來卻是高岡大嶺。

　　蓋：同盍（hé 合），何，多麼。這兩句說明謠言顛倒黑白，
　　淆亂是非。

18 "民之"二句：人們在造謠撒謊，竟沒有人加以制止。

寧：乃，竟然。懲：止。

19 "召彼"四句：召來了元老大臣，訊問占夢的官員，都說"我最賢明"。誰能分辨出烏鴉的雌雄？

故老：元老。占夢：指占夢之官。參閱《斯干》注 17（頁238）。具：同俱。誰知烏之雌雄：烏鴉全身漆黑，雌雄難以分辨。這裏用來比喻對那些自命不凡的人，實在難以判別他們的是非。

以上第五段，寫出當時謠言四起、是非混淆的情況。

20 "謂天"四句：都說天多麼高呀，可是不敢不彎下身子；都說地多麼厚呀，可是不敢不小步行走。

蓋：同盍，何。局：又作跼，傴僂。踧（jí 脊）：小步行走。《說文》引作"趚"，側行也。這四句比喻人們提心吊膽過日子，時刻不能自安。孟郊《贈崔純亮》："出門即有礙，誰謂天地寬？"就是表達同一種感受。

21 "維號"二句：喊出這樣的話來，確實是有道理的。

維：句首助詞，無義。號（平聲）：呼喊。斯言：指"謂天蓋高"四句話。倫：理。脊：《春秋繁露》引作"迹"，道也。

22 "哀今"二句：可歎現在的人，為什麼要像毒蛇蜥蜴那樣害人！

虺（huǐ 毁）：蛇類。蜴（yì 亦）：蜥蜴。古人認為是毒蟲。又，《後漢書·左雄傳》引此兩句，云："言人畏吏如虺蜴也。"此又一說。

以上第六段，說明由於壞人橫行，人民時刻感到危懼不安。

23 "瞻彼"二句：瞧那瘦瘠的山坡田中，有棵苗兒長得分外苗壯。

阪（bǎn 板）：山坡。**有菀**（yù 郁）：即菀菀，茂盛苗壯的樣子。**特**：特出的苗兒。這裏是比喻詩人自己。

24　**"天之"二句**：老天爺簸弄、折磨我，生怕不能把我制伏。

　　杌（wū 屋）：搖動。**克**：制勝。這兩句以風雨摧折禾苗比喻對人的摧殘。

25　**"彼求"三句**：他求我的時候，像惟恐得不到我；到手之後，又愛理不理，不讓我發揮才幹。

　　彼：指周王。**執**：拿着。**仇仇**：一作扴扴，放鬆、不用力的樣子。**不我力**：即"不力我"，不盡我之力。力，用作動詞。

　　以上第七段，寫自己有才能而不被重用，對最高統治者深表不滿。

26　**"心之"二句**：心裏憂傷呀，像繩子被打了個結。

　　結：形容心中鬱結的樣子。

27　**"今茲"二句**：如今的政治，為什麼這樣黑暗腐敗！

　　正：同政，政治。**厲**：暴惡。

28　**"燎之"四句**：野火燒得正旺，卻被人把它澆滅；烜赫強盛的宗周，竟被褒姒毀滅！

　　燎（liào 料）：燎原的野火。**揚**：旺盛，猛烈。**寧**：乃。**或**：有人。**赫赫**：興盛的樣子。**宗周**：即鎬京，西周的首都；這兒指代西周。**褒姒**（sì 似）：人名，褒國（今陝西褒城縣附近）的女子，周幽王寵妃，後立為后，就是"烽火戲諸侯"的著名女人（見《史記·周本紀》）。**威**：同滅，滅亡。西周亡於周幽王十一年（前771）。

　　第八段，以西周的滅亡為鑒戒，向當時的統治者敲響警鐘。

29　**"終其"二句：**我已日夜在擔憂，又遭到連綿的陰雨。

　　終：既。**永懷：**長久地憂傷；指日夜為國事擔心。**窘（jiǒng 炯）：**困迫。**陰雨：**比喻困難和災難。

30　**"其車"二句：**那車子已經滿載，你卻把兩旁的輔板拋掉。

　　輔：大車載物時在兩旁夾持、以防物件傾墜的木板。這兒比喻輔國的賢臣。

31　**"載輪"二句：**等你裝載的東西翻倒下來，才説："請老兄幫我一把。"

　　載：第一個是助詞，無義；第二個是名詞，指裝載的貨物。**輸：**墜。**將（qiāng 鏘）伯助予：**這是假設車上人（比喻君主）求助的話。將，請。伯，對男子的尊稱；這兒比喻賢臣。《鄭箋》云：以車之載物喻王之任國事也，"棄輔"謂遠賢也，國危而求賢者，已晚矣。按：屈原《離騷》："惟夫黨人之偷樂兮，路幽昧以險隘。豈余身之憚殃兮，恐皇輿之敗績！"也是以車子（皇輿）比喻國家，命意與此相仿。以上第九段，以大車載物為比喻，向統治者指出拋棄賢臣必然導致國家覆亡。

32　**"無棄"四句：**別拋開你的輔板，把你的車輻加粗，經常關照你的車夫，你車上的東西就不會翻掉。

　　員：增益；指增粗，加大。**輻：**車輪中的輻條，俗叫車撐。**顧：**看視；指關照。

33　**"終踰"二句：**那樣，就一定能越過最危險的地方。——你對這卻連想都沒想過！

　　踰：越。**曾：**乃，竟。**是：**此；指以上"無棄爾輔"四句所説的安全行車方法。**意：**想，考慮。

　　以上第十段，進一步説明怎樣才能"安全行車"——把國家治理好。

34 **"魚在"二句**：魚在水池裏，也不能感到快樂。

　　沼：池。**克**：能夠。

35 **"潛雖"二句**：即使潛伏水底，也暴露得十分清楚。

　　炤：《中庸》引作"昭"，顯明。以上四句是作者自比。朱熹云：魚在於沼，其為生已蹙矣，其潛雖深，然亦炤然而易見，言禍亂之及無所逃也。

36 **"憂心"二句**：我心裏憂傷極了，想到國政是這樣暴虐。

　　慘慘：當作懆懆（cǎo 草），憂心的樣子。**為虐**：施行暴政。虐，指虐政。

　　以上第十一段，詩人看到國勢日非，而自己又不能隱退避禍，感到十分痛苦。

37 **"彼有"四句**：他有美酒，又有嘉餚，用來拉攏周圍的人，和親戚着意周旋。

　　洽：融洽，和協。《左傳》引作"協"。**比**：親近。**鄰**：近；指周圍的人。**昏姻**：即婚姻，指有親戚關係的人。**云**：周旋。這四句寫小人們以酒食為餌，呼朋引類，結黨成羣。

38 **"念我"二句**：想到我十分孤獨，真是悲痛萬分。

　　慇慇（yīn 殷）：內心傷痛的樣子。

　　以上第十二段，看到小人朋比為奸，而自己異常孤立，心裏更感悲痛。

39 **"佌佌"四句**：那卑劣的人住好房子，那鄙陋的人有糧食吃。善良的人們正陷在不幸之中，上天還降禍來打擊。

　　佌佌（cǐ 此）、**蔌蔌**（sù 速）：都是形容得勢的小人卑劣猥瑣的樣子。**無祿**：無福，不幸。**天**：災禍。**椓**（zhuó 啄）：打擊。這四句把壞人和好人的遭遇作鮮明對比，見出上天的不公平，社會的不合理。

40 "哿矣"二句：有錢人可快樂了，只可憐這些孤苦無依的百姓！

哿（kě 可）：歡樂（王引之說）。富人：指上文"有屋有穀"者。惸（qióng 瓊）獨：孤獨無依的人。惸，《孟子》引作"煢"。這兩句也是對比。

第十三段，從個人身世的感歎擴大到控訴整個社會的不平。

《詩序》說："《正月》，大夫刺幽王也。"

朱熹說："此詩亦大夫所作。"又引"或說"："此東遷後詩也。時宗周已滅矣，其言褒姒滅之，有監戒之意而無憂懼之情，似亦道已然之事而非慮其將然之辭。"講得頗有見地。

姚際恆贊同《詩序》說，反對朱熹說，認為"此詩刺時也，非感舊也"，是周幽王時所作。

近人一般認為這是周朝士大夫憤世嫉邪、感傷身世之作。不過，在寫作時代的問題上，仍存在兩派爭論。陳子展贊同《詩序》說，認為這是西周滅亡前的作品。李長之、余冠英則採用朱熹說，主張是東周作品，"大約產生於西周已經淪亡，東都尚未鞏固的時期"，"那就是公元前八世紀後半"。這樣去理解，就把"刺時"和"感舊"的矛盾，統一起來了。

十月之交（小雅）

西周末年，災禍頻仍，政治腐敗，給人們造成極大的痛苦，詩人追源禍始，認為根子都在朝廷裏那幫竊據高位的狐羣狗黨身上，所以寫成此詩，痛斥他們的罪惡。此詩作於前776年，五年之後，西周就滅亡了。

十月之交，朔日辛卯[1]，日有食之，亦孔之醜[2]。彼月而微，此日而微[3]，今此下民，亦孔之哀[4]！

日月告凶，不用其行[5]。四國無政，不用其良[6]。彼月而食，則維其常[7]；此日而食，于何不臧[8]！

爗爗震電，不寧不令[9]。百川沸騰，山冢崒崩[10]。高岸為谷，深谷為陵[11]。哀今之人，胡憯莫懲[12]？！

皇父卿士，番維司徒[13]，家伯維宰，仲允膳夫[14]，棸子內史，蹶維趣馬，楀維師氏[15]；艷妻煽方處[16]。

抑此皇父，豈曰不時[17]？胡為我作，不即我

謀¹⁸？徹我牆屋，田卒汙萊¹⁹。曰"予不戕，禮
則然矣²⁰"！

　　皇父孔聖，作都于向²¹。擇三有事，亶侯多
藏²²。不憖遺一老，俾守我王²³。擇有車馬，以
居徂向²⁴。

　　黽勉從事，不敢告勞²⁵。無罪無辜，讒口囂
囂²⁶。下民之孽，匪降自天²⁷。噂沓背憎，職競
由人²⁸。

　　悠悠我里，亦孔之痗²⁹。四方有羨，我獨居
憂³⁰。民莫不逸，我獨不敢休³¹。天命不徹，我
不敢傚我友自逸³²。

注釋

1　"十月"二句：正交十月那一天，初一辛卯的時候。
　　朔日：應作朔月，即月朔，每月的初一日（陳啓源説）。辛
　　卯：古人以干支記日，那一天正好是辛卯日。
2　"日有"二句：又發生了日蝕，景象也真可怖。
　　有：又。食：同蝕。醜：惡。古人認為日蝕是一種災異，
　　所以覺得醜惡可怖。據古代天文家推算，周幽王六年（前
　　776）十月初一日辰時（早晨七至九時）曾發生日蝕，與
　　此詩所言相合。據現代天文學家推算，前776年陽曆八月
　　二十九日，中國北部見日蝕。
3　"彼月"二句：上次是月亮被蝕不明，這次太陽又晦暗無光。

微：暗淡無光。

4　"今此"二句：現在這些世上的人，也真是可悲得很！

第一段，先從日蝕的景象寫起。

5　"日月"二句：日月在那裏顯示凶兆，是由於離開了正軌運行。

告：顯示。行（háng 杭）：道，指軌道。

6　"四國"二句：四方都沒有良好的政治，是由於不任用賢良的人。

四國：即四方。

7　"彼月"二句：以往月亮發生虧蝕，還算比較平常。

維：助詞，加強判斷語氣。《春秋》凡發生日蝕必有記載，月蝕則沒有記載，可見古人對月蝕不如日蝕那麼重視。

8　"此日"二句：現在太陽發生虧蝕，唉，這是多麼的不妙！

于：同吁，歎詞（俞樾説）。臧（zāng 髒）：善。

以上第二段，從天象聯繫到人事，指出當時小人當道，政治不良。

9　"爗爗"二句：耀眼的雷霆和閃電，説明了天下不安、政教不善。

爗爗（yè 業）：閃光的樣子。震：雷。寧：安。令（líng 鈴）：善。古人認為雷擊電閃也是災異之象。《鄭箋》："雷電過常，天下不安、政教不善之徵。"按：這也可能是描寫"地鳴、地光"之類的地震前兆。

10　"百川"二句：無數江河在沸騰，山峯碎裂崩塌。

冢（zhǒng 塚）：山頂。萃崩：馬瑞辰云：二字當連讀，與上"沸騰"相對成文，即"碎崩"之假借。又，王引之云：萃讀為猝，急也，暴也，亦可通。

256

11 "高岸"二句:高高的崖岸變深谷,深深的峽谷變丘陵。

以上四句寫大地震的可怕景象。據《國語‧周語》及《史記‧周本紀》載,周幽王二年(前780),西周三川(涇水、渭水、洛水)皆震,三川竭,岐山崩。道裏疑印追述其事。

12 "哀今"二句:可憐今天的人,為何不知自省?!

憯(cǎn 慘):曾的假借字,曾,有乃、竟然之意。懲:戒,知所警戒。

以上第三段,從日蝕又聯繫到地震,呼籲當權者及時猛省,改過自新。

13 "皇父"二句:皇父當卿士,番當司徒。

皇父(fǔ 甫):是那人的字。他和以下六人,都是幽王時為非作惡的執政大臣。卿士:六卿之長(胡承珙說),是總頭目。番(pó 婆):是姓氏。《韓詩》作"繁"。司徒:掌管土地、人口,是負責教化的官。

14 "家伯"二句:家伯作家宰,仲允作膳夫。

家伯:是字。宰:即家宰,官名,掌典籍,管行政。仲允:是字。膳夫:官名,管天子的膳食。

15 "聚子"三句:聚子作內史,蹶是司馬,楀是師氏。

聚(zōu 鄒):是姓氏。內史:掌爵祿、賞罰,即負責人事和司法的官。蹶(kuì 愧):是姓氏。趣(cǒu 鯫)馬:掌管天子馬匹的官。楀(qǔ 矩):名字。師氏:掌管師旅的官。

16 "艷妻"句:妖媚的夫人炙手可熱,和他們並處高位。

艷妻:指周幽王的王后褒姒。《漢書》艷作"閻"。又,周代銅器有"函皇父段",王國維云:艷、閻,皆此"函"之假借字。據此,則"艷妻"即函妻,亦即上文皇父之妻。函是國名或姓氏名。可備一說。煽:熾盛。此指其得寵擅

257

權，勢焰甚熾。《說文》引作"偏"。方：並。

以上第四段，具體描寫朝廷裏小人當道、朋比為奸的情況。

17 **"抑此"二句：**唉！這個皇父，怎麼會不是好人？

抑：同噫，歎詞。時：善。

18 **"胡為"二句：**為什麼要我服役，不來和我商量？

即：就，有"靠近"之意。作者似亦為統治階級的一員，但地位較低，故亦受皇父役使。

19 **"徹我"二句：**拆毀了我的房屋，使田地全部丟荒。

徹：同撤，拆毀。卒：全部。汙：低地積水。萊：田中長草。以上四句寫皇父看到政局危險，便逼民遷徙，跟他搬到向邑去。

20 **"曰予"二句：**他還說"我並沒有害你們，按規矩該是這樣"！

戕（qiāng 鏘）：殘害。禮：指禮法、制度。這裏意思是説，按制度規定，你們應該受我支配，服從於我，不得有怨言。

以上第五段，集中揭露和指斥皇父的罪惡。

21 **"皇父"二句：**皇父真是十分"高明"，在向地建立城邑。

聖：英明。這兒是反語譏刺。向：地名，在今河南省濟源縣南。皇父在此築城以圖移家避禍。當時一些貴族置國家危亡於不顧，紛紛準備東逃（見《國語‧鄭語》)。

22 **"擇三"二句：**他選了三個高官，都是大富翁。

三有事：即三事大夫。亶（dàn 但）：誠然，實在。侯：維，乃。藏（去聲）：指積蓄的錢財。

23 **"不愁"二句：**不肯留下一個元老大臣，讓他扶助我王。

愁（yìn 印）：願意，有勉強之意。俾：使。

24 **"擇有"二句：**挑選了有車馬的貴族，全搬到向地去住。

以居徂向：即徂向以居。徂，往。

以上第六段，繼續斥責皇父的貪鄙自私。

25 “黽勉”二句：我勤勤懇懇地辦事，不敢訴說辛苦。

黽（mǐn 敏）勉：努力。

26 “無罪”二句：沒犯一點過失，可是壞話被説了不少。

辜：罪。嚻嚻：讒言眾多的樣子。《韓詩》作“警”。

27 “下民”二句：世人的災禍，並非降自上天。

孽：災害。匪：非。

28 “噂沓”二句：聚眾造謠，背後誹謗，災禍主要由這些人造成。

噂（zǔn）：《説文》作“僔”，聚也。沓：多言的樣子。職：主。競：逐，這裏指出力。

以上第七段，寫自己的不幸境遇：工作非常勞苦，還要被小人誹謗。

29 “悠悠”二句：我的心充滿憂愁，真是十分苦痛。

里：《爾雅》注引作“悝”，憂也。《玉篇》引作“瘣”，病也。都是憂愁的意思。瘣（mèi 妹）：病，指痛苦。

30 “四方”二句：四處都很優悠，只有我在煩憂。

羨：餘，指心情閒適。

31 “民莫”二句：人們都圖個自在，我卻不敢休息。

逸：安逸。以上四句用對比手法，説明在統治階級內，許多人都自私自利，全不以國事為念，只有自己一心一意為國效力。

32 “天命”二句：天命既不正常，我不敢仿傚我的朋友，那樣逍遙自在。

不徹：不道，不按常道而行。也就是指前面所説的種種自

259

然災異。**我友**：指作者的同僚。

第八段，詩人表示，國難當頭，要盡自己的職責。

這首詩，根據詩中日蝕發生的時間來推算，是幽王時代的作品，所以《詩序》說它是"大夫刺幽王"之作，是正確的。鄭玄把它定為厲王時的詩，顯然不對。

姚際恆主張說：這首詩的中心不是"刺幽王"，而是刺皇父，並引述明代朱鬱儀的意見："'向'在東都……去西都千里而遙。皇父恃寵請城，規避戎禍，土木繁興，徙世家巨族以實之。人情懷土重遷，傷其獨見搜刮，故賦是詩。"又說："王父都向，即平王東遷之兆也，可感也乎！"方玉潤表示贊同。魏源、龔橙則認為此詩是"刺幽王后族太盛"。實際上，這詩的矛頭是指向以皇父為首、以"艷妻"為支柱的整幫狐羣狗黨的，幽王當然亦難辭其咎。《後漢書·左雄傳》說："及幽、厲昏亂，不自為政，褒艷用權，七子黨進。"注云："七子皆褒姒之親黨。""七子皆用，言妻黨盛也。"就是這個意思。

此詩的引用最早見於《左傳·僖公十五年》（前 645）。另外同書《昭公七年》（前 535）、《昭公三十二年》（前 510）亦有記載。如《昭公七年》："公曰：'詩所謂"彼日而食，于何不臧"者，何也？'對曰：'不善政之謂也。國無政，不用善，則自取謫（譴責）于日月之災。故政不可不慎也。務三而已，一曰擇人，二曰因民，三曰從時。'"這裏反映了古代對自然災異的迷信。

《荀子》亦引用過此詩的一些句子，但與《左傳》不同，沒有宣揚迷信思想，而只是用來說明自己的社會政治學說

（見《君子》篇和《正論》篇）。這和他在《天論》篇中表現出來的反天命思想，是一致的。

另外，《漢書》、《後漢書》、《韓詩外傳》、《潛夫論》等都曾一再提及此詩。可見它影響之大。

巷伯 (小雅)

巷伯，即閹人，也就是後世的宦官。本詩作者孟子，就是因受誣陷而當了巷伯的。這首詩，是他遭到非刑折磨後，對加害者的憤怒控訴和咀咒。

萋兮斐兮，成是貝錦[1]。彼譖人者，亦已大甚[2]！

哆兮侈兮，成是南箕[3]。彼譖人者，誰適與謀[4]？

緝緝翩翩，謀欲譖人[5]。慎爾言也，謂爾不信[6]！

捷捷幡幡，謀欲譖言[7]。豈不爾受，既其女遷[8]！

驕人好好，勞人草草[9]。蒼天蒼天！視彼驕人，矜此勞人[10]。

彼譖人者，誰適與謀？取彼譖人，投畀豺虎[11]！豺虎不食，投畀有北[12]！有北不受，投畀有昊[13]！

楊園之道，猗于畝丘[14]。寺人孟子，作為此詩¹⁵。凡百君子，敬而聽之¹⁶！

注釋

1. “萋兮”二句：縱縱橫橫呀，織成這貝紋錦。

   萋、斐：文彩交錯的樣子。萋，《說文》引作“緀”。貝：指貝殼，古代用作貨幣，很受珍視，故織為錦上的花紋。

2. “彼譖”二句：那誣害人的傢伙，也真是太狠毒！

   譖（zèn）：造謠陷害。大：同太。以上四句用織造貝錦比喻讒人羅織罪狀，構陷別人。

3. “哆兮”二句：口兒張開再張開呀，成了這南箕星。

   哆（chǐ 侈）：張口。侈：大。南箕：即箕星，二十八宿之一，由四顆星組成，其形底狹口寬，像個簸箕。《史記·天官書·索隱》云：“箕為天口，主出氣。”古人認為它主口舌，所以用以比讒者。

4. “彼譖”二句：那誣害人的傢伙，是誰給他出鬼主意？

   適（dì 狄）：主。以上四句以箕星張口比喻讒人搖唇鼓舌，簸弄是非。

5. “緝緝”二句：喊喊喳喳，設法誣陷人家。

   緝緝、翩翩：都是象聲詞，形容鬼鬼祟祟、竊竊私語的樣子。緝，《說文》引作“咠”，附耳私語也。謀：圖謀。

6. “慎爾”二句：當心你的鬼話吧，終有一天會說你不可靠！

   不信：不誠實，不可信。

7. “捷捷”二句：嘰嘰咕咕，設法造謠污衊。

   捷捷、幡幡（fān 番）：義同緝緝翩翩。

8. “豈不”二句：那能不受你的害，不久會輪到你自己！

263

女：同汝。遷：移。以上八句是警告譖人者害人終害己。

9　"驕人"二句：驕橫的人趾高氣揚，愁苦的人憔悴心傷。

　　驕人：指譖人者。好好：高興的樣子。《爾雅》作"旭旭"。

　　勞人：即憂人，心憂之人（王先謙説）。指被譖者。草草：

　　慅慅的假借字，心憂貌（陳奐説）。

10　"蒼天"三句：蒼天呀蒼天！你看看那驕橫的人，可憐這愁

　　苦的人吧。

　　矜（jīn 襟）：哀憐。以上四句，對壞人得意，好人受氣的現

　　象感到十分憤懣，於是呼天而訴之。

11　"彼譖"四句：那誣害人的傢伙，是誰給他出鬼主意？抓住

　　那害人精，扔給豺狼和老虎！

　　畀（bǐ 俾）：給予。

12　"豺虎"二句：豺虎嫌髒不肯吃，把他扔到北極去！

　　有北：即北方，指極北不毛之地。有，助詞，無義。下同。

13　"有北"二句：北極嫌髒不肯要，交給老天去定罪！

　　有昊（hào 浩）：即昊天，蒼天。以上八句，對譖人者痛心

　　疾首，不禁戟指而罵。

14　"楊園"二句：楊園的道路，從畝丘上經過。

　　楊園：園名。一説種植楊木的園。猗（yǐ 倚）：加，這裏有

　　"在……之上"之意。畝丘：山丘名。一説田畝和山岡。這

　　兩句是即景成詠，可能作者就住在這裏。

15　"寺人"二句：寺人孟子，編了這首詩歌。

　　寺人：即閹人，也就是巷伯。孟子：作者的名字。

16　"凡百"二句：各位大人先生，請你們注意聽着！

　　敬：恭敬，這兒是專心致志的意思。最後六句點明作者的

　　住地、身份、名字以及寫作的目的。

《詩序》云："《巷伯》，刺幽王也。寺人傷於讒，故作是詩也。巷伯，奄官兮。"《鄭箋》："巷伯，奄官；寺人，內小臣也。奄官，上士四人，掌王后之命，於宮為近，故謂之巷伯；與寺人之官相近。讒人譖寺人，寺人又傷其將及巷伯，故以名篇。"《毛傳》云："寺人而曰孟子者，罪已定矣，而將踐刑作此詩也。"《傳》、《序》意見是一致的，認為巷伯與寺人是同一個人。鄭玄卻把他"一分為二"，解釋便很牽強（《左傳·襄公九年》杜注："巷伯，寺人"，"掌宮內之事"）。

《漢書·馮奉世傳贊》張宴注："寺人孟子，賢者，被讒見宮刑，作《巷伯》之詩也。"同書《司馬遷傳贊》云："烏呼！以遷之博物洽聞，而不能以知自全，既陷極刑，幽而發憤，書亦信矣。迹其所以自傷悼，《小雅·巷伯》之倫。"顏師古注："巷伯，奄官也，遇讒而作詩，列在《小雅》。"班固直接把司馬遷的遭遇和《巷伯》相比，指出他的《報任安書》和此詩的思想感情是一脈相通的。

朱熹也認為此詩是"遭讒而被宮刑為巷伯者"所作。方玉潤亦表贊同。根據詩中語氣的激烈程度來看，我們認為，這種意見無疑是正確的。

這首詩在過去，經常被作為"嫉惡如仇"的例子加以引用。如《禮記·緇衣》云："惡（去聲）惡如《巷伯》。"注引"投畀豺虎"六句，云："此其惡惡，欲其死亡之甚也。"《後漢書·馬援傳》亦引此六句，云："此言欲上天平其惡。"此外，《韓詩外傳》、《說苑》、《漢書·戾太子傳》等都曾引用此詩。它所以會產生那樣大的影響，其原因，恐怕正如姚際恆所說："刺讒諸詩無如此之快利，暢所欲言。"

蓼莪 (小雅)

這是兒子哭悼父母的哀歌，大概是在墳前祭奠時所唱。

蓼蓼者莪，匪莪伊蒿 [1]。哀哀父母，生我劬勞 [2]！

蓼蓼者莪，匪莪伊蔚 [3]。哀哀父母，生我勞瘁 [4]！

缾之罄矣，維罍之恥 [5]。鮮民之生，不如死之久矣 [6]！無父何怙？無母何恃 [7]？出則銜恤，入則靡至 [8]。

父兮生我，母兮鞠我，拊我畜我，長我育我，顧我復我，出入腹我 [9]。欲報之德，昊天罔極 [10]！

南山烈烈，飄風發發 [11]。民莫不穀，我獨何害 [12]？

南山律律，飄風弗弗 [13]。民莫不穀，我獨不卒 [14]！

注釋

1 **"蓼蓼"二句**：高高的莪蒿呀，啊，不是莪蒿，是青蒿。

蓼蓼（lù 六）：植物高大的樣子。莪（é 俄）：即莪蒿，多年生草本植物，生於水邊，嫩葉可吃。匪：非。伊：維，是。蒿（hāo）：指青蒿，多年生草本植物，生原野或水邊，可入藥。這兩句描寫墓地所見；同時，亦真實地表現了作者極度哀傷時目光瞀亂、看朱成碧的情景。

2 **"哀哀"二句**：可憐呀，我可憐的父母，撫養我，十分辛勞！

劬（qú 渠）勞：勞苦。

3 **"蓼蓼"二句**：高高的莪蒿呀，啊，不是莪蒿，是牡蒿。

蔚（wèi 尉）：即牡蒿，多年生草本植物，高二、三尺。

4 **"哀哀"二句**：可憐呀，我可憐的父母，撫養我，辛苦憔悴！

勞悴：因勞成病。

以上兩段即景起興，感念父母的辛勞。

5 **"缾之"二句**：小缾空了，是大壺的羞恥。

缾、罍（léi 雷）：都是古代盛酒器；缾較小，罍較大。罄（qìng 慶）：盡。這兩句比喻自己不能奉養父母，是很大的恥辱。

6 **"鮮民"二句**：孤苦的人活着，還不如早死了好！

鮮（上聲）民：孤獨無依的人；這裏指失去父母的人。

7 **"無父"二句**：沒有父親，我還有什麼倚靠？沒有母親，我還有什麼指望？

怙（hù 戶）、恃：都是倚靠的意思。

8 **"出則"二句**：出門去，滿懷悲傷；進門來，四顧茫然。

　　怮：憂。**靡至**：無所至。朱熹云：入則如無所歸也。

　　以上第三段，抒發失去父母的哀傷。

9 **"父兮"六句**：父親呀生了我，母親呀哺育我、愛撫我、養活我、餵大我、教育我、看顧我、保護我、進進出出抱着我。

　　鞠（jū 居）：養。**拊**：同撫。**畜**：養。**復**：同覆，庇護。**腹**：懷抱。

10 **"欲報"二句**：想報答他們的恩德，上天又不許可！

　　之：義同其。**昊**（hào 浩）**天**：上天。**罔極**：無準則；指不近人情。言己欲奉養而天不體諒。

　　以上第四段，思念父母撫育之恩。姚際恆云：勾人淚眼全在此無數"我"字。

11 **"南山"二句**：南山高又高，大風呼呼吹。

　　烈烈：嶻嶻的假借字，山高峻的樣子（陳奐說）。**飄風**：大風，或旋風。**發發**：風聲。這兩句又是墓地所見。

12 **"民莫"二句**：人們都有好日子過，為什麼偏偏我遭禍？

　　穀：善；指交好運，過好日子。**害**：受害，遭殃。

13 **"南山"二句**：南山高又高，大風使勁吹。

　　律律：義同烈烈。**弗弗**：義同發發。

14 **"民莫"二句**：人們都有好日子過，惟獨我不能終養父母！

　　卒：終；指終養。

　　以上兩段，哀歎不能終養父母。

　　《詩序》云："《蓼莪》，刺幽王也。民人勞苦，孝子不得終養爾。"《鄭箋》解釋道："不得終養者，二親病亡之時，

268

時在役所，不得見也。"憑空弄出一個"役所"來。魏源進一步肯定這是"大夫行役自傷不得終養之詩"（《詩古微》）。

朱熹的看法是："人民勞苦，孝子不得終養而作此詩。"沒有說"刺幽王"，也沒有說"在役所"，比較簡單明瞭。他又說："晉王裒以父死非罪，每讀《詩》至'哀哀父母，生我劬勞'，未嘗不三復流涕，受業者為廢此篇。詩之感人如此！"清代胡承珙在《毛詩後箋》中對此加以補充："晉王裒、齊顧歡，並以孤露讀《詩》，至《蓼莪》，哀痛流涕。唐太宗生日亦以生日承歡膝下永不可得，因引'哀哀父母，生我劬勞'之詩。"說明讀了此詩受感動的大有人在。

姚際恆駁斥了毛、鄭"刺幽王"、"在役所"之說，認為："詠詩之事不可考，而孝子之情感傷痛極，則千古為昭也。"方玉潤甚至譽之為"千古孝思絕作"。

此詩的引用，最早見於《左傳·昭公二十四年》（前518）："詩曰：'缾之罄矣，維罍之恥。'王室之不寧，晉之恥也。"此外，《大戴禮》以及《後漢書》的《陳忠傳》、《梁竦傳》等，亦曾引用過此詩的若干句子。

大東 (小雅)

周公東征，佔領了山東一帶之後，就封姜太公於齊，封兒子伯禽於魯，加強周王室對東方人民的統治、控制。從此，大量搜刮來的財富便沿着大路，被源源不絕地運往西方。當地人民要負擔苛重的貢賦和徭役，他們對周王室極表不滿。這種憤怒的情緒，在本詩得到深刻的反映。

有饛簋飧，有捄棘匕[1]。周道如砥，其直如矢[2]。君子所履，小人所視[3]。睠言顧之，潸焉出涕[4]。

小東大東，杼柚其空[5]！糾糾葛屨，可以履霜[6]；佻佻公子，行彼周行[7]。既往既來，使我心疚[8]。

有冽氿泉，無浸穫薪[9]。契契寤歎，哀我憚人[10]！薪是穫薪，尚可載也[11]。哀我憚人，亦可息也[12]。

東人之子，職勞不來[13]。西人之子，粲粲衣服[14]。舟人之子，熊羆是裘[15]。私人之子，百僚是試[16]。

或以其酒，不以其漿 [17]。鞙鞙佩璲，不以其長 [18]。維天有漢，監亦有光 [19]。跂彼織女，終日七襄 [20]。

雖則七襄，不成報章 [21]。睆彼牽牛，不以服箱 [22]。東有啓明，西有長庚 [23]。有捄天畢，載施之行 [24]。

維南有箕，不可以簸揚 [25]。維北有斗，不可以挹酒漿 [26]。維南有箕，載翕其舌 [27]。維北有斗，西柄之揭 [28]。

注釋

1　"有饛"二句：滿盤的食物，彎彎的棘木匙。

饛（méng 蒙）：盛滿的樣子。簋（guǐ 軌）：古代盛餚饌的器皿，或方或圓。飧（sūn 孫）：熟食。捄（qiú 求）：同斛，彎而長的樣子，這裏形容匙柄的形狀。棘：參見《唐風・鴇羽》注 5（頁 150）。匕（bǐ 比）：羹匙。這兩句寫周人飲食的豐足。

2　"周道"二句：大路像砥石一樣平，又像箭桿一樣直。

周道：周朝的大路。砥（dǐ 底，舊讀 zhǐ 紙）：磨刀石。這裏比喻道路的平坦。

3　"君子"二句：老爺在上面走，平民在旁邊看。

履：經行。小人：指平民。

4　"睠言"二句：回頭一望呀，忍不住眼淚漣漣。

睊（juàn 眷）言：即睊然，反顧的樣子。《荀子》引作"眷焉"。潸（shàn 山）焉：流淚的樣子。涕：眼淚。朱熹云：今乃顧之而出涕者，則以東方之賦役，莫不由之而西輸於周也。

第一段，詩人望着西方貴族來往的大道，想到東方人民身受的壓迫剝削，不禁淚如雨下。

5　"小東"二句：東方的大小各國，織機上空空如也！

杼（zhù 佇）柚（zhóu 軸）：是織機上的兩個部分，這裏指代織機。杼，就是梭，持緯線。柚，又作軸，持經線。

空：指布帛被搜刮一空。

6　"糾糾"二句：結結實實的葛布鞋，可以踏寒霜。

糾糾葛屨：參見《魏風·葛屨》注1（頁128）。這兒是"公子"所穿。

7　"佻佻"二句：衣冠楚楚的公子，走在那大路上。

佻佻（tiāo 挑）：《韓詩》作"嬥嬥"，美好的樣子。這兒指衣着漂亮。周行（háng 杭）：同周道。

8　"既往"二句：他們去了又來，使我心裏悲傷。

既：表已然，作關聯詞語。疚（jiù 究）：病。

以上第二段，寫東方各國已經民窮財盡，而貴族統治者仍不停搜刮。

9　"有冽"二句：清涼的旁出的泉水，別浸濕砍下的柴薪。

冽（liè 列）：寒冷。氿（guǐ 鬼）泉：側出的泉水。穫：斬刈。《爾雅》注引為"檴"，木名。這兩句以柴薪不宜浸濕，比喻對人民應加以體恤，不能過度摧殘。

10　"契契"二句：睡不着傷心地歎氣，可憐我們精疲力盡的人！

契契：愁苦的樣子。寤：醒着。憚（dàn 但）：《魯詩》作"癉"（dàn 但），勞苦而致病。

11 "薪是"二句：要用這砍下的柴薪，還把它用車子載起。

薪：第一個薪字用作動詞，"把……作柴薪"之意。這兒先作比喻，再引出下文，說明應該與民休息。

12 "哀我"二句：可憐我們精疲力盡的人，也應該休息了。

以上第三段，寫東方各國人民已被役使得精疲力竭。

13 "東人"二句：東方人的子弟，專門服役，沒有人來撫慰。

職：專主。來：同勑，慰勞（馬瑞辰說）。

14 "西人"二句：西方人的子弟，穿着光鮮的衣裳。

西人：指周人。粲粲：鮮明華麗的樣子。

15 "舟人"二句：船上人家的子弟，也穿起熊皮襖。

羆（pí 皮）：又名馬熊，熊的一種。裘：皮衣。這裏用作動詞，"以……為皮衣"之意。這兩句是專門寫"西人"中某一地位低下的階層。下兩句同。

16 "私人"二句：連家奴的子弟，也可以作使當官。

私人：私家奴僕。百僚：指各級官吏。試：用。

以上第四段，以"東人"和"西人"作對比，顯出雙方經濟、政治地位的懸殊。

17 "或以"二句：有的人（指"西人"）只飲那醇酒，不要那薄酒。

以：用。此指飲用。漿：薄酒。

18 "鞙鞙"二句：只佩帶珍貴的寶玉，不要那長長的雜佩。

鞙鞙（xuàn 楦）：又作琄琄，佩玉的樣子。璲：即瑞，一種寶玉，十分名貴。以：用；此指佩帶。長：指長佩，由一些小玉、石串成的佩飾，比較普通。此兩句連上兩句讀，

273

仍是寫"西人"。

19　"維天"二句：天上有條銀河，照起來也有光亮（但照不見人影）。

漢：天河。監：同鑒，以鏡照形。古人以水為鏡。這兩句是說銀河空有河名，不能照影。

20　"跂彼"二句：那叉開兩腳的織女，一天移動七次。

跂：《說文》引作"歧"，分岔之意。織女共有三星，下兩星如兩足分立。襄：變更，移動。一晝夜有十二辰，從旦至暮共七辰（自卯時到酉時），織女星每辰移動位置一次，七辰共移動七次，故言"七襄"。

以上第五段，前四句承接上文，寫西方人生活的驕奢；後四句引起下文，歷指天上星宿的有名無實。姚際恆評道："以下忽入天文志，光怪陸離，非人世所有。"

21　"雖則"二句：雖然七次移動地方，卻不能往返織成紋樣。

報：復，返回。織布時須緯線一來一往，才成紋理；現在織女星只是一直往西，不向東來，所以說她不能成章。

章：指布帛的紋路，也就是指布帛。

22　"睆彼"二句：那明亮的牽牛，不能用來拉車載重。

睆（wǎn 宛）：明亮的樣子。以：用。服：駕。箱：指車箱，車身載物之處。這裏指代車子。

23　"東有"二句：東邊有啟明星，西邊有長庚星。

啟明、長庚：都是金星的異名。早晨出現於東方，先日而出，叫啟明；傍晚出現於西方，後日而入，叫長庚。庚，續也。

這兩句是望中所見，故連類及之，沒有什麼別的意義。

24　"有捄"二句：柄兒彎彎的天畢，卻張開在路上。

抹：參見本詩注 1（頁 271）。畢：網，有柄，打獵用。這裏是星宿名，共八星，形狀像畢，故稱天畢。載：助詞，無義。施：張設。行：路。畢網張在路上，自然沒有用處。以上第六段，指出天上的織女、牽牛和天畢都是有虛名而無實用。以「見出不合理的事無處不存在」（余冠英說）。下一段說箕星和斗星，含意相同。

25　"維南" 二句：南邊有箕星，不能用來簸米糠。

箕：參見《巷伯》注 3（頁 263）。箕星形似簸箕，所以聯想到簸米揚糠。

26　"維北" 二句：北邊有斗星，不能用來舀酒漿。

斗：指南斗星，由六顆星組成，形狀如斗（即枓，勺子）。因它在箕星以北，故言 "維北"。挹：取取。《韓詩外傳》云："言有其位，無其事也。"

27　"維南" 二句：南邊有箕星，舌頭縮了進去。

翕（xī 吸）：收斂。《玉篇》引作 "吸"。箕星 "主口舌"，現在翕其舌，啞口無言，也是有虛名無實用之意。

28　"維北" 二句：北邊有斗星，柄兒卻向西高舉。

揭：高舉。南斗的柄常指西方而上揚，故言 "西柄之揭"。柄兒高舉，則不能挹取，也是有名無實之意。又，歐陽修云：箕、斗非徒不可用而已，箕張其舌，反若有所噬，斗西其柄，反若有所挹取於東；是皆怨訴之辭也。朱熹云：乃亦若助西人而見困，甚怨之辭也。這種解釋，可備一說。

對此詩內容的理解，向來沒有很大分歧。《詩序》云："《大東》，刺亂也。東國困於役而傷於財，譚大夫作是詩以告病焉。"《鄭箋》："譚國在東，故其大夫尤苦征役之事也。

魯莊公十年（前684），齊師滅譚。"按譚國在今山東省歷城縣東南。《潛夫論·班祿》云："賦斂重而譚告通。""譚告"，就是譚大夫作詩告病之意；這是《魯詩》說。焦氏《易林》云："賦斂重數，政為民賊。杼柚空虛，去其家室。"這是《齊詩》說。可見，漢代各家對此詩內容的看法，基本上是一致的。

對此詩的藝術性，人們一致給以高度評價。清詩人沈德潛說："大東之詩，歷數天漢牛斗諸星。無可歸咎，無可告訴，不得不悵望於天。……司馬子長（遷）云：'勞苦倦極，未嘗不呼天。' 得之矣！"（《說詩晬語》）方玉潤說："四章以上，將東國愁怨，與西人驕奢，兩兩相形，正喻夾寫，已極難堪；'天漢' 而下，忽仰頭見星，不禁有觸于懷，呼天自訴。……後世李白歌行、杜甫長篇，悉脫胎於此。"吳闓生讚歎道："文情俶詭奇幻，不可方物，在《風》、《雅》中為別調，開詞賦之先聲。後半措詞運筆，極似《離騷》，實三代上之奇文也。"又說："'維天' 以下，奇情異采，層見迭出。"都說得很有道理。

在古代著作中，《孟子》、《荀子》、《韓詩外傳》、《鹽鐵論》、《說苑》、《後漢書》等都曾引用或詮釋過此詩的某些句子，不過多數與詩的本意無關。

北山（小雅）

一個小官吏為王事日夜奔走，他對當權者處事不公、朝廷裏勞逸不均的現象極為不滿，寫此詩大發牢騷。

陟彼北山，言采其杞[1]。偕偕士子，朝夕從事[2]。王事靡盬，憂我父母[3]。

溥天之下，莫非王土；率土之濱，莫非王臣[4]。大夫不均，我從事獨賢[5]。

四牡彭彭，王事傍傍[6]。嘉我未老，鮮我方將，旅力方剛，經營四方[7]。

或燕燕居息，或盡瘁事國[8]。或息偃在床，或不已于行[9]。

或不知叫號，或慘慘劬勞[10]。或棲遲偃仰，或王事鞅掌[11]。

或湛樂飲酒，或慘慘畏咎[12]。或出入風議，或靡事不為[13]。

注釋

1 **"陟彼"二句**：登上那北山，去採那枸杞。

   陟：登。**杞**：指枸杞。這兩句是模仿民歌即景起興的手法，不一定實有其事。

2 **"偕偕"二句**：強壯的士子，早晚都要辦事。

   偕偕：強壯的樣子。**士子**：作者自稱。士，是古代統治階級裏最低的階層。

3 **"王事"二句**：王差沒完沒了，令我父母掛懷。

   盬（gǔ 古）：止息（王引之説）。**憂**：使動用法，"使……擔憂"之意。

   第一段，寫自己工作的辛勞。

4 **"溥天"四句**：普天之下，沒有一處不是周王的土地；四海之內，沒有一個不是周王的子臣。

   溥：《史記》、《韓詩外傳》、《漢書》都作"普"。**率土之濱**：王引之云："率，自也；自土之濱者，舉外以包內，猶言四海之內，莫非王臣。"濱，水邊。古人以為中國四面環海，故邊界就是水濱。

5 **"大夫"二句**：執政的大夫不公平，惟獨我工作最多最辛苦。

   大夫：指掌權者。**不均**：不均勻，不公平。**賢**：多，勞苦。

   以上第二段，指責執政者處事不公平。

6 **"四牡"二句**：四匹馬兒不停蹄，王差一件接一件。

   牡：公馬。**彭彭**：不停奔跑的樣子。**傍傍**：源源不絕的樣子。

7 **"嘉我"四句**：贊許我年紀未老，誇獎我身體強壯，精力正旺盛，可以到處奔走經營。

   嘉：稱許。**鮮**：義同嘉。**方**：正。**將**：強壯。**旅力**：力量，力氣。旅，同膂，力也（馬瑞辰説）。**剛**：強健，指力量

278

充沛。

以上第三段，寫執政者以年富力強為理由，驅使自己四處奔波。

8 　"或燕" 二句：有的舒舒服服在休息，有的鞠躬盡瘁幹公事。
燕燕：安息的樣子。居息：即處息，休息。盡瘁：王引之云：二字平列，雙聲也，同憔悴。《左傳》引作 "憔悴"；《漢書》作 "盡顇"。事國：為國事操勞。

9 　"或息" 二句：有的躺在床上啥事不幹，有的在路上日夜奔忙。
偃：臥。已：止。行（háng 杭）：道路。

以上第四段，以對比手法，揭露朝廷勞逸不均的現象。下兩段與此相同。

10 　"或不" 二句：有的不知什麼叫哭喊呼號，有的悲悲慘慘辛苦效勞。
不知叫號：是説不知人間有痛苦事。慘慘：一作懆懆（cǎo 草），憂慮不安的樣子。劬（qú 渠）勞：辛苦勞碌。

11 　"或棲" 二句：有的逍遙自在游手好閑，有的幹公差幹得昏頭轉向。
棲遲：疊韻聯綿詞，逍遙閑散。偃仰：雙聲聯綿詞，猶 "息偃"（馬瑞辰説），即隨意休息。鞅掌：疊韻聯綿詞，煩勞紛擾的樣子（陳奐説）。

12 　"或湛" 二句：有的盡情飲酒尋歡作樂，有的提心吊膽怕犯過失。
湛樂：沉溺於歡樂。湛，耽的假借字。慘慘：應作懆懆，憂慮不安的樣子。咎（jiù 救）：罪過。

13 　"或出" 二句：有的出入朝廷高談闊論，有的事無大小什麼都得幹。

風議：即放議，放言。風，放（馬瑞辰説）。

《孟子·萬章》："是詩也……勞於王事，而不得養父母也。曰：'此莫非王事，我獨賢勞也。'故說詩者，不以文害辭，不以辭害志，以意逆志，是為得之。"《詩序》就是據此以立說，認為："《北山》，大夫刺幽王也。役使不均，己勞於從事，而不得養其父母焉。"

《魯詩》說亦認為："勞逸無別，善惡同流，《北山》詩之所為作。"（《後漢書·楊賜傳》）又，《鹽鐵論·地廣》："詩云，莫非王事，而我獨勞。刺不均也。"由此可見，漢代各家對這首詩的看法，是比較一致的。

惟有《呂氏春秋》冒出個怪論來，說什麼："舜自為詩曰：'普天之下，莫非王土；率土之濱，莫非王臣。'所以見盡有之也。"（《慎人》篇）認為此詩是虞舜所作。由於此說虛誕失實，故無人信從。

但後來又起了一個爭論，作者的身份到底是不是大夫？朱熹的意見是："大夫行役而作此詩。"姚際恆反駁他說："此為士者所作以怨大夫也，故曰'偕偕士子'，曰'大夫不均'，有明文矣。《集傳》謂'大夫行役而作'，謬。"士，是比大夫要低一等的。姚際恆的反駁，甚為有理。

此詩在藝術手法上有它的特點。姚際恆說："'或'字作十二疊，甚奇。末處無收結，尤奇。"吳闓生讀揚道："後三章歷數不均之狀，戛然而止，更不多著一詞，皆文法高妙之處。……舊評：連用十二'或'字，開退之《南山》詩句法。"就是說，韓愈著名的《南山》詩，那石破天驚、連疊五十多個"或"字的手法，就是從這裏學來的。

無將大車（小雅）

這是一首哲理詩，作者用通俗的比喻，簡潔的語言，説明他"自求解脱"的人生哲學。

無將大車，祇自塵兮[1]。無思百憂，祇自疧兮[2]。

無將大車，維塵冥冥[3]。無思百憂，不出於熲[4]。

無將大車，維塵雝兮[5]。無思百憂，祇自重兮[6]。

注釋

1　"無將"二句：不要推大車，惹得你一身塵呀。

　　將（平聲）：扶進。大車：牛拉的車，用以載重。祇：同只。這兩句是比喻，引出下文。

2　"無思"二句：別想那些煩心事，那只會自尋煩惱。

　　百憂：指各種令人憂慮的事。百，言其多。疧（qí 其）：病；指憂思成疾。

3　"無將"二句：不要推大車，塵土灰濛濛呀。

　　冥冥：昏暗不明的樣子。

4　　**無思**"二句：別想那些煩心事，想得你昏亂糊塗。

　　不出於熲（jiǒng 迥）：言百憂交集，不能進到心情愉快、豁

　　然開朗的境地。熲，光亮。

5　　**"無將"**二句：不要推大車，塵土蓋滿身呀。

　　雝：壅的假借字，堵塞，遮蔽。

6　　**"無思"**二句：別想那些煩心事，那只會憂上加憂。

　　重：言加重煩憂。

　　這首短詩，作者只以比興手法抒寫心頭的一點感觸，
也許是對朋友的規勸之詞，並沒有指實任何事物。但《詩序》
卻要把它具體化，說是"大夫悔將小人也"。《鄭箋》解釋
道：大夫舉薦了小人，和他共事，反被譖害，所以自悔。這
層意思並沒有在作品反映出來，是解詩者強加進去的，難以
令人接受。

　　朱熹又從另一個角度把它具體化，認為"此亦行役勞
苦而憂思者之作"，作者大概就是推大車的人。實際上，這
首詩只是勸人想開一點，不要百慮縈心，自尋煩惱。每段前
兩句都是設喻，並非寫實。朱老夫子的理解，未免太迂執了
一點。

大田（小雅）

這是祭神農、祀先祖的詩。它描寫了農事的過程，反映了農民對豐收的祈願。

大田多稼[1]。既種既戒，既備乃事[2]。以我覃耜，俶載南畝[3]。播厥百穀，既庭且碩。曾孫是若[5]。

既方既皁，既堅既好[6]；不稂不莠[7]。去其螟螣，及其蟊賊：無害我田稚[8]。田祖有神，秉畀炎火[9]。

有渰萋萋，興雲祁祁[10]。雨我公田，遂及我私[11]。彼有不穫稚，此有不斂穧[12]；彼有遺秉，此有滯穗[13]：伊寡婦之利[14]。

曾孫來止。以其婦子，饁彼南畝，田畯至喜[15]。來方禋祀，以其騂、黑，與其黍、稷[16]。以享以祀，以介景福[17]。

注釋

1　"大田"句：大片田地莊稼多。

　　稼：泛指各種穀物。

2　"既種"二句：選好種籽，修好農具，一切準備就緒，就下田耕種。

　　種（上聲）：用作動詞，選種。戒：修治工具。備：具備，齊備。事：從事工作。

3　"以我"二句：用我鋒利的犁頭，在南面的田畝開始工作。

　　覃：《爾雅》注引作"剡"（yǎn掩），鋭利。耜（sì四）：古代耕田的農具。俶（chù觸）：開始。載：事，從事工作。南畝：參見《豳風・七月》注5（頁189）。

4　"播厥"二句：播下了各種穀物，它們都發芽抽苗，茁壯成長。

　　庭：挺的假借字，生出（俞樾説）。碩：大，茁壯。

5　"曾孫"句：一切都順了主人的心願。

　　曾孫：指主持祭祀的貴族領主。這裏是對祖先而言，故稱曾孫。

　　第一段，從選種、播種寫到作物成長。

6　"既方"二句：打了漿，結了籽，穀粒堅實又飽滿。

　　方：同"房"，指穀粒開始打漿，生了嫩殼，但尚未合巖。皁（zào皂）：穀殼已合巖，但尚未堅實。這兩句描寫穀粒逐漸成熟的過程。

7　"不稂"句：不長童粱和莠草。

　　稂（láng郎）：又叫童粱，指穀粒不充實的禾。這兒用作動詞。"長出童粱"之意。莠（yǒu有）：即狗尾草。這兒用作動詞，"長出莠草"之意。

284

8 "去其"三句：除去螟、螣、蟊、賊等害蟲，不讓它們損害我田裏的嫩苗。

螟（míng 冥）：專吃苗心的小青蟲。螣：《説文》引作"蟘"（tè 特），即蝗蟲，專吃苗葉。蟊（máo 矛）：即螻蛄，俗呼土狗，專吃苗根。賊：《玉篇》作"蟴"，形似桃、李中的蠹蟲，專吃苗節，蛀食禾桿。稚：幼禾。

9 "田祖"二句：稷神有靈，把牠們投到大火裏去吧。

田祖：稷神，即神農。神：靈驗。秉：拿。《韓詩》作"卜"，給予。畀：付。炎火：大火，烈火。

以上第二段，寫莊稼成熟，撲滅害蟲。

10 "有渰"二句：黑雲升起，佈滿天空，降下了綿綿細雨。

有渰：即渰渰，雲起的樣子。渰，《呂氏春秋》作"淹"，《漢書》作"黤"。萋萋：《説文》等均作"淒淒"，雲行的樣子。祁祁：徐徐。

11 "雨我"二句：雨水灑在公田上，連帶也灑着我的私田。

雨（yù 預）：用作動詞，降雨。公田：屬於公家的田。我私：私田，屬於私人的田。

12 "彼有"二句：那兒有沒割下的嫩禾，這兒有沒撿起的禾束。

穫：收割。斂：收，撿拾。穧（jì 濟）：收割；這兒用作名詞，指已割下的禾。

13 "彼有"二句：那兒有遺漏的禾把子，這兒有散落田中的穀穗。

秉：成把的禾。滯：遺留。

14 "伊寡"句：這些都是留給寡婦的好處。

伊：是，此。利：利益，好處。這句是説，那些遺下的禾穗等等允許寡婦拾取。

以上第三段，寫雨水調勻，收成很好。

15 "曾孫"四句：主人來了。我們的老婆孩子，送飯到南邊的田地，農官來到見了很歡喜。

止：語氣助詞。"饁彼"二句，參見《豳風·七月》注5（頁189）。

16 "來方"三句：主人來要舉行隆重的祭祀，用赤色、黑色的牲，還有小米和高粱。

方：正，將要。一說祭祀四方之神。禋（yīn 因）祀：祭品清潔的祭祀。騂（xīng 星）：紅色的牲畜。

17 "以享"二句：用它們來獻祭，求神賜給大福。

享：進獻。介：匄（古丐字）的假借字，祈求。景：大。

第四段，以祭祀祈福結束。

《詩序》說："《大田》，刺幽王也。言矜（鰥）寡不能自存焉。"《鄭箋》解釋道："幽王之時，政煩賦重，而不務農事，蟲災害穀，風雨不時，萬民饑饉，矜寡無所取活，故時臣思古以刺之。"這又是所謂"陳古刺今"的解釋方法，後人大多加以非議。如黃中松說："古人身居衰季，遐想郅隆，恨不生於其時，而反覆詠歌，固無聊寄託之詞也。然追慕之下，必多感慨；詞氣之間，時露悲傷。而十詩（包括《大田》）典洽和暢，毫無懟怨之情。何以變欣慰為憤懣，易頌美為刺譏乎？（《詩疑辨證》）質問得很有道理。

朱熹的看法是："此詩為農夫之辭，以頌美其上。"所謂"上"，就是指"公卿有田祿者"，即大貴族大領主。

姚際恆說：《詩序》謂"刺幽王"，朱熹謂指公卿，並謬。他認為這是"王者"之詩，詩中的"曾孫"就是指周王。

近人陳子展、余冠英亦採此說，陳氏謂此詩"可能是西周初年王室也就是大奴隸主一家舉行宗廟方社田祖等祭祀所用的詩樂"（《雅頌選譯》）。余氏謂第四段"寫周王犒勞農夫，祭神求福"（《詩經選》）。

引用此詩較早的是《孟子・滕文公》："《詩》云：'雨我公田，遂及我私。' 惟助為有公田，由此觀之，雖周亦助也。"（助，是傳說的商朝井田制度。）另外，《呂氏春秋・務本》、《禮記・坊記》、《韓詩外傳》、《鹽鐵論》的《授時》篇、《錯幣》篇以及《漢書》、《後漢書》等，都曾引用本詩的某些章節，去美化古代的奴隸社會。那些望文生義的解釋，都是不足為訓的，這兒也不去一一稱引了。

采綠 (小雅)

這是思念過期不歸的丈夫的詩，情深意切，風調婉然。

終朝采綠，不盈一匊[1]。予髮曲局，薄言歸沐[2]。

終朝采藍，不盈一襜[3]。五日為期，六日不詹[4]。

之子于狩，言韔其弓。之子于釣，言綸之繩[5]。

其釣維何？維魴及鱮。維魴及鱮，薄言觀者[6]。

注釋

1　"終朝"二句：整個清早採王芻，採來採去不滿一捧。
　　終朝：指從天明到吃早飯這段時間。綠：《楚辭》王逸注引
　　作"菉"，草名，又名王芻。匊：同掬，兩手合捧。這兩句寫
　　她勞動時心不在焉的神態。與《周南·卷耳》"不盈頃筐"意同。
2　"予髮"二句：我的頭髮亂又曲，我要回去洗洗頭。
　　曲局：由於不梳洗而亂糟糟的樣子。局，捲曲。與《衛風·

伯兮》"首如飛蓬"意同。**薄言**：句首助詞，無義。吳闓生云：乃忘其猶未沐也，極寫幽怨神理。

3　**"終朝"二句**：整個清早採藍草，採來採去不滿一衣兜。

　　藍：草名，可製青色染料。**襜**（chān 覘）：衣服的前幅。一說指蔽膝。

4　**"五日"二句**：約好五天便回來，第六天還未到家。

　　詹：至，到（見《毛傳》）。一說即瞻，見。

　　以上兩段，寫思念的神態。以下兩段，寫自己的痴想。

5　**"之子"四句**：以後那人兒去打獵，我定要替他藏弓箭；以後那人兒去釣魚，我定要替他理絲線。

　　韔（chàng 暢）：弓箭袋；此用作動詞，指藏弓於袋。**綸**：理絲。**之**：義同其。

6　**"其釣"四句**：釣魚釣着了什麼？釣着鯿魚和鰱魚，釣着鯿魚和鰱魚，我倒要仔細看看。

　　魴（fáng 房）：即鯿魚。**鱮**（xù 序）：即鰱魚。

　　這都是詩人的想像之詞。這首詩和《衛風·伯兮》格調相似。但《伯兮》只寫別後相思之苦，這首詩還想像以後重逢之樂，在表現手法上各有千秋。

　　《詩序》云："《采綠》，刺怨曠也。幽王之時多怨曠者也。"魏源從其說。

　　《後漢書·劉瑜傳》引："五日為期"二句云："怨曠作歌，仲尼所錄。"這是《齊詩》說，和《毛詩》看法相同。

　　朱熹認為這是"婦人思其君子"之詩。說得比較明白曉暢。

　　姚際恆說："此婦人思其夫之不至，既而叙其室家之樂，不知何取義也。"他還未能領略此詩的妙處。

隰桑 (小雅)

這是一首優美的情詩。"中心藏之，何日忘之"，愛得是何等深沉而熱烈喲！

隰桑有阿，其葉有難[1]。既見君子，其樂如何[2]！

隰桑有阿，其葉有沃[3]。既見君子，云何不樂[4]！

隰桑有阿，其葉有幽[5]。既見君子，德音孔膠[6]！

心乎愛矣，遐不謂矣[7]？中心藏之，何日忘之[8]！

注釋

1 "隰桑"二句：低地的桑樹長得美，桑葉密稠稠。

隰（xí 習）：低窪地。有阿、有難（nuó 娜）：即阿阿、難難。阿難，同猗儺，是美盛的樣子。這兒是以桑喻人，用的是比興手法。

2 "既見"二句：見到了我的心上人，我是多麼的快樂！

3　"隰桑"二句：低地的桑樹長得美，桑葉綠油油。

　　沃：綠而有光澤的樣子。

4　"既見"二句：見到了我的心上人，叫我怎麼不快樂！

　　云：句首助詞，無義。

5　"隰桑"二句：低地的桑樹長得美，桑葉青幽幽。

　　幽：黝（yǒu有）的假借字，青黑色。

6　"既見"二句：見到了我的心上人，美好的話兒不能忘！

　　德音：美好的話語。孔膠：非常牢固，指牢牢記着。

7　"心乎"二句：心裏愛着他，怎麼不敢明說？

　　遐不：何不。遐，《禮記》引作"瑕"。按：屈原《九歌·湘夫人》："思公子兮未敢言。"就是表現同一種心理。

8　"中心"二句：深深藏在心底裏，哪一天能夠忘記！

　　這首情詩，以前亦受過曲解。《詩序》說："《隰桑》，刺幽王也。小人在位，君子在野，思見君子，盡心以事之。"《鄭箋》認為"隰桑"就是比喻"賢人君子不用而野處"。

　　朱熹說："此喜見君子之詩。"但他比較滑頭，留了一手："然所謂君子則不知其何所指矣。"

　　姚際恆折衷於兩者之間，認為："此思見君子之詩，亦不知其何所指也。"方玉潤、魏源、龔橙或以為思君子，或以為思賢人，都沒有什麼創見。

　　這首詩的表現方法，是《鄭風·風雨》和《檜風·隰有萇楚》的綜合；它們都是同一類型的情詩。但《隰桑》的寫作技巧更高，在最後一段另出新意，打破單純"複杳"的形式，把主題加以昇華，給人留下深刻的印象。

　　《左傳·襄公二十七年》（前546）有"子產賦《隰桑》"

的記載。注云："義取思見君子，盡心以事之。"另外，《禮記》、《韓詩外傳》、劉向《新序》、《列女傳》等都稱引過此詩的若干片斷。

苕之華 (小雅)

這是反映荒年饑饉的詩。"牂羊"兩句，抓住具有特徵意義的細節着意描繪，給人留下深刻的印象。

苕之華，芸其黃矣[1]。心之憂矣，維其傷矣[2]！

苕之華，其葉青青。知我如此，不如無生[3]！

牂羊墳首。三星在罶[4]。人可以食，鮮可以飽[5]！

注釋

1　"苕之"二句：凌霄花，開得黃澄澄呀。

苕（tiáo 條）：又名陵苕、凌霄、紫葳，木本蔓生植物，喜攀緣於別的樹上，花赤黃色，夏日開放。芸（yún 雲）：黃色濃艷的樣子。王引之云："言其盛，非言其衰。"

2　"心之"二句：心裏憂傷呀，真是多麼悲痛！

維其：義同"何其"。王引之云："物自盛而人自衰，詩人所以歎也。"用的是對比的手法。

3　"苕之"四句：凌霄花，葉子一片青葱。早知我這樣活着，乾脆不如死掉！

青青：同菁菁，葉子葱蘢茂密的樣子。

4　"牂羊"二句：母綿羊剩個大腦袋，魚簍裏只有星光。

牂（zāng 贓）：母綿羊。墳：大。三星：即參星。罶（liǔ 柳）：捕魚的竹簍。朱熹云："羊瘠則首大；罶中無魚而水靜，但見三星之光而已。言饑饉之餘，百物凋耗如此。"

5　"人可"二句：就是有東西吃的人，也極少有吃得飽的！

鮮（xiǎn 蘚）：少。

　　《詩序》云："《苕之華》，大夫閔時也。幽王之時，西戎東夷交侵中國，師旅並起，因之以饑饉，君子閔周室之將亡，傷己逢之，故作是詩也。"

　　朱熹的意見是："詩人自以逢周室之衰，如苕附物而生，雖榮不久，故以為比，而自言其心之憂傷也。"清人沈德潛認為這是表現"政繁賦重，民不堪其苦"的"亡國之音"。

　　姚際恆說得簡明扼要，切中肯綮："此遭時饑亂之作，深悲其不幸而生此時也。與《兔爰》略同。"方玉潤、龔橙都認為是"怨饑"之作。

　　清代王照圓在解說此詩時，記載了所謂"乾嘉盛世"時山東省大饑荒的慘象："東省乙巳、丙午三四年，數百里赤地不毛，人皆相食。鬻男賣女者，廉其價不得售，率枕籍而死。目所親睹，讀此詩為之太息彌日。"自注道："巳、午年間，山左人相食。默人與其兄鶴嵐先生談詩及此篇，乃曰：'人可以食'，食人也；'鮮可以飽'，人瘦也。此言絕痛，附記於此。"（《詩說》）乙巳年，即乾隆五十年（1785）。

郭沫若另有所見，他認為這是憤世嫉俗的詩，"苕子的花那樣的紅，苕子的葉那樣的青，而我自己卻這樣地背時又倒兆。自己這樣地背時又倒兆，不消說是連苕子也趕不上了。苕子還有上好的肥料，自己是吃飯都吃不飽。魚不進罩，星宿子進了宿。瘦母羊，大頭腦，這便是自己的寫照。像這樣的現世寶，倒不如死了的好！"

　　讀者可以見仁見智，獨立思考，決定去取。

何草不黃 （小雅）

這是遠行服役的人寫的怨詩。"哀我征夫，獨為匪民！"憤懑之情，溢於言表。

何草不黃？何日不行？何人不將，經營四方[1]？

何草不玄？何人不矜[2]？哀我征夫，獨為匪民[3]！

匪兕匪虎，率彼曠野[4]。哀我征夫，朝夕不暇[5]！

有芃者狐，率彼幽草[6]。有棧之車，行彼周道[7]。

注釋

1   "何草"四句：什麼草兒不發黃？哪一天不要趕路？哪個人不用奔走，替人當差跑四方？

     將：行。《毛傳》云：言萬民無不從役。

2   "何草"二句：什麼草兒不發黑？哪個人不當光棍？

     玄：黑。草由黃而黑，由枯而爛，用以比喻征人的勞瘁。

矜：鰥的假借字，無妻曰鰥。此言長期在外奔走，有妻等於無妻（見《鄭箋》）。一說矜讀為瘝（guān 關），病也（馬瑞辰説）。

3　"哀我"二句：可憐我們遠行人，偏偏不被當人看！
　　征夫：指遠行服役的人。匪：非。

4　"匪兕"二句：那些犀牛和老虎，在那曠野裏遊蕩。
　　匪：彼。兕（sì 似）：雌性犀牛。率：循，沿着。此處"匪"字各家多作"不是"解，惟姚際恆云："猶云'此兕也，此虎也'"，以兕、虎"率彼曠野"興征夫朝夕在途，與下以狐"率彼幽草"興棧車行於周道，同為一例語。説得甚有理。

5　"哀我"二句：可憐我們遠行人，早晚也不得休息！
　　暇：閑暇。

6　"有芃"二句：毛茸茸的狐狸，在那草叢裏出沒。
　　芃（péng 蓬）：多毛的樣子。幽草：深草，指草叢。

7　"有棧"二句：高高的大車，在路上不停地走。
　　棧：同棧，高大的樣子（馬瑞辰説）。車：指役車，一種載着器具、供服役用的大車。周道：周朝的大路。

《詩序》云："《何草不黄》，下國刺幽王也。四夷交侵，中國背叛，用兵不息，視民如禽獸，君子憂之，故作是詩也。"認為詩中所寫是服兵役的情況。

朱熹說得靈活一點："周室將亡，征役不息，行者苦之，故作此詩。"把兵役和徭役，都包括在內。姚際恆意見亦差不多，他說這是"征伐不息，行者愁怨之詩。"方玉潤、龔橙也一致認為是"怨役"之作。

方玉潤作了一番形象化的解說："曠野之間無非虎兕，

幽草以內盡是芃狐，此何如荒涼景象乎？哀我征夫，朝夕不暇，乘此棧車，行彼周道，是虎兕芃狐相率而為羣也，其幸而不至為惡獸所噬者亦幾希矣！嗟嗟我征夫也，獨非民哉！胡為遭此亂離，棄其室家，幾至無人不鰥也哉？蓋怨之至也，周衰至此，其亡豈能久待？編《詩》者，以此殿《小雅》之終。"（《詩經原始》）

《史記·孔子世家》曾引此詩："孔子……問曰：'詩云：匪兕匪虎，率彼曠野。吾道非邪？吾何為於此？'"

大雅

緜 (大雅)

　　這是周民族的史詩之一，敘述了古公亶父率族南遷的經過，並頌揚了文王的功業。

　　大雅，是宮廷樂歌，用於較隆重的宴會、典禮。《詩經》有《大雅》三十一篇，下面選入四篇。

　　緜緜瓜瓞[1]。民之初生，自土沮漆[2]。古公亶父，陶復陶穴，未有家室[3]。

　　古公亶父，來朝走馬，率西水滸，至于岐下[4]。爰及姜女，聿來胥宇[5]。

　　周原膴膴，堇荼如飴[6]。爰始爰謀，爰契我龜[7]。曰"止"曰"時"，"築室于茲"[8]。

　　迺慰迺止，迺左迺右；迺疆迺理，迺宣迺畝[9]。自西徂東，周爰執事[10]。

　　乃召司空，乃召司徒，俾立室家[11]。其繩則直。縮版以載。作廟翼翼[12]。

　　捄之陾陾，度之薨薨，築之登登，削屢馮馮[13]。百堵皆興，鼛鼓弗勝[14]。

　　迺立皋門，皋門有伉[15]。迺立應門，應門將將[16]。迺立冢土，戎醜攸行[17]。

　　肆不殄厥慍，亦不隕厥問[18]。柞棫拔矣，行道兌矣[19]。混夷駾矣，維其喙矣[20]。

　　虞芮質厥成，文王蹶厥生[21]。予曰有疏附，予曰有先後，予曰有奔奏，予曰有禦侮[22]。

注釋

1　"緜緜"句：連綿不絕，大瓜連小瓜。

　　緜緜：不絕的樣子。瓞（dié 迭）：小瓜。這句是比喻周民族的不斷發展。

2　"民之"二句：我們民族的發祥，就在杜水和漆沮水流域。

　　土：《漢書・地理志》班固自注引詩作"杜"，水名，是渭水的支流。沮漆：二水名，合稱漆沮水，與杜水合流，注入渭水。杜、沮、漆均在今咸陽市西，陝西省乾縣和扶風縣之間。周的始祖后稷，就建國於這一流域的邰（tái 台）地。到后稷的曾孫公劉，離開邰遷至邠（即豳，今陝西邠縣），十傳至古公亶父，因受狄人逼迫，又率族遷回這一流域的岐山腳下。由此奠定了周族發展、強大、終於滅掉商朝的基礎。

3　"古公"三句：古公亶父（剛剛遷來的時候），挖窰洞和土室安身，還未有房子居住。

　　古公亶（dàn 但）父：周文王的祖父，周朝建立後，被追尊為"太王"。古公是稱號，亶父是名字。陶：掏的假借字。復：《說文》引作"覆"，洞穴。

第一段，記述古公亶父率族南遷，初到漆沮水流域的情況。

4　"古公"四句：古公亶父，清早驅着馬，沿着河岸西行，走
　　到岐山下。

　　率：循，沿着。滸：水邊。岐：指岐山，在今陝西岐山縣
　　東北十里。沿漆沮水西行，可至岐山腳下。

5　"爰及"二句：帶着他的姜氏夫人，來選擇建房子的地方。

　　姜女：指太王之妃，姓姜氏，又稱太姜。聿：句首助詞，
　　無義。胥宇：相宅，即觀察地形，選擇可建宮室之處。
　　胥，相，視；宇，住所。

　　以上第二段，寫古公亶父夫婦一起到岐山考察地勢，為興
　　建宮室作準備。

6　"周原"二句：周地的原野多麼肥美，菫菜、苦荼都甜得
　　像糖。

　　周：岐山下地名，周民族即以此得名。膴膴（wǔ 武）：肥
　　美的樣子。《韓詩》作"腜腜"，義同。菫（jǐn 僅）：野菜
　　名，味苦。荼：苦菜。飴（yí 移）：麥芽糖。

7　"爰始"二句：大伙兒於是一起商量，刻灼我們的龜甲占
　　一卦。

　　始：謀（馬瑞辰說）。契：刻。殷商時代人們相當迷信，常
　　常求神問卜。占卜時，先將龜腹甲（或牛胛骨）加以鑽鑿，
　　然後在所鑿處以火燒灼，根據上面的裂紋推測神意，判斷
　　吉凶，有時還將所問的事和占卜結果以文字記下來，刻在
　　龜甲上，以備它日查驗。那就是"甲骨卜辭"。

8　"曰止"二句：神意要我們"留在此地"。"就在這兒建房
　　子！"

　　止、時：均占卜的結果。時，蒔的假借字；止（王念孫《廣

雅疏證》）。

以上第三段，寫他們決定在周原定居。

9　"迺慰"四句：安下心，住下來，有的在左邊，有的靠右面；劃好界，分好田，挖好溝渠再種地。

　　迺：即乃字。起關聯作用。下同。慰：安。左、右：分開左、右。用作動詞。疆：劃分疆界。用作動詞。理：區分，整理。宣：泄；指挖排水溝、灌溉渠。畝：整治田畝。用作動詞。

10　"自西"二句：從西到東，在周原上幹活。

　　徂：往。周：指周原。爰：于。介詞。執：從事。事：工作。金文《秦公鐘》："于秦執事。"

以上第四段，寫遷到周原後，馬上整理田地，開始工作。

11　"乃召"三句：召來了司空，召來了司徒，讓他們負責建造宮室。

　　司空：官名，掌管興建營造。司徒：官名，掌管調配人役。

12　"其繩"三句：繩子拉線拉得直。捆好模版樹起來。建一座莊嚴的廟宇。

　　繩：指繩墨，用來拉直線。縮版以載：參見《小雅·斯干》注 6（頁 237）。縮，束，捆縛。版，古代築牆用的夾版。載，栽的假借字，樹立（馬瑞辰說）。翼翼：莊嚴的樣子。

以上第五段，寫派官員負責興建宗廟宮室。

13　"捄之"四句：盛土的聲音響仍仍，填土的聲音鬧轟轟，搗起土來登登，削起牆來嘭嘭嘭。

　　捄（jū 居）：盛土於籠。陾陾（réng 仍）：盛土的聲音。《玉篇》引作"陑陑"。《廣雅》作"仍仍"。度（duó 奪）：投，裝填。指把土投於版中。薨薨（hōng 轟）：投土的聲音。

築：搗擊。登登：搗土的聲音。屢：壞（lǒu 簍）的假借字，指牆上坳突不平之處。馬瑞辰云：削屢即削去其牆土之隆高者，使之平且堅也。馮馮（píng 憑）：削牆的聲音。

14　"百堵"二句：百堵牆同時築起，大鼓的聲音也蓋不住。
　　鼛（gāo 高）：大鼓名。勝（平聲）：超過，蓋過。這兩句是説築牆的喧鬧聲蓋過了助興的鼓聲。
　　以上第六段，描寫建築工地緊張熱鬧的氣氛。

15　"迺立"二句：建築了外城的城門，城門是多麼雄偉。
　　皋門：王都的郭門。伉（kàng 抗）：高大雄偉的樣子。《玉篇》引詩作"高門有閌"。

16　"迺立"二句：建築了王宮的正門，正門是多麼莊嚴。
　　應門：王宮的正門。將將（qiāng 鏘）：莊嚴的樣子。

17　"迺立"二句：建起了祭土神的大壇，大家都前來祭祀。
　　冢土：即大社，祭土地神的壇。戎：大。醜：眾。行：前往。《毛傳》云：起大事，動大眾，必先有事乎社而後出，謂之宜。
　　以上第七段，介紹陸續建成的各種建築物。

18　"肆不"二句：（文王）不消除他對敵人的憤怒，這並不損害他的名聲。
　　肆：承上啓下之詞，有"所以現在……"之意，但意義較虛。這句以上寫太王，以下轉入文王。殄（tiǎn 忝）：滅，絕。慍：怒。隕：損失。問：聲望。

19　"柞棫"二句：柞樹棫樹拔除了，道路暢通無阻了。
　　柞（zuò 坐）：灌木名，櫟樹的一種。棫（yù 域）：又名白桵，灌木名，叢生有刺。兌（duì 對）：開通。

20　"混夷"二句：混夷倉惶逃跑了，他們一蹶不振了。

混（kūn 昆）夷：又作昆夷，古代種族名。駾（tuì 退）：奔突逃竄。《説文》引作"呬"，息也。維其：何其，多麼。喙：瘝（huì 卉）的假借字，極度疲困。文王初年，常受混夷騷擾侵凌，後來國勢日盛，才用武力把他們趕跑。

以上第八段，寫文王繼承了太王的功業，率領周人，驅逐了混夷。

21　"虞芮"二句：虞芮兩國結成了盟好，文王啓發了他們的善性。

虞、芮（ruì 鋭）：均古國名。虞國在今山西平陸縣東北，芮國在今山西芮城縣西。質：成。成：相好，友好，指兩國關係而言。蹶（jué 決）：動，啓發。生：同性。《毛傳》云：虞、芮兩國君爭田，相約找文王評理，入周境後，被周人的禮讓之風深深感動了，亦互相謙讓起來，於是天下聞之而歸附文王的有四十多國。按：此説實不可信。事實可能是，文王曾替虞芮兩國解決過紛爭，於是由此而附會出這一傳説。

22　"予曰"四句：我們有善於安撫、團結百姓的大臣，我們有在前後輔佐國君的大臣，我們有對外奔走聯絡的大臣，我們有抵禦侵略的大臣。

曰：助詞，無義。《楚辭》王逸注引作"聿"。疏附：指率下親上之臣。先後：指在國君近旁輔佐之臣。奔奏：又作奔走，指奔走聯絡之臣。這四句包括了文、武、內、外各方面的人材。

以上第九段，頌揚文王的德政和朝中人材之盛。

這首詩和後面的《生民》、《公劉》，都是周民族的英雄史詩。

　　武王滅紂，建立周朝，是我國古史上一件大事。通過小說《封神演義》的渲染，幾乎已經家喻戶曉了。但武王這一赫赫功業的基礎，卻是由他父親——文王及其曾祖父——太王一手奠定的。這首史詩，就是讚美那兩個開基創業的人。

　　在商朝末年（約前 1200），周族在古公亶父（太王）率領下，從豳地南遷到岐山，佔領肥沃的渭河流域，建立城市、村落和國家機構。古公亶父的兒子季歷進一步開疆闢土，向渭河下游發展，成為商朝的勁敵。季歷的兒子姬昌，就是周文王，更是雄心勃勃，他聯合了虞、芮等部族，企圖問鼎中原。這一宏圖偉業，終於由他兒子姬發（武王）在約前 1122 年實現了。

　　這首詩，對周朝建立前周民族的生活和鬥爭，作了藝術的描繪，因此，無論從文學或史學的角度來看，都有它一定的價值。

生民

這是周人頌美祖先后稷的祭歌。詩中記述了他誕生的神話，讚揚他在農業上的傑出貢獻。

厥初生民，時維姜嫄[1]。生民如何？克禋克祀，以弗無子[2]。履帝武敏歆[3]。攸介攸止[4]。載震載夙，載生載育，時維后稷[5]。

誕彌厥月，先生如達[6]。不坼不副，無菑無害[7]。"以赫厥靈，上帝不寧，不康禋祀？居然生子[8]！"

誕寘之隘巷，牛羊腓字之[9]。誕寘之平林，會伐平林[10]。誕寘之寒冰，鳥覆翼之[11]。鳥乃去矣，后稷呱矣；實覃實訏，厥聲載路[12]。

誕實匍匐，克岐克嶷，以就口食[13]。蓺之荏菽，荏菽旆旆[14]。禾役穟穟，麻麥幪幪，瓜瓞唪唪[15]。

誕后稷之穡，有相之道[16]：茀厥豐草，種之黃茂[17]。實方實苞，實種實襃[18]，實發實秀，實堅實好，實穎實栗[19]。即有邰家室[20]。

　　誕降嘉種：維秬維秠，維穈維芑[21]。恆之秬秠，是穫是畝。恆之穈芑，是任是負[22]。以歸肇祀[23]。

　　誕我祀如何[24]？或舂或揄，或簸或蹂[25]。釋之叟叟，烝之浮浮[26]。載謀載惟[27]。取蕭祭脂，取羝以軷，載燔載烈，以興嗣歲[28]。

　　卬盛于豆，于豆于登[29]。其香始升[30]。上帝居歆："胡臭亶時[31]。"后稷肇祀，庶無罪悔，以迄于今[32]。

注釋

1　"厥初"二句：最初生下我們周人，就是那姜嫄。

　　民：人，指周族人。時維：即是維，實維，表示加強肯定的語氣。姜嫄：是周始祖后稷的母親。姜，姓；嫄，謚號；《韓詩》作"原"，取本原之意。

2　"生民"三句：我們周人怎樣誕生？（姜嫄）舉行了精潔的祭祀，以祓除無子的不祥。

　　克：能。禋（yīn 因）、祀：參見《小雅·大田》注16（頁286）。弗：祓的假借字，禳除不祥之祭。舊說：這幾句指姜嫄祀祺（主生子之神）於郊。

3　"履帝"句：她踏着了上帝的足拇指印，怦然心動。

　　履：踐踏。武：足迹。敏：拇。歆：動；言如有所感。

308

4　“攸介”句：於是受到神祐，得到賜福。

　　介：同祄，祐。止：同祉，福；此用作動詞，指得到上天賜福。

5　“載震”三句：她懷了孕，小心謹慎，後來生養了孩子，就是后稷。

　　震：娠的假借字，指懷孕。夙：肅的假借字，指嚴於律己，小心謹慎。生：分娩。育：養育。后稷：傳說中周人的始祖，一名棄。

　　第一段，寫姜嫄踏上帝足迹而感孕，生了后稷。

6　“誕彌”二句：姜嫄懷孕足了月，起先生下個羊胞胎。

　　誕：句首助詞，無義。下同。彌厥月：即十月懷胎。彌，終，滿。達：羍的假借字，初生之羊。陶元淳云：凡嬰兒在母腹中，皆有皮以裹之，俗所謂胞衣也。生時其衣先破，兒體手足少舒，故生之難。惟羊子之生，胞衣完具，墮地而後，母為破之，故其生易。后稷生時，蓋藏於胞中，形體未露，有如羊子之生者，故言如達（見馬瑞辰《毛詩傳箋通釋》所引）。

7　“不坼”二句：胞胎不破不裂，母親無災無害。

　　坼（chè 撤）：裂開。副（pī 劈）：分裂。《説文》引作“疈”。菑：同災。

8　“以赫”四句：“這樣來顯示你的威靈，上帝呀，莫非你不安寧，不滿意我的祭祀？竟讓我生了個這樣的怪胎！”

　　赫：顯。這句的主語是“上帝”。康：安。這四句是姜嫄疑懼的問話。

　　以上第二段，追述后稷初生的情景。

9　“誕寘”二句：把它拋棄在小巷裏，牛羊保護、愛撫它。

隘：狹小。胇：隱蔽。字：愛。

10　"誕實"二句：把它抛棄在樹林裏，剛巧有人來砍樹。

　　平林：平原上的樹林。會：適逢。這兩句是説本想棄於林中，但有人砍樹，怕被看見，便沒有丟下。

11　"誕實"二句：把它抛棄在寒冰上，鳥兒用翅膀孵育它。

12　"鳥乃"四句：鳥兒後來飛走了，后稷呱呱地啼哭了；哭聲又長又響亮，整條路上都聽得見。

　　呱（gū 姑）：哭聲。實：是，起關聯作用。覃（tán 譚）：長。訏（xū 吁）：大。載：充滿。這三句寫后稷經鳥兒孵育，破殼而出。

　　以上第三段，寫后稷被棄不死的種種靈異。

13　"誕實"三句：他還在伏地爬行，就有了各種智識，能夠自找吃食。

　　匐匍：亦作扶服，伏地爬行。岐：智慧。嶷（yí 疑）：《説文》引作"𡾆"，識見。就：有靠近、求取之意。

14　"蓺之"二句：他種大豆，大豆長得很豐茂。

　　蓺：種植。荏（rěn 忍）菽：大豆。荏，大。旆旆（pèi配）：茂美的樣子。

15　"禾役"三句：禾苗長得很茂盛，麻麥幪幪蓋滿田，大瓜小瓜連成串。

　　禾役：《説文》引作"禾穎"，禾尖。穟穟（suì 遂）：禾苗美好的樣子。幪幪（měng 懵）：茂密的樣子。唪唪（bàng蚌）：果實纍纍的樣子。

　　以上第四段，寫后稷的早慧，以及種莊稼的特殊才能。

16　"誕后"二句：后稷種莊稼，有他一套好辦法。

　　穡（sè 嗇）：指稼穡，種莊稼。相（去聲）之道：指助其成

310

長的方法。相，幫助。

17 "茀厥"二句：除掉眾多的雜草，種下良種穀物。

茀：拔除。黃茂：良種穀物。

18 "實方"二句：苗兒整齊、茂密，不斷長大，長高。

方：整齊的樣子。苞：稠密的樣子。種：腫的假借字，指苗莖增粗。褎（xiù 袖）：長高。

19 "實發"三句：然後拔節，秀穗，顆粒堅實飽滿，結的穗又大又多。

發：拔節。秀：秀穗。穎（yǐng 影）：禾穗沉重下垂的樣子。栗：眾多的樣子。

20 "即有"句：他就到有邰成了家。

即：就，去。《説文》引詩無"即"字。有邰（tái 台）：即邰，地名，在今陝西省武功縣西。《白虎通》引作"台"。《漢書》作"釐"。相傳堯時任后稷為農官，由於發展農業生產有功，把他封在邰地。

以上第五段，介紹后稷種植農作物的成績。

21 "誕降"三句：上天降下好穀種，有那黑黍秬和秠，還有紅苗的穈，白苗的芑。

秬（jù 巨）：黑黍。秠（pī 丕）：黑黍的一種，一粒穀內有兩粒米。穈（mén 門）：初生時苗呈紅赤色的穀物。芑（qǐ 起）：初生時苗呈白色的穀物。

22 "恆之"四句：到處種滿秬和秠，割下來堆放在田裏。到處種滿穈和芑，抱着揹着送回去。

恆：亙的假借字，徧，滿；指遍植。畝：用作動詞，"放在田畝"之意。任：抱。負：揹。這四句是互文見義。

23 "以歸"句：回家去開始祭祀。

311

肇：始。

以上第六段，讚揚后稷發現、培植了許多良種，使糧食得到豐收。

24　**"誕我"句**：我們祭祀怎麼祭？

25　**"或舂"二句**：有的把米舂，有的把米舀起來，有的簸糠皮，有的把米揉搓細。

　　揄：《說文》引作"舀"，指把米從臼中舀出來。**蹂**：《說文》作"𢯭"，即今揉字，指用手揉搓，使米細滑。

26　**"釋之"二句**：洗起米來聲叟叟，蒸起米來氣騰騰。

　　釋：淘米。**叟叟**（sōu 搜）：淘米聲。一作溲溲。**烝**：同蒸。**浮浮**：《說文》引作"烰烰"，熱氣上騰的樣子。以上四句寫做好祭祀的準備工作。

27　**"載謀"句**：鄭重商量、考慮好。

　　惟：思考。這句指研究祭祀的程序、方法。

28　**"取蕭"四句**：拿來香蒿，塗上脂油，捉來公羊剝去皮，燒的燒，烤的烤，祈求來年的好年成。

　　蕭：草名，即香蒿。**祭脂**：祭牲的脂油，指牛腸脂。**羝**（dǐ底）：公羊。**軷**：于省吾云：軷為跋之本字，應讀為撥，謂取牡羊撥除其皮也。**燔**（fán 煩）：燒。此指焚燒香蒿、脂油，取其香氣。**烈**：貫穿起來架在火上燒。此指烤炙羊肉，用作祭品。**興**：用作及物動詞，"使……興旺"之意。**嗣歲**：後繼的年頭。

　　以上第七段，寫大規模祭祀的場面。

29　**"卬盛"二句**：我把祭品盛在木盤裏，盛在木盤又盛在瓦登。

　　卬：我。**豆**：古代盛肉的器皿，以木製成。**登**（dēng 登）：古代瓦製盛肉器。

30 **"其香"** 句：它的香氣開始上升。

31 **"上帝"** 二句：上帝安然聞着了："濃濃的氣味呀實在好。"
居：安。歆：饗，享用。胡：大。臭：氣息；此指香氣。
亶：誠，實在。時：善（見《廣雅》）。這兩句寫上帝享用
了祭品，並表示滿意。

32 **"后稷"** 三句：自從后稷開始祭祀，幸好平安無事，一直到
今天。
庶：庶幾。罪：指得罪上天的事。悔：指心中悔恨的事。
迄：至。
第八段，寫上帝安享祭品，庇庥后稷的後人。

《詩序》說："《生民》，尊祖也。后稷生於姜嫄，文武
之功起於后稷，故推以配天焉。" 就是說，這是飲水思源、
推崇后稷的詩歌。按反映時代的先後來說，它是描寫周民族
發祥的第一篇史詩。

后稷是周人的始祖，又是 "五穀之神"，播百穀的發明
者，僅次於 "神農" 的農神。因此，他的誕生，他的稟賦，
自然顯得與眾不同。本詩在敘述有關傳說時，處處充滿了神
話色彩。

饒有趣味的是，這種始祖卵生、被棄不死的傳說，不但
流傳於周人中，也廣泛流傳於古代商族及後來的朝鮮族、滿
族中，可見這是北方種族共有的神話傳說。下面引述一則，
以供參閱："高句麗者，出于夫餘，自言先祖朱蒙。朱蒙母
河伯女，為夫餘王閉于室中，為日所照……既而有孕，生
一卵，大如五升。夫餘王棄之與犬，犬不食；棄之與豕，豕
又不食；棄于路，牛馬避之；後棄之野，眾鳥以毛茹之。

夫餘王割剖之，不能破，遂還其母。其母以物裹之，置于暖處，有一男，破殼而出。及其長也，字之曰朱蒙。其俗言朱蒙者，善射也。"（《魏書・高句麗傳》）這關於高麗始祖的傳說，不是與《生民》所述極為相似嗎？可見，這些民族早在遠古時代，已開始了多麼密切的思想、文化的交流。

公劉（大雅）

公劉，據説是后稷的孫子（或曾孫），是對周族的強大作過重要貢獻的領袖人物。這首詩，記述了他率領周人遷到豳地，開拓疆土，取得發展的經過。

篤公劉！匪居匪康[1]。迺場迺疆，迺積迺倉[2]。迺裹餱糧，于橐于囊[3]。思輯用光[4]。弓矢斯張，干、戈、戚揚，爰方啓行[5]。

篤公劉！于胥斯原[6]。既庶既繁，既順迺宣，而無永歎[7]。陟則在巘，復降在原[8]。何以舟之？維玉及瑤，鞞琫容刀[9]。

篤公劉！逝彼百泉，瞻彼溥原[10]。迺陟南岡，乃覯于京[11]。京師之野，于時處處，于時盧旅，于時言言，于時語語[12]。

篤公劉！于京斯依[13]。蹌蹌濟濟，俾筵俾几，既登乃依[14]。乃造其曹，執豕于牢[15]。酌之用匏。食之飲之，君之宗之[16]。

篤公劉！既溥且長。既景迺岡[17]。相其陰陽，觀其流泉[18]。其軍三單，度其隰原，徹田為

315

糧 [19]。度其夕陽。豳居允荒 [20]！

篤公劉！于豳斯館 [21]。涉渭為亂，取厲取
鍛 [22]。止基迺理，爰眾爰有 [23]。夾其皇澗，遡其
過澗 [24]。止旅乃密，芮鞫之即 [25]。

注釋

1　"篤公"二句：忠厚仁愛的公劉！看見人民得不到安寧。
　　篤：忠厚。公劉：公是稱號，劉是名。居：安。康：寧。
　　據說公劉的時代，遭到夏桀的暴政，周人不能安居於邰，
　　所以在公劉率領下遷往豳地。下面就描寫遷居前的準備。

2　"迺場"二句：於是整理好大小田界，把糧食屯儲歸倉。
　　迺：同乃。場（yì 亦）：較小的田界。疆：較大的田界。
　　積：即庾（yǔ 雨），露天的糧倉。場、疆、積、倉，均用
　　作動詞。

3　"迺裹"二句：於是包裹好乾糧，用各種袋子裝上。
　　餱（hóu 侯）糧：乾糧。橐（tuó 駝）：無底的袋子，盛物
　　時用繩捆束兩頭。囊：有底的袋子。

4　"思輯"句：大家同心合力就能把國威發揚。
　　思：助詞。輯：聚集、團結。用：因而。光：發揚光大。

5　"弓矢"三句：張開弓，搭上箭，拿着盾牌、長戈、板斧和
　　大斧，開始動身到遠方。
　　戚：斧。揚：鉞，即大斧。方：始。啟行：起行。這三句
　　寫軍事上的準備，以防途中被突然襲擊。
　　第一段，叙述公劉在邰地做好了一切準備工作，然後出發

往圝。胡承珙云：公劉初遷之時，其民猶有居者，本非一時席捲其民空國而去。故修邰國之疆場，充邰國之積倉。欲為行者之利，先謀居者之安。此公劉之所以為厚也。

6 "篤公"二句：忠厚仁愛的公劉！察看這一片原野。

胥（xū 須）：相，視。原：指圝地。

7 "既庶"三句：（看到它）出產豐盛，物類繁多，感到十分舒暢，再不用憂心長歎。

庶：眾多。順：順心。宣：舒暢。永歎：長歎。

8 "陟則"二句：他有時登上小山，有時走下平原。

巘（yǎn 掩）：小山。

9 "何以"三句：他身上佩戴着什麼？是美玉、寶石，還有飾着碧玉的佩刀。

舟：周的假借字，環繞。瑤：美石。鞞（bǐng 秉）、琫（běng）：均為刀鞘上的玉飾，在上面的叫琫，靠下面的叫鞞。容：裝飾。

以上第二段，寫公劉初到圝地，觀察地勢。

10 "篤公"三句：忠厚仁愛的公劉！走到那泉水眾多的地方，眺望那廣闊的原野。

逝：往。百泉：眾多的泉水。瞻：望。溥（pǔ 普）：大。

11 "迺陟"二句：他登上南面的山岡，於是看到"京"這地方。

覯：見。《爾雅》作"遘"。京：地名，當在"南岡"之下。

12 "京師"五句：京邑的原野上，人們在這兒得到安居，作客的也有房子住；愛說話的可以隨意說話，愛交談的可以自由交談。

京師：京邑。師，都邑的通稱（宋代吳仁傑說）。後世的"京師"一詞是從這裏來的，但專指帝都。于時：於是，於此。**處處**：處者得到安處。第一個"處"是名詞，指居民。
廬旅：疑作旅旅。旅者得到寄居。第一個"旅"是名詞，
指作客者，暫住的人。這句表現所謂賓至如歸。**言言、語
語**：第一個"言"字、"語"字也是名詞。又，另一解亦可
通：京邑的原野上，人們在這裏居住，在這裏逗留，在這
裏説話，在這裏交談。處處、旅旅、言言、語語均為動詞
疊用。

以上第三段，寫公劉選中了"京"那地方，安頓周人。

13　**"篤公"**：二句：忠厚仁愛的公劉！就在京地定居。

　　依：指居住。

14　**"蹌蹌"三句**：人們擁擁擠擠，濟濟一堂，鋪好竹蓆，擺上
靠几，大家坐上蓆子，靠在几子上。

　　蹌蹌（qiāng 錆）**濟濟**：擁擠熱鬧的樣子。**筵**：竹蓆，用來
鋪在地上，擺設飲食。**几**：古人席地而坐，這是坐時憑倚
的用具。**登**：就席。**依**：憑几。這三句寫公劉宴請眾賓，
大家入席就坐。

15　**"乃造"二句**：於是告祭豬神，然後從豬圈裏捉豬。

　　造：三家《詩》作"告"。馬瑞辰云：告，祜之假借，告
祭也。**曹**：馬瑞辰云：槽之省借，祭豕先也，即祭豬祖之
神。**牢**：養牲畜的牢圈。這兩句是説祭過豬神之後才殺豬。

16　**"酌之"三句**：用大瓢來斟酒。請大家吃、喝，做大家的君
主和族長。

　　酌：斟酒。**匏**（páo 刨）：盛酒器，以一匏（葫蘆）對半剖
開而成。**飲、食**：均讀去聲，使動詞。**君、宗**：也是用
作動詞。宗，指做宗主、族長。

以上第四段，寫定居之後，公劉設宴慶賀，受到大家擁戴。

17 "篤公"三句：忠厚仁愛的公劉！這兒的土地又闊又廣。他觀測了日影，再登上高岡。

溥：廣大。景：同影，用作動詞，指據日影以測定方向。即《鄘風·定之方中》"揆之以日"之意。岡：用作動詞。

18 "相其"二句：審視那北山南，觀察那河流水泉。

陰：指山北背陰的地方。陽：指山南向陽的地方。這兩句寫公劉勘查水土之宜，選擇適於耕作的地方。

19 "其軍"三句：軍隊分批輪流替換，測量那低地和平原，開荒墾地種糧食。

軍：軍隊。古代寓兵於農，這軍隊既是軍事的編制，又是生產組織。三單：同三禪（shàn 善），分批替換之意（胡承珙、俞樾說）。三，表示多；禪，更代。度（duó 奪）：測量。隰：低窪地。徹：整治。

20 "度其"二句：進一步測量那山的西坡。我們生活的豳地呀實在寬廣！

夕陽：山的西面。《爾雅》李巡注：山西，暮乃見日，故曰夕陽。居：指生活、居住的地方。允：實在。荒：大。

以上第五段，寫公劉率領周人開墾田地，擴大領土。

21 "篤公"二句：忠厚仁愛的公劉！在豳地大建房舍。

館：舍；此用作動詞，指建館舍。因居民越聚越多，故要增建房子。

22 "涉渭"二句：我們橫渡過渭水，取來磨石和鍛石。

亂：橫渡中流。厲：同礪，磨石。鍛：供椎打之用的石頭。這兩句寫渡河採集建築器材。

23 "止基"二句：屋址房基都建起來，人又眾呀物又多。

止：同址。理：整治好。有：有"多"的意思。

24　"夾其"二句：夾着那皇澗，對着那過澗。

　　皇澗、過澗：都是豳地的澗名。今陝西省邠縣東北還有過澗河。**溯**：向，面對（見《毛傳》）。

25　"止旅"二句：居住的人家越來越稠密，一直擴展到汭水灣。

　　止：居留。**旅**：眾。**芮**（ruì 銳）：《左傳》、《尚書》均作"汭"，水名，汭水在今陝西邠縣西，是涇河支流。**鞫**（jú 菊）：《韓詩》、《周禮》鄭注均作"沉"（jú 菊），水垣向外凸的地方，即河灣。**即**：就，去到。

　　第六段，讚美豳地日益繁榮興旺。

　　這也是周民族的英雄史詩之一。如果按反映時代先後來排列，它應在《生民》之後，《緜》之前。通過《生民》、《公劉》、《緜》這幾首著名詩篇的生動記述，周王朝建立前周民族幾個重要發展階段的大致輪廓，已經勾勒出來了。

　　當然，由於年遠事湮，以及當時知識水平、記錄工具和傳播條件的種種限制，這些作品夾雜着不少神話和傳說的成份，無法做到如後代的信史一樣翔實。這是世界上別的民族同類性質的史詩，都不能避免的。但是從另一角度看，文學到底不同於歷史，正是我們先民光怪陸離的幻想，大大豐富了這些詩篇的藝術色彩，增強了它們的魅力。不妨設想，如果把《荷馬史詩》的神話內容通通砍掉，還剩下些什麼東西呢？那樣乾癟的作品，除了少數對故紙堆有特殊感情的"專家"肯去垂青外，廣大讀者是絕對不會感興趣的。

蕩（大雅）

這是周人斥責殷商奴隸主的檄文。詩中以勝利者的口吻，一一列舉他們的罪惡，要他們記取滅亡的教訓。

蕩蕩上帝，下民之辟[1]。疾威上帝，其命多辟[2]。天生烝民，其命匪諶[3]：靡不有初，鮮克有終[4]。

文王曰"咨！咨女殷商[5]！曾是彊禦，曾是掊克[6]，曾是在位，曾是在服[7]。天降滔德，女興是力[8]！"

文王曰"咨！咨女殷商！而秉義類，彊禦多懟[9]，流言以對，寇攘式內[10]，侯作侯祝。靡屆靡究[11]。"

文王曰"咨！咨女殷商！女炰烋于中國，斂怨以為德[12]。不明爾德，時無背無側[13]。爾德不明，以無陪無卿[14]。"

文王曰"咨！咨女殷商！天不湎爾以酒，不義從式[15]。既愆爾止[16]。靡明靡晦，式號式呼，俾畫作夜¹⁷。"

文王曰"咨！咨女殷商！如蜩如螗，如沸如
羹¹⁸。小大近喪，人尚乎由行¹⁹。內奰于中國，
覃及鬼方²⁰。"

文王曰"咨！咨女殷商！匪上帝不時，殷不
用舊²¹。雖無老成人，尚有典刑²²。曾是莫聽，
大命以傾²³！"

文王曰"咨！咨女殷商！人亦有言：'顛沛
之揭，枝葉未有害，本實先撥²⁴。'殷鑒不遠，
在夏后之世²⁵！"

注釋

1　"蕩蕩"二句：至大至公的上帝，是世人的主宰。
　　蕩蕩：廣大、公平的樣子。辟（bì 壁）：君主。

2　"疾威"二句：暴怒起來的上帝，他的意旨可十分乖僻。
　　疾威：憤怒。辟：同僻，邪僻，乖僻。

3　"天生"二句：上天雖然生了眾人，但天命卻不足憑信。
　　烝：眾。諶（chén 忱）：信。

4　"靡不"二句：人人都有個好開頭，卻很少能有好結果。
　　靡：無。初：起始；此指好的起頭。鮮（xiǎn 蘚）：少。
　　克：能。終：結束；此指好的結局。
　　第一段，指出天命不足憑信，能否善始善終，在乎自己。
　　這是全詩的"引言"。

322

5　**“文王”二句**：文王説：“嘿！嘿，你們殷商！”

　　咨（zī 兹）：歎詞，是斥責之聲。以下都是對商人的譴責。

6　**“曾是”二句**：你們曾那樣兇橫強暴，曾那樣貪婪搜刮。

　　彊禦：強暴。彊，同強。**掊**（póu 抔）**克**：聚歛。

7　**“曾是”二句**：你們曾佔有王位，曾統治別人。

　　服：職；指進行統治。

8　**“天降”二句**：上天降下了不良品德，你們不遺餘力使它惡性發展！

　　慆：慢，有不良、惡劣之意。**興**：助長，發展。**是**：助詞。**力**：用力，使勁。

　　以上第二段，指斥殷商的橫暴和貪婪。

9　**“文王”四句**：文王説：“嘿！嘿，你們殷商！你們居心邪惡，你們強暴，弄得天怒人怨。”

　　而：人稱代詞，你。**秉**：執持。**義類**：邪惡。王念孫云：“義”與“俄”同，邪也；“類”與“戾”通。參見《小雅·斯干》注21（頁239）。**懟**（duì 對）：怨。

10　**“流言”二句**：你們散佈流言，你們收容盜賊。

　　對：進。**寇**：強盜。**攘**（ráng 穰）：竊賊。**式**：助詞。**內**：同納。

11　**“侯作”二句**：還用巫術來咀咒。你們幹的壞事無窮無盡。

　　侯：維，乃。**作、祝**：咀咒。作，詛的假借字；祝，呪（咒）的假借字（馬瑞辰説）。**屆**：極，盡。**究**：窮，盡。

　　以上第三段，指出他們多行不義，弄到天怒人怨。

12　**“文王”四句**：文王説：“嘿！嘿，你們殷商！你們像野獸般在中國咆哮，招來仇怨，反而揚揚自得。”

　　炰烋：即咆哮。**斂**：招來。**德**：得的假借字（林義光説）。

13 "不明"二句:你們不使自己品德高尚,以致失去左右親信。

　　明:使動動詞,"使……明"之意。時:連詞。背、側:
　　指前後左右親信輔佐之人。參見《大雅·緜》注22(頁
　　305)。

14 "爾德"二句:你們的品德很不高尚,以致失去助手、失去
　　大臣。

　　陪:指陪貳,較高級的助手。卿:官名;泛指大臣。
　　以上第四段,指出他們品德惡劣,以致眾叛親離。

15 "文王"四句:文王說:"嘿!嘿,你們殷商!上天沒有讓
　　你們酗酒,是你們自取其咎,墮入惡行。"

　　湎(miǎn 緬):大量喝酒。從式:指追求。式,效法。

16 "既愆"句:你們失去了禮節、不成體統。

　　愆:差失。止:容止,即儀表、禮節。

17 "靡明"三句:也不分天亮天黑,只管喊叫吵鬧,把白天也
　　作了夜晚。

　　晦:昏暗。式:助詞。這三句寫商人縱飲無度,大發酒瘋。
　　以上第五段,責備他們酗酒敗德。

18 "文王"四句:文王說:"嘿!嘿,你們殷商!混亂得像鳴
　　蟬在喧噪,暴虐得像滾沸的羹湯。"

　　蜩(tiáo 條):蟬。螗(táng 唐):一種小蟬。一說是大蟬。
　　沸:指開水。這幾句是形容殷商政治的黑暗混亂。前人所
　　謂"國事蜩螗",就是由此來的。

19 "小大"二句:大大小小都接近滅亡,人們還是往死路裏走。

　　由:沿着。行:道路。

20 "內奰"二句:在內激起中國人的憤怒,還延及到邊遠的
　　蠻邦。

嬖（bì 必）：怒。覃（tán 潭）：延及。鬼方：古代種族名；此泛指"中國"以外的四方之國。

以上第六段，責備他們怙惡不悛，自取滅亡。

21 "文王"四句：文王說："嘿！嘿，你們殷商！並不是上帝薄待你們，是你們不用舊臣。"

時：善，好。

22 "雖無"二句：雖然沒有什麼老成人，但總有人可作典範。

典刑：同典型，指可供取法的人。典，法；型，用以鑄造的模子。

23 "曾是"二句：你們卻不加聽從，國家也就因此垮臺了！

大命：指國運。傾：顛覆。

以上第七段，責備他們不用有治國經驗的賢臣，致使國家傾覆。

24 "文王"六句：文王說："嘿！嘿，你們殷商！古人有句格言：'樹木倒下連根拔，並非枝葉有毛病，而是根本先朽壞。'"

顛沛：僵仆，傾倒。揭：形容詞，露出根的樣子。害：指病害。撥：《列女傳》引作"敗"。

25 "殷鑒"二句：你們殷人的前車之鑒並不遠，就在夏桀那時代！

鑒：鏡子。夏后：夏王；指夏桀。

第八段，說明殷商亡國的根本原因，作為全詩的收束。

這首詩據《詩序》的解釋，是借古諷今，"傷周室大壞"的作品："厲王無道，天下蕩蕩無綱紀文章，故作是詩也。"（朱熹等人意見亦相同）但我們找遍全詩，也尋不到一點影射周厲王的證據。所以,這種說法是站不住腳的。

從詩中所述的事實、表現的思想以及感情的憤怒激切來看,這當是周朝建立後,對不甘失敗的殷商奴隸主的訓斥之詞。它用"文王"的名義,只是一種假託。或者,也可以理解為一種引用;就如今人的文章亦經常引述前人的言論一樣。

詩中那句精警的格言:"大樹傾倒,非緣枝葉之故,而是由於根本朽壞。"直至今天,仍然閃灼着真理的光輝。

頌

噫嘻 (周頌)

這是讚美周成王的樂歌，說他既虔敬上帝，又關心農事。

周頌，是周朝的頌歌。《詩經》有《周頌》三十一篇，下面選入四篇。

噫嘻成王！既昭假爾[1]。"率時農夫，播厥百穀[2]。駿發爾私，終三十里[3]。亦服爾耕，十千維耦[4]。"

注釋

1　**"噫嘻"二句**：啊啊，成王！已向上天表白了誠敬之心。
　　噫嘻：歎美之聲。**成王**：指周成王。**昭假**（gé 格）：明白地表示（自己的誠敬），使它上達（於神）。昭，明。假，是格的假借字，至。《詩經》中凡言 "昭假"，都指祭祀上帝而言（戴震、王先謙說）。**爾**：語氣助詞。

2　**"率時"二句**："帶領這些農夫，播種各種穀物。"
　　時：同是，此。從這兩句以下，都是成王督責田官的話。

3　**"駿發"二句**："大力開墾你的私田，直到三十里的盡頭。"
　　駿：大。**發**：開發。**爾**：指田官。**私**：指田官的私田。古

代萬人所耕的田約為三十三平方里，此言三十里，是舉其
成數（鄭玄説）。

4 "亦服"二句："你要督促他們努力耕種，上萬人一對對地
勞動。"

服：從事。耦（ǒu 偶）：兩人並耕。

這首詩，漢代各家都說是"春夏祈穀於上帝之所歌"（見
《詩序》及蔡邕《獨斷》），也就是祭神的樂歌。

朱熹認為這是成王始置田官而戒之之辭。

姚際恆引何楷說，主張這是周康王時代的詩："康王春
祈穀也。既得卜于禰廟，因戒農官之詩。"

郭沫若說，這是"成王命田官率農夫耕種的詩"（《青
銅時代》）。又有人說，此詩述成王祭祀上帝之後，就率領
農夫播種百穀，號召大家參加勞作。

事實上，上古帝王的所謂"躬耕"，都不過是做做樣子
而已，有哪一個大地主大奴隸主會有福不享，跑到田裏去親
力親為呢！所以，還是周成王"戒田官"之說比較合於歷史
實際。

潛（周頌）

這是慶祝漁業豐收、以魚類獻祭求福時演奏的樂歌。

　　猗與漆沮！潛有多魚[1]。有鱣有鮪，鰷、
鱨、鰋、鯉[2]。以享以祀，以介景福[3]。

注釋

1　"猗與"二句：多美呀，漆沮水！水裏游着許多魚。
　　猗與（yī yú 依余）：歎詞，表示讚美。漆沮：參見《大雅·
　　緜》注2（頁301）。潛：藏。一説深（shēn 申）的假借字，
　　積柴於水中以養魚的地方，即魚場。
2　"有鱣"二句：有黃魚，有鱔魚，還有鰷魚、黃鱨魚、鮎魚和
　　鯉魚。
　　鱣、鮪：參見《衛風·碩人》注10（頁062）。鰷（tiáo
　　條）：魚名，長尺餘，肉多細骨。鱨（cháng 常）：即黃鱨
　　魚，長尺餘，似鮎魚，有觸鬚。鰋（yǎn 偃）：即鮎魚，體
　　滑無鱗，長一尺至三、四尺。
3　"以享"二句：拿它們來進獻、祭祀，以求得更大的福氣。
　　介：參見《豳風·七月》注24（頁192-193）。景：大。

這首詩，前人都認為是用魚類來獻祭祖廟的樂歌。《詩序》依據《禮記·月令》的記載，認為：“《潛》，季冬薦魚，春獻鮪也。”朱熹表示贊同。姚際恆反對“冬、春”的分別，說這是“周王薦魚于宗廟之樂歌”。比較簡單明瞭。

據詩中的描寫，我們可以知道，當時不但農業生產達到較高水平，而且漁業生產也有很大的發展。

良耜 (周頌)

　　這首詩，從春耕播種寫到秋收冬藏，最後以祭祀結束，反映了農業生產的全過程。大概是秋收後酬神賽會時演唱的樂曲。

　　畟畟良耜，俶載南畝[1]。播厥百穀，實函斯活[2]。或來瞻女，載筐及筥[3]。其饟伊黍，其笠伊糾[4]。其鎛斯趙，以薅荼蓼[5]。荼蓼朽止，黍稷茂止[6]。穫之挃挃，積之栗栗[7]。其崇如墉，其比如櫛[8]。以開百室。百室盈止，婦子寧止[9]。殺時犉牡，有捄其角[10]。以似以續，續古之人[11]。

注釋

1　**"畟畟"二句**：(拿起)鋒利的好犁頭，開始耕作南邊的田畝。
　　　畟畟（cè 測）：快利的樣子。俶：始。載：從事。南畝：參見《豳風·七月》注5（頁189）。

2　**"播厥"二句**：播下了各種穀物，種子孕育着生機，發芽成長。
　　　實、斯：均為助詞。函：包孕。活：生長。

3　**"或來"二句**：有人來看望你，帶着方筐和圓籃。

或：分指代詞。筥（jǔ 舉）：圓形的竹筐。來人即下文提到的"婦"、"子"。

4　"其饟"二句：她們送來的是小米飯，她們的斗笠是用草編成的。

　　饟：同餉（xiǎng 享），送飯給人；此用作名詞，指來的飯。伊：維，是。糾：三合繩；引申為指像繩那樣的編成之物。

5　"其鎛"二句：那鋤頭十分鋒利，用它來除掉雜草。

　　鎛（bó 博）：古代一種類似鋤頭的農具。趙：《周禮》鄭注及《集韻》均引作"捌"（zhào 趙），刺也。但從其句式及聯繫上下文來考慮，此似為形容詞，是鋤頭鋒利的樣子。薅（hāo 蒿）：除草。荼（tú 途）、蓼（liǎo 了）：泛指野草。荼，旱地的草；蓼，水田的草。

6　"荼蓼"二句：雜草漚爛了，莊稼長得很茂盛。

　　止：語氣助詞。黍稷：泛指農作物。"荼蓼朽"與"黍稷茂"有因果關係，可見當時農民已懂得使用綠肥。這比起"刀耕火種"的辦法，是一個很大的進步。

　　以上十二句寫耕作的過程，以下七句寫豐收的景象。

7　"穫之"二句：收割的鐮聲唰唰響，豐收的莊稼堆滿場。

　　挃挃（zhì 秩）：收割的聲音。栗栗：多的樣子。《說文》引作"積之秩秩"。

8　"其崇"二句：糧垛高高像堵牆，密密麻麻像梳篦。

　　墉：牆。比：密集排列。櫛（zhì 窒）：梳子、篦子等梳頭髮的用具。

9　"以開"三句：打開上百間倉房。百間倉房都裝滿了，女人孩子都安心了。

寧：安；指不再擔憂缺糧。

10 "殺時"二句：宰掉這頭大公牛，長長的牛角彎又彎。

時：是，此。犉（chún 淳）：七尺以上的牛。捄（qiú 求）：
彎而長的樣子。殺牛是為了祭神，兼以自饗。

11 "以似"二句：讓我們今後不斷豐收，不停祭祀，繼承着先
人的傳統。

似：嗣。這是祈求以後每年都像今年這樣豐收。

最後四句寫祭神求福。

　　這首詩，《詩序》說是"秋報社稷也"，也就是秋收後
祭社稷之神，答謝神祐的樂歌。對這一點，各家均無異說
（有人認為是"冬祭"不是"秋祭"，又有人認為是秋冬之祭，
那都是無傷大雅的小分歧）。

　　宋朝王質根據詩中對農作物"實函斯活"的細緻描寫，
指出："此非習知田野，深探物情，不能道此語也（《詩總
聞》），認為可能是勞動者的創作。有人進一步發揮這個觀
點，推測這首詩原來是勞動詩歌，後來才被借用為祭歌，它
就是《周禮》所說的古老的《豳頌》。

　　我們又不妨這樣設想：這原是民間報賽的樂歌，以後被
樂師搜羅了去，於是變為王室的祭歌。

酌（周頌）

酌，就是勺，是當時著名的舞曲。內容是歌頌周武王的功業，並表示要把它繼承下去，發揚光大。

於鑠王師！遵養時晦[1]。時純熙矣，是用大介[2]。我龍受之，蹻蹻王之造[3]。載用有嗣，實維爾公允師[4]！

注釋

1　"於鑠"二句：啊，光榮的王師！順從天意，伐取了這無道昏君。
於：同烏，歎詞。鑠（shuò 爍）：美，光明。遵：循，順着。養：取（《毛傳》）。時：是，此。晦：暗昧，此指昏君紂王。

2　"時純"二句：這就帶來了普遍的光明，天下都感到無比吉祥。
時：是。純：大，普遍。熙：光明。介：善，吉祥（馬瑞辰說）。

3　"我龍"二句：我們都蒙受了武王赫赫功業的恩寵。
龍：同寵。蹻蹻（jiǎo 矯）：武勇的樣子。造：為；指成就的功業。

4　　"載用"二句：（你的事業）一定後繼有人，大家都以你的
　　　榜樣為師！
　　　載：助詞。用：因此。實維：同"是維"，表示加強肯定。
　　　公：事。允：信，實在。師：效法。

　　　勺，是周朝著名的舞蹈，《禮記・內則》有十三歲"學
舞，誦詩，舞勺"的記載，可見它還是貴族少年的"必修科
目"之一。這首詩，就是伴奏的舞曲，當時一定也是家傳戶
誦的。

玄鳥 (商頌)

這是祭祀商高宗武丁的樂歌。

商頌，是經宋國人整理過的商朝的頌歌。《詩經》有《商頌》五篇，下面選入一篇。

　　天命玄鳥，降而生商[1]。宅殷土芒芒[2]。古帝命武湯：正域彼四方[3]！方命厥后，奄有九有[4]。商之先后，受命不殆，在武丁孫子[5]。武丁孫子，武王靡不勝[6]。龍旂十乘，大糦是承[7]。邦畿千里，維民所止[8]。肇域彼四海[9]。四海來假，來假祁祁[10]。景員維河，殷受命咸宜，百祿是何[11]。

注釋

1　"天命"二句：上天派遣玄鳥，降下人間生了商。

　　玄鳥．一說是鳳凰，一說是燕子。玄鳥生商的神話傳說，見《呂氏春秋·音初》及《史記·殷本紀》等。商：既指商的始祖"契"，亦指整個商民族。

2　"宅殷"句：住在遼闊無邊的殷商土地上。

　　宅：居住。殷：地名，在今河南省安陽縣。商人本居於商

（今河南商丘南），後遷於殷。**芒芒**：即茫茫，廣大的樣子。

3 **"古帝"二句**：當初上帝命令英武的成湯：向四方開拓
疆土！

古：昔。**湯**：即成湯，是契的後人，他率兵擊敗夏桀，滅
掉夏朝，是商朝開國之主。**正域**：擴展、佔有。正，同
征；域，"以……為疆域"。

4 **"方命"二句**：並命令商王，全部佔有九州。

方：並。**厥**：其、彼。**后**：王，指成湯。上古稱帝王為
后。**奄**：包覆，囊括。**九有**：九州。《韓詩》作"九域"。

5 **"商之"三句**：商的先王，接受了天命，毫不懈怠，直到武
丁這位孫子。

殆（dài 怠）：怠的假借字，鬆懈。**武丁**：即商高宗，是商
朝的"中興之主"。

6 **"武丁"二句**：武丁這位孫子，是英武的王，他戰無不勝。

一說上三句之"武丁"與"武王"應互易。武丁指成湯。

7 **"龍旂"二句**：便有插着龍旗的十輛車子，載着許多糧食來
進貢。

旂（qí 旗）：有交龍圖案的旗子。**糦**（chì 熾）：黍稷，指糧
食。**承**：裝載。聞一多云：龍是夏族的圖騰（族徽），鳳是
商族的圖騰。據此，則前來進貢的，便是被戰敗了的夏族。
以上十四句，叙述了商的來源、成湯的立國和武丁的征
伐。以下八句，是讚美商朝的繁榮強大。

8 **"邦畿"二句**：國土千里，住滿了人民。

畿（jī 基）：國都四周的廣大地區。**止**：居住。

9 **"肇域"句**：開拓領土直至四海之濱。

肇域：義同上文"正域"。肇，開。

10 "四海"二句：四海各國都來朝拜，來朝拜的人一羣羣。

假：至，到達。祁祁：眾多的樣子。

11 "景員"三句：我們有黃河環繞，殷商受天命是理所當然，各種福氣都由我們享受着。

景：大，廣。員：同圓，環繞。殷：商朝的別稱。商王盤庚遷都於殷。後來或殷、商互舉，或殷商連稱。咸宜：無不適宜。祿：福。何：同荷，承受。"河"在商人的觀念中佔有極重要的地位，被認為是人類生息繁殖之母，所以甲骨文中有隆重祭祀河神的記載。他們覺得既然"景員維河"，自然就應該"百祿是何"了。

這首詩，是商代流傳下來、經後人加工整理過的古老的頌歌。據《左傳》、《國語》的記載，商朝滅亡後，商的頌歌在宋國被保存下來，宋大夫正考父曾請周的樂官校正過這些作品。由於它們來源較早，所以保存了先民一些神話傳說。比如本詩關於"玄鳥生商"的故事，就是其中著名的一個。

這神話除見於本詩外，在《楚辭》、《呂氏春秋》等先秦古籍中都有記載。後來《史記》在敘述商的起源時，也加以採用。它的大意是：有娀氏的美女簡狄，有一天三姊妹一起在河中沐浴，忽然天上正飛來了一隻"玄鳥"。那鳥兒下了卵，又飛走了。簡狄吞了玄鳥卵，就此懷孕，後來生下了契，就是商族的始祖。這傳說和《大雅·生民》姜嫄生后稷的傳說一樣，都打上了上古"只知有母，不知有父"的母系氏族時代的印記。

　　由於這首詩帶有神話色彩，所以我們今天讀起來，覺得它比別的規行矩步、一臉呆相的頌歌，顯得較有情致，較有吸引力。